शेक्सपियर : संक्षिप्त परिचय

विश्व-साहित्य के गौरव, अंग्रेज़ी भाषा के अद्वितीय नाटककार शेक्सपियर का जन्म 26 अप्रैल, 1564 ई. में स्ट्रैटफोर्ड-ऑन-ऐवोन नामक स्थान में हुआ। उनकी बाल्यावस्था के विषय में बहुत कम ज्ञात है। उसका पिता एक किसान का पुत्र था, जिसने अपने पुत्र की शिक्षा का अच्छा प्रबन्ध भी नहीं किया। 1582 ई. में शेक्सपियर का विवाह अपने से आठ वर्ष बड़ी ऐनहैथवे से हुआ और सम्भवतः उसका पारिवारिक जीवन सन्तोषजनक नहीं था। महारानी एलिज़ाबेथ के शासनकाल में 1585 ई. में शेक्सपियर लन्दन जाकर नाटक कम्पनियों में काम करने लगा। हमारे जायसी, सूर और तुलसी का प्रायः समकालीन यह कवि यहीं आकर यशस्वी हुआ और उसने अनेक नाटक लिखे, जिनसे उसने धन और यश दोनों कमाए। 1612 ई. में उसने लिखना छोड़ दिया और अपने जन्म-स्थान को लौट गया और शेष जीवन उसने समृद्धि तथा सम्मान से बिताया। 1616 ई. में उसका स्वर्गवास हुआ। इस महान नाटककार ने जीवन के इतने पहलुओं को इतनी गहराई से चित्रित किया है कि वह विश्व-साहित्य में अपना सानी सहज ही नहीं पाता। मारलो तथा बेन जानसन जैसे उसके समकालीन कवि उसका उपहास करते रहे, किन्तु वे तो लुप्तप्रायः हो गए; और यह कविकुल दिवाकर आज भी देदीप्यमान है।

शेक्सपियर ने लगभग छत्तीस नाटक लिखे हैं, कविताएँ अलग। उसके कुछ प्रसिद्ध नाटक हैं—जूलियस सीज़र, ऑथेलो, मैकबेथ, हैमलेट, किंग लियर, रोमियो जूलियट (दुःखान्त), वेनिस का सौदागर, बारहवीं रात, तिल का ताड़ (मच एडू अबाउट नथिंग), तूफ़ान (सुखान्त)। इनके अतिरिक्त ऐतिहासिक नाटक तथा प्रहसन भी हैं। प्रायः उसके सभी नाटक प्रसिद्ध हैं।

शेक्सपियर ने मानव-जीवन की शाश्वत भावनाओं को बड़े ही कुशल कलाकार की भाँति चित्रित किया है। उसके पात्र आज भी जीवित दिखाई देते हैं। जिस भाषा में शेक्सपियर के नाटक का अनुवाद नहीं है वह उन्नत भाषाओं में कभी नहीं गिनी जा सकती।

हैमलेट

शेक्सपियर

अनुवाद : डॉ. रांगेय राघव

राजपाल

अनुवाद

रांगेय राघव

₹ 175

ISBN : 9789350642085

HAMLET (Play) by Shakespeare

(Hindi edition of *Hamlet*)

मुद्रक : जी. एस. ऑफसेट, दिल्ली

राजपाल एण्ड सन्ज़

1590, मदरसा रोड, कश्मीरी गेट, दिल्ली-110006

फोन : 011-23869812, 23865483, 23867791

website : www.rajpalpublishing.com

e-mail : sales@rajpalpublishing.com

www.facebook.com/rajpalandsons

भूमिका

'हैमलेट' शेक्सपियर का एक अत्यन्त विख्यात दुःखान्त नाटक है। यह उसके रचनाकाल के तीसरे युग की रचना है, जब उसने 'जूलियस सीज़र', 'ऑथेलो', 'किंग लियर', 'मैकबेथ', 'एण्टनी एण्ड क्लियोपैट्रा' 'केरियोलैनेस', 'टाइमन ऑफ एथेन्स' नामक दुःखान्त नाटक लिखे थे। इतना घोर अवसाद 1601 से 1609 ई. तक कवि पर छा गया था कि उसने व्यक्ति वैचित्र्य वाले पात्रों का सृजन किया, किन्तु उस ऊँचाई पर उनका चित्रण किया कि अपनी असाधारण मेधा से उस सबका सहज साधारणीकरण कर दिया। यहाँ कला ने अपना स्वरूप कलाकार के कृतित्वाभिमान के नीचे से नहीं निकाला, जिसमें कलाकार बड़ा चतुर बन कर अपनी सीमाओं को न पहचानकर अपने अहं को बड़ा करके देखने लगता है। यहाँ तो कला एक स्वाभाविक भाव-सृजन के रूप में प्रकटी है और उसमें व्यक्तित्व की कुण्ठा ने कहीं भी अभिव्यक्ति को खण्डित नहीं किया है।

शेक्सपियर के जिन चार प्रसिद्ध दुःखान्त नाटकों पर अधिक लिखा गया है, वे ऑथेलो, किंग लियर, मैकबेथ और हैमलेट हैं। यद्यपि हैमलेट में यह दोष लगाया जाता है कि नायक के आत्मकथन लम्बे हैं और गति को रोकते हैं, मैं समझता हूँ, इतने सशक्त कथन साहित्य में शायद ही निकलें। जॉर्ज बर्नार्ड शॉ को एक बड़ा आश्चर्य हुआ करता था। वे कहते थे कि शेक्सपियर ने मूर्ख पात्रों को प्रस्तुत किया, पता नहीं संसार इन्हीं मूर्ख पात्रों को शताब्दियों से सहन कैसे कर सकता है? हैमलेट भी ऐसा ही एक मूर्ख था जिसके पास बक-बक करने और जीवन का रहस्य खोजने के अतिरिक्त और कोई समस्या ही नहीं थी।

परन्तु यह कहना कि हैमलेट मूर्ख था, पात्र को न समझने के बराबर है। अचानक चौंका देने वाली बात का यश प्राप्त करना, गम्भीर आलोचना नहीं, जैसे मेरे एक मित्र ने शॉ की नकल को आगे बढ़ाते हुए कहा था कि हैमलेट एक सुखान्त नाटक है। मेरी अपनी राय यह है कि इलियट और शॉ दोनों शेक्सपियर के सामने बालक हैं, क्योंकि शेक्सपियर ने मानव के मूलरूप को देखा था, सामाजिक विकास के अन्तर्गत रखकर, जबकि बाकी दोनों मानव के बाह्य और अन्तर को परस्पर विरोधी स्वरूपों में रखकर देखते हैं। इसीलिए शेक्सपियर विश्व-साहित्य का एक

विशाल दीपस्तम्भ है।

दुःखान्त नाटकों में शेक्सपियर की विशेषता है, उसके बाह्य प्रकृति को आन्तरिक प्रकृति के तादात्म्य में लाने की चेष्टा करना और वातावरण का सृजन करना, हैमलेट में उसने रहस्यात्मकता की सृष्टि की है। अपने अन्य नाटकों की भाँति उसने पुरुष का ही यहाँ भी अध्ययन किया है, जबकि उसकी स्त्री पात्र अनुभूति की एक झलक-मात्र से सामने आई हैं।

हैमलेट की कथा शेक्सपियर से पहले ही लिखी जा चुकी थी। *सैक्सोग्रैमैटिक्स की हिस्टोरिया डैविका* में यह पेरिस में 1514 ई. में छपी थी। यद्यपि इसका लेखनकाल बारहवीं शती था। बाद में यह फ्रेंच में आई और सम्भवतः शेक्सपियर ने उसी को अपने नाटक का आधार बनाया था। कुछ का मत है कि अंग्रेज़ी में ही हैमलेट नामक एक पुराना नाटक और भी था जो शेक्सपियर के नाटक के पहले खेला जाता था। जो भी हो, शेक्सपियर की महानता, कभी उसके कथानकों की नवीनता में नहीं रही, वह रही है उसके सफल चरित्र-चित्रण में, जिसमें उसके युग ने भूतों को भी रखा है, जिससे कथानक काफी डरावने-से लगने लगते हैं। एक विद्वान ने ठीक ही कहा है कि हैमलेट प्रतिहिंसा का दुःखमय अन्त नहीं, मानव-आत्मा का दुःखान्त है, जिसमें मनुष्य के उदात्ततम गुण संसार की नीचता और कुटिलता से कुचले जाते हैं। मनुष्य जीवन के जो सार्वजनीन सत्य हैमलेट में प्रतिपादित हैं, वैसे अन्यत्र कम ही मिलते हैं।

—रांगेय राघव

पात्र परिचय

ड्यूक	: निर्वासित
क्लॉडिअस	: डेनमार्क का सम्राट्
हैमलेट	: स्वर्गीय सम्राट् का पुत्र तथा क्लॉडिअस का भतीजा
पोलोनिअस	: राजमहल का एक प्रधान कर्मचारी
होरेशिओ	: हैमलेट का मित्र
लेआर्टस	: पोलोनिअस का पुत्र
वोल्टीमैण्ट	: दरबारी
कोर्नेलिअस	: दरबारी
रोजैन्क्रैंट्ज	: दरबारी
गिल्डिन्स्टर्न	: दरबारी
ओसरिक	: दरबारी
एक भद्रपुरुष	: दरबारी
एक पादरी	: दरबारी
मार्सिलस	: दरबारी
बरनार्डो	: राज्याधिकारी
फ्रान्सिस्को	: एक सैनिक
रेनाल्डो	: पोलोनिअस का सेवक
नाटक खेलने वाले लोग	
दो विदूषक	: कब्र खोदने वाले
फोर्टिन्ब्रास	: नार्वे का राजकुमार
एक कप्तान	:
अंग्रेज़ राजदूत	:
गरट्रयूड	: डेनमार्क की सम्राज्ञी और हैमलेट की माँ
ओफीलिआ	: पोलोनिअस की पुत्री

(सरदार, भद्र महिलाएँ, राज्याधिकारी गण, नाविक, दूत तथा अन्य सेवक, हैमलेट के पिता का प्रेत)

पहला अंक

दृश्य 1

(ऐल्सीनोर का किला; फ्रान्सिस्को पहरे पर, बरनार्डो का प्रवेश)

बरनार्डो : कौन है वहाँ?

फ्रान्सिस्को : तुम कौन हो, बताओ। खड़े रहो वहीं और बोलो।

बरनार्डो : सम्राट् चिरायु हों।

फ्रान्सिस्को : कौन? बरनार्डो?

बरनार्डो : हाँ, मैं ही हूँ।

फ्रान्सिस्को : तुम तो बिल्कुल ठीक समय पर आए हो।

बरनार्डो : हाँ, बारह बज गए हैं। अब तुम जाकर सो जाओ फ्रान्सिस्को।

फ्रान्सिस्को : इसके लिए बहुत-बहुत धन्यवाद। बड़ी सर्दी पड़ रही है और मेरा जी कुछ घबरा-सा रहा है बरनार्डो !

बरनार्डो : तुम्हारे पहरे के समय कोई खास घटना तो नहीं घटी न?

फ्रान्सिस्को : नहीं, कुछ भी नहीं।

बरनार्डो : अच्छा, नमस्ते। अगर तुम्हे मेरे साथी पहरेदार होरेशिओ और मार्सिलस मिल जाएँ तो उन्हें शीघ्रता से यहाँ आने को कहना।

फ्रान्सिस्को : शायद वे आ रहे हैं। कौन आता है यहाँ? वहाँ ठहर जाओ।

(होरेशिओ और मार्सिलस का प्रवेश)

होरेशिओ : डेनमार्क के मित्र।

मार्सिलस : और सम्राट् के स्वामिभक्त सेवक। तुम्हारी जगह पहरे पर कौन आ गया है?

फ्रान्सिस्को : बरनार्डो! अच्छा नमस्ते!

मार्सिलस : नमस्ते बरनार्डो!

बरनार्डो : नमस्ते, क्यों मार्सिलस! क्या होरेशिओ भी वहाँ है?

होरेशिओ : कुछ-कुछ उस जैसा है तो।

बरनार्डो : तुम दोनों का स्वागत है।

मार्सिलस : क्या आज रात को वह प्रेत तुम्हें दिखाई नहीं दिया बरनार्डो?

बरनार्डो : नहीं।

मार्सिलस : हालाँकि हम दो बार खौफनाक चीज़ को अपनी आँखों से देख चुके हैं, लेकिन होरेशिओ उस पर विश्वास न करके यही कहता है कि यह सब हमारा वहम है। इसलिए मैं आज इसे अपने साथ पहरे पर ले आया हूँ, जिससे यह खुद सब कुछ अपनी आँखों से देखकर हमारी बात पर विश्वास कर सके।

होरेशिओ : बन्द करो यह सब बेतुकी बातें। कोई भूत-प्रेत नहीं आता है।

बरनार्डो : अच्छा तो आओ बैठो और मैं तुम्हें पिछली दो रातों का सारा खौफ़नाक किस्सा सुनाता हूँ, चाहे तुम उस पर विश्वास करो या न करो।

होरेशिओ : अच्छा, तो आओ बैठकर बरनार्डो का किस्सा सुनें।

बरनार्डो : कल रात की बात है, ध्रुवतारे की पश्चिम की दिशा में चमकने वाला तारा अपनी पूरी यात्रा करके उसी स्थान पर आ गया था, जहाँ वह अब चमक रहा है। उस समय घण्टे ने एक बजाया था। तब मार्सिलस और मैं...

(प्रेत आता है)

मार्सिलस : वह देखो, वही प्रेत फिर आ रहा है। बन्द कर दो यह कहानी। शान्त हो जाओ।

बरनार्डो : हमारे स्वर्गीय सम्राट् की तरह, उसी के वेश में?

मार्सिलस : तुम तो पढ़े-लिखे विद्वान् आदमी हो। होरेशिओ! कुछ बोलो इससे अब।

होरेशिओ : बिल्कुल हमारे स्वर्गीय सम्राट् जैसा। ओह, इसे देखकर आश्चर्य और भय से मेरा हृदय काँप रहा है।

बरनार्डो : यह हमारी तरफ से कुछ भी कहे जाने के लिए खड़ा इन्तज़ार कर रहा है।

मार्सिलस : कुछ पूछो इससे होरेशिओ।

होरेशिओ : कौन हो तुम जो आधी रात के समय इस तरह सैनिक वेश में हमारे स्वर्गीय सम्राट् की तरह दिखते हुए यहाँ घूम रहे हो? कौन हो? बोलो? मैं पूछता हूँ, जवाब दो।

मार्सिलस : यह कुछ नाराज़ हो गया है।

बरनार्डो : वह देखो, वह जा रहा है।

होरेशिओ : ठहरो! मैं कहता हूँ ठहरो और मेरी बात का जवाब दो! बोलो!

(प्रेत चला जाता है)

मार्सिलस : वह तो चला गया और कुछ भी नहीं बोला।

बरनार्डो : क्यों, क्या हुआ होरेशिओ! तुम इस तरह पीले होकर काँप क्यों रहे हो? अब भी क्या यह हमारा वहम ही है? क्या है यह, अब बताओ !

होरेशिओ : मैं ईश्वर की तरफ हाथ उठाकर कहता हूँ कि इससे पहले, जब तक

मैंने स्वयं अपनी आँखों से न देख लिया होता, मैं इस बात पर विश्वास ही नहीं करता।

मार्सिलस : क्या यह सम्राट् जैसा नहीं लगता था?

होरेशिओ : बिल्कुल, उसी तरह जैसे तुम्हारी सब बातें तुमसे मिलती हैं। जब हमारे स्वर्गीय सम्राट् ने नार्वे के विरुद्ध युद्ध आरम्भ किया था, उस समय जो भी वे अपने शरीर पर पहने हुए थे, वह सब कुछ ज्यों का त्यों यह प्रेत पहने था। उसकी आँखें इस तरह जल रही थीं जैसे एक बार, जब पौलैण्ड कितने ही प्रयत्नों के बाद भी, सन्धि के लिए राजी नहीं हुआ, तब उस पर भीषण आक्रमण करते समय उस बर्फीले मैदान में सम्राट् की आँखें जल उठी थीं। ये सब बातें कैसी अजीब हैं।

मार्सिलस : इसी तरह, इसी समय पिछली दो रातों को भी वह हमें दिखाई दिया था।

होरेशिओ : कुछ समझ में नहीं आता कि क्या होने वाला है, लेकिन मुझे तो इसे देखकर ऐसा लग रहा है कि हमारे देश में जल्दी ही कोई न कोई आफत खड़ी होने वाली है। कुछ न कुछ तूफ़ान आने वाला है।

मार्सिलस : अच्छा भाइयो! आओ बैठ जाएँ। मेरी समझ में यह नहीं आता कि यह रात को इतना कड़ा पहरा, रोज़ाना इतने गोले-बारूद का बनना और फिर विदेशों से अस्त्र-शस्त्र मँगाना, जहाज़ बनाने वालों से बिना कोई छुट्टी दिए इतनी कड़ाई से काम लेना, और उनसे ज़्यादा से ज़्यादा जहाज़ तैयार कराना, इन सभी तैयारियों का क्या मतलब है? क्यों रात और दिन ये युद्ध की-सी योजनाएँ चलती हैं? क्या तुममें से कोई भी मुझे यह बतला सकता है?

होरेशिओ : जो भी अफवाह है, मैं वह तुम्हें बता सकता हूँ। नार्वे के सम्राट् फोर्टिन्ब्रास ने एक बार हमारे स्वर्गीय सम्राट् को, जिसका प्रेत हमने अभी देखा है, लड़ाई के लिए चुनौती दी थी। उस लड़ाई में हमारे बहादुर हैमलेट ने फोर्टिन्ब्रास को मार डाला और पिछली कानूनी शर्त के अनुसार नार्वे की सारी ज़मीन और सम्पत्ति हमारे सम्राट् की हो गई। अगर फोर्टिन्ब्रास उस लड़ाई में जीत जाता तो हमारे सम्राट् भी उतनी ही ज़मीन और सम्पत्ति उसे देते। उसी कानूनी शर्त के अनुसार फोर्टिन्ब्रास की सारी ज़मीन हैमलेट के अधिकार में आ गई। उसी अपनी खोई हुई ज़मीन और सम्पत्ति को वापस लेने के लिए नार्वे के फोर्टिन्ब्रास के पुत्र युवक फोर्टिन्ब्रास ने ऐसे लोगों की एक सेना बनाई है, जो सिर्फ अपना खाना लेकर ही अपनी जान गँवाने के लिए तैयार हैं। उन्हीं को लेकर वह जोशीला नवयुवक इस इरादे से यहाँ आ रहा है कि अपने बाप के खोए हुए सारे अधिकार को बलपूर्वक हमसे छीन ले। मेरा ख्याल है, इन तैयारियों का और इस भाग-दौड़ का एकमात्र उद्देश्य उस आने वाले खतरे का मुकाबला करना है।

बरनार्डो : ठीक यही कारण मालूम होता है। और फिर रात को प्रेत रूप में हमारे स्वर्गीय सम्राट् उसी सैनिक वेश में थे। अवश्य यह कोई बड़ा अपशकुन है।

होरेशिओ : हाँ, मेरी तो उत्सुकता इससे बहुत बढ़ रही है। पता नहीं क्या होने वाला है? उस समृद्धिशाली देश रोम में भी 'सीज़र' के पतन से कुछ समय पहले ही कहा जाता है, रास्तों पर प्रेत पुकारने लगे थे। इसके अलावा दूसरे भी इसी तरह के अपशकुन हुए थे, जैसे पुच्छल तारे का उदय होना, आसमान से खून की बारिश होना और सूर्य के बीच काले दाग पड़ जाना। चाँद, जिसके प्रताप से समुद्र में ज्वार आता है, ग्रहण के कारण पूरा छिप गया था। इसी तरह के अपशकुन, जो किसी आने वाली विपत्ति के सूचक होते हैं, हमारे यहाँ भी हो रहे हैं।

(प्रेत का पुनः प्रवेश)

वह देखो, फिर आया वह। शान्त! अब मैं इसके सामने जाऊँगा, चाहे यह मेरी गरदन क्यों न मरोड़ दे।

ठहर, ओ प्रेतात्मा! ठहर! अगर तू बोल सकती है तो बोल। बोल, तू क्या चाहती है। बोल, क्या मैं किसी तरह तेरे किसी काम आ सकता हूँ? मैं पूछता हूँ बता हमारे देश पर कौन-सी विपत्ति आने वाली है जिससे उसे जानकर हम पहले से तैयार हो जाएँ और उसे किसी तरह दूर कर दें, या बोल, ओ प्रेतात्मा! क्या तू इसलिए यहाँ फिर रही है कि तूने अपने जीवन काल में ज़मीन के नीचे यहाँ कुछ धन गाड़ दिया था? बता मुझे, क्यों तू इतनी बेचैन है?

(मुर्गा बोलता है)

मैं कहता हूँ, ठहर, और मुझसे कुछ कहकर जा।

मार्सिलस! रोको इसे।

मार्सिलस : क्या मैं इसकी तरफ अपनी बर्छी मारूँ?

होरेशिओ : हाँ, हाँ, मारो मार्सिलस! पर इसे जाने मत दो।

बरनार्डो : वह रहा।

होरेशिओ : कहाँ वह रहा?

मार्सिलस : ओह चला गया।

(प्रेतात्मा चली जाती है)

हमें इससे इस तरह नहीं डरना चाहिए, क्योंकि यह तो कोई हवा है और इस पर गुस्सा या अधिकार दिखाना या इसकी तरफ बर्छी वगैरह कुछ मारना हास्यास्पद-सा है।

बरनार्डो : यह कुछ बोलने ही वाली थी कि मुर्गे ने बाँग दे दी।

होरेशिओ : और तभी यह किसी अपराधी की तरह इस आवाज़ को सुनकर काँप उठी। मैंने सुना है कि मुर्गे की बाँग यह बतलाने वाली होती है कि सुबह होने वाली है और उसे सुनकर जहाँ भी ये प्रेतात्माएँ होती हैं, फौरन वहाँ से भागकर

फिर अपनी कब्रों में जाकर सो जाती हैं। उस प्रेतात्मा के इस तरह चले जाने से यह बात सच्ची मालूम देती है।

मार्सिलस : मुर्गे के बोलते ही प्रेतात्मा लुप्त हो गई। कहते हैं, ईसामसीह के जन्म की रात को एक मुर्गा रात-भर बोलता है और उस समय कोई प्रेतात्मा बाहर निकलने का साहस नहीं करती। उस रात कोई तारा भी नहीं टूटता। रात शान्त रहती है। उस समय परियों और डायनों में जादू करने की भी शक्ति नहीं रहती। ऐसा पवित्र होता है वह समय !

होरेशिओ : मैंने भी यही सुना है और मेरा इस पर कुछ विश्वास भी है। लेकिन देखो, पूर्व दिशा में दूर उस पहाड़ी के ऊपर आसमान में लाली छिटक आई है। अब हमें यहाँ से चल देना चाहिए और मेरा ख्याल है कि हमें यह सारी बात हैमलेट से जाकर कह देनी चाहिए क्योंकि मुझे ऐसा लगता है कि हालाँकि वह प्रेतात्मा हमसे तो कुछ नहीं बोल रही थी लेकिन हैमलेट से अवश्य बोलेगी। क्या तुम्हारी भी यह राय है कि अपना कर्त्तव्य समझकर हमें यह बात उससे कह देनी चाहिए?

मार्सिलस : हाँ, ठीक है। चलो, मैं जानता हूँ कि इस समय वह कहाँ मिलेगा।

(जाते हैं)

दृश्य 2

(किले में एक कमरा; सम्राट्, साम्राज्ञी, हैमलेट, पोलोनिअस, लेआर्टस, वोल्टीमैण्ट, कोर्नेलिअस, सरदारों तथा कुछ सेवकों का प्रवेश)

सम्राट् : यद्यपि हमारे बड़े भाई को इस संसार से गए अभी कुछ ही दिन बीते हैं, और चाहिए तो हमें यही था कि उनकी याद में सभी दिन-रात आँसू बहाते रहते, लेकिन हमने अपनी बुद्धि के बल से अपने हृदय को इस महान् शोक से इस तरह अपनी शक्ति क्षीण न करने के लिए समझा लिया है। इसी से हम हर समय दुःखी हृदय से अपने भाई की याद करते हुए भी, अपनी इस सुस्थिर अवस्था में हैं। इसलिए तुम, जो पहले हमारी भाभी थीं, अब फिर साम्राज्ञी के रूप में हमारी पत्नी हो और इस राज्य की स्वामिनी हो। इस कारण हमें हर्ष है, लेकिन साथ ही भाई की मृत्यु का दुःख भी है। हम लोगों की आँखों में जहाँ खुशी की एक झलक है वहाँ कितनी ही आँसू की बूँदें भी हैं। इस तरह हमारे हृदय का दुःख और सुख बराबर का है। लेकिन हाँ, महारानी! इस शादी के लिए तो हमने पूरी तरह से तुम्हारी राय जान ली थी न? तुमने हमारी प्रार्थना को स्वीकार किया, इसके लिए हम तुम्हारे बहुत आभारी हैं। (**कोर्नेलिअस और वोल्टीमैण्ट से**) अब हम तुमसे उन बातों को कहते हैं कि जिन्हें तुम पहले से ही जानते हो। वह नवयुवक

फोर्टिन्ब्रास यह जानकर कि हमारे भाई तो इस संसार से चले ही गए हैं और अब हममें क्या ताकत रही है जो उसका मुकाबला कर सकें, बराबर हमें इसके लिए दबा रहा है कि उसके पिता की सारी ज़मीन और सम्पत्ति, जो हमारे भाई ने उससे छीनी थी, उसे वापस दे दें। यह तो उसकी बात रही। अब हम तुमको अपने इस तरह मिलने का कारण बताएँगे। इस युवक फोर्टिन्ब्रास का इस तरह का उपद्रव देखकर हमने इसके चाचा को, जो नार्वे के सम्राट् हैं, लिखा। वे बीमार थे और शक्तिहीन थे। उन्होंने लिखा है कि उन्हें तो अपने भतीजे की इन बातों का पता भी नहीं है। फिर भी हमने उन्हें इसके लिए आगाह कर दिया है कि वह अपने भतीजे को रोकें और कम से कम अपने राज्य से उसकी कोई भी मदद न करें। अब हम तुमको, कोर्नेलिअस और वोल्टीमैण्ट! नार्वे के सम्राट् के पास अपना धन्यवाद संवाद लेकर भेजना चाहते हैं और साथ में यह भी चाहते हैं कि जो कुछ भी तुमसे कहा जाए उसके अलावा किसी तरह की बातें तुम नार्वे के सम्राट् से नहीं करोगे। अच्छा, जाओ; अब जल्दी जाने की तैयारी कर लो और इस काम को पूरा करके अपनी वफादारी का सबूत दो।

कोर्नेलिअस : अवश्य, महाराज! इस काम में तथा और भी कामों में हम अपनी वफादारी का पूरा-पूरा सबूत देंगे।

सम्राट् : हमें तुम्हारी बात पर भरोसा है। अच्छा जाओ तुम्हारे साथ हमारी शुभकामनाएँ हैं।

(वोल्टीमैण्ट और कोर्नेलिअस जाते हैं)

अच्छा, लेआर्टस! अब तुम बोलो। क्या कहना चाहते थे तुम? अगर तुम्हारी प्रार्थना उचित हुई तो विश्वास रखो, डेनमार्क से सम्राट् तुम्हें कभी निराश न लौटाएँगे। हम अपनी तरफ से कुछ भी देकर, तुम्हारी इच्छा पूरी करेंगे, क्योंकि हृदय और मस्तिष्क के बीच या हाथ और मुँह के बीच जितनी निकटता है उतनी ही तुम्हारे पिता और हमारे बीच है। बोलो, लेआर्टस! हम तुम्हारी क्या इच्छा पूरी करें?

लेआर्टस : मेरे शक्तिशाली स्वामी! मैं आपसे वापस फ्रांस जाने की आज्ञा चाहता हूँ। यद्यपि मैं आपके राज्याभिषेक के उत्सव में शामिल होने के लिए बड़ी उमंग के साथ यहाँ आया था लेकिन चूँकि अब मेरा कर्तव्य पूरा हो चुका है, इसलिए मुझे फ्रांस की याद आती है। मेरे स्वामी! मैं आपसे यही आज्ञा चाहता हूँ।

सम्राट् : क्या तुम्हारे पिता की भी यही राय है? क्यों, पोलोनिअस! तुम भी तो कुछ बोलो।

पोलोनिअस : स्वामी! इसने लगातार मुझसे यह कह कर और बार-बार प्रार्थना करके इसके लिए बाध्य कर दिया है कि इसे आज्ञा दे दूँ। इसलिए मैं आपसे प्रार्थना करता हूँ कि आप भी इसे जाने की आज्ञा दे दें।

सम्राट् : अच्छा, लेआर्टस! जाओ और खुशी के साथ अपने जवानी के दिन बिताओ!

हमें उम्मीद है कि तुम अपने अच्छे व्यवहार के कारण हमेशा सुखी रहोगे। हाँ, हमारा बेटा हैमलेट कैसा है?

हैमलेट : **(स्वगत)** एक सम्बन्धी से कुछ अधिक हूँ और तुम्हारी जाति से कम।

सम्राट् : तुम अभी तक इतने चिन्तित और दुःखी क्यों हो, हैमलेट? तुम्हारे चेहरे पर दुःख के बादल-से घुमड़ रहे हैं।

हैमलेट : नहीं श्रीमान्! मैं तो बहुत अधिक सूर्य[1] के प्रकाश में हूँ।

महारानी : मेरे अच्छे हैमलेट! शोक के द्योतक अपने इन काले वस्त्रों को अब त्याग दो और अपने चाचा डेनमार्क के सम्राट् से प्रेम करो। अब ज़मीन पर अपनी आँखें गाड़े अपने स्वर्गीय पिता को मत खोजते फिरो, क्योंकि तुम तो जानते हो; एक न एक दिन मौत सभी को आती है। जो भी इस संसार में पैदा होता है, वह यहाँ कुछ दिन रहकर एक दिन अवश्य ही इसे छोड़कर चला जाता है।

हैमलेट : जी हाँ, श्रीमती जी! आप ठीक कह रही हैं।

महारानी : फिर तुम क्यों इतने दुःखी और चिन्तित-से दिखाई दे रहे हो?

हैमलेट : 'दुखी और चिन्तित-सा' नहीं श्रीमती जी! मैं वास्तव में दुःखी हूँ। क्या आपको संदेह है? मैं कोई दिखावा नहीं करता ओ माँ! मेरे हृदय में जितना दुःख है उसे मेरे ये काले कपड़े, ये आँसू, यह चिन्ता से दबा हुआ चेहरा, कुछ भी पूरी तरह व्यक्त नहीं कर सकते। ये चीज़ें दिखावा हो सकती हैं लेकिन मेरा दुःख इनके द्वारा नहीं जाना जा सकता।

सम्राट् : हैमलेट! यह देखकर कि तुम अपने स्वर्गीय पिता के लिए इतने दुःखी हो, हम तुम्हारी इज़्ज़त करते हैं। लेकिन क्या तुम यह नहीं समझते कि तुम्हारे पिता और दादा ने भी तो अपने पिता का स्वर्गवास होते देखा था। उसके लिए पुत्र कुछ समय तक अवश्य दुःखी रहता है लेकिन उस दुःख को किसी तरह न भूलकर हमेशा अपने ऊपर चढ़ाए रखना तो ठीक नहीं लगता। यह एक पुरुष को शोभा देने वाली बात नहीं है। इससे यह मालूम होता है, हम ईश्वर के नियम में विश्वास नहीं करते। हमारा हृदय शक्तिहीन हो चुका है। हमारे मस्तिष्क में कुछ भी सोचने-विचारने की शक्ति नहीं रही है और इसमें किसी तरह की साधारण बुद्धि नहीं है, और है भी तो वह अपने निम्नतम रूप में है। जब हम यह जानते हैं कि मृत्यु अवश्य ही एक न एक दिन प्रत्येक को आती है तो फिर हमें इसके लिए इतना दुःखी क्यों होना चाहिए। हम इसे अच्छा नहीं समझते कि ईश्वर के नियम के विरुद्ध हम इस तरह से आँसू बहाएँ। यह स्वर्गीय आत्मा और प्रकृति के विरुद्ध अपराध है हैमलेट! इस सत्य को स्वीकार करने के पश्चात् इस पर किसी तरह अधिक शोक मनाना बुद्धिमत्ता का काम नहीं लगता। यह मृत्यु का

---

1. Sun (सूर्य) शब्द यहाँ पर द्वयर्थक भाव ('पन') से प्रयुक्त हुआ है।

व्यापार तो सृष्टि के प्रारम्भ से चल ही रहा है। इसीलिए हम तुमसे कहते हैं कि अपने इस निरर्थक शोक को दूर कर दो और हमें अपने पिता की तरह ही समझो क्योंकि हम तुम्हें अपना उत्तराधिकारी घोषित करना चाहते हैं और जितना एक पिता अपने प्यारे पुत्र को प्यार करता है, उतना ही प्यार हम तुमसे करते हैं। फिर तुम जो विटनबर्ग वापस जाने की बात सोच रहे हो, हमारी इसमें कुछ दूसरी राय है। हम चाहते हैं कि तुम यहीं हमारे पास, हमारे सबसे प्यारे सम्बन्धी और हमारे पुत्र की तरह रहो।

महारानी : हैमलेट! तुम्हारी माँ भी यही चाहती है कि तुम वापस विटनबर्ग न जाकर हमारे साथ यहीं रहो।

हैमलेट : मैं आपकी आज्ञा का यथाशक्ति पालन करूँगा श्रीमती जी!

सम्राट् : हम तुम्हारा प्रिय उत्तर सुनकर अत्यधिक प्रसन्न हैं हैमलेट! हमारी यही इच्छा है कि तुम हमारी ही तरह सम्मानित होकर यहीं रहो। अच्छा, महारानी! अब हमें चलना चाहिए। आज हैमलेट का इस तरह आज्ञा-पालन देखकर हम इतने प्रसन्न हैं कि हभ चाहते हैं जब हम इस प्रसन्नता में पिएँ तब तोपों की भीषण ध्वनि से आकाश तक को यह बता दिया जाए कि आज डेनमार्क का सम्राट् अपने भतीजे के सम्मान में उत्सव मना रहा है। चलो, महारानी! चलें।

हैमलेट : (**स्वगत**) ओ ईश्वर! क्यों नहीं मेरा यह जड़-शरीर, यह माँस का दूषित पिण्ड गलकर पानी की तरह बह जाता। क्यों नहीं, ओ ईश्वर! क्यों तूने आत्महत्या के विरुद्ध प्राणी-मात्र के लिए ऐसा कठोर नियम बना दिया है। कैसा निरर्थक है यह जीवन! इस संसार के सारे नियम इसकी सारी गतिविधि कैसी दुःखदायी है! कितना व्यर्थ है, हे ईश्वर, यह सब कुछ! धिक्कार है ऐसे घास-पात से भरे इस उपवन पर, जहाँ पाप और भ्रष्टाचार के बीज बोए जाते हैं। ओह! यह संसार किन-किन नीचताओं का घर है। इसकी यह स्थिति कैसी दुखदायी है। कितना आश्चर्य है कि मेरे पिता को मरे हुए दो महीने ही बीते हैं, नहीं दो महीने भी अभी तक नहीं। कैसे आदर्श सम्राट् थे वे, कि यदि इस वर्तमान सम्राट् से उनकी तुलना की जाए तो यह इसी तरह का है, जैसे शूरवीर हाइपीरियन के सामने कामुक वनदेवता। वह मेरी माँ को इतना प्यार करते थे कि हवा के झोकों को भी उसके कोमल और सुन्दर मुख से नहीं लगने देते थे। ओह! इस सम्राट् बने हुए व्यक्ति और उनमें धरती और आकाश का अन्तर है। पर क्या उन स्मृतियों से मैं अपनी आत्मा को इसी तरह कुचलता रहूँ? क्या लाभ है इससे जब मेरी वही माँ इस व्यक्ति की स्त्री बनी बैठी है। ऐसा लगता है कि मानो इसके हृदय में छिपी यह विलास की आग बुझ-बुझकर और भी दूनी गति से प्रज्वलित हो उठी है और मुश्किल से एक महीना ही बीता है। ओह, नहीं, मुझे ऐसी घृणित बातें नहीं सोचनी चाहिए। ओह कितनी घृणित! जो चरित्रगत नीचता और दुर्बलता! तेरा

ही नाम स्त्री है। केवल एक महीना ही बीता है। ओह! एक दिन तो यही स्त्री निओबे की तरह आँसू बहाती हुई मेरे पिता की अर्थी के पीछे-पीछे चली थी और अब वे जूते जिन्हें पहनकर यह कब्रिस्तान गई थी; पूरी तरह फटे भी नहीं हैं कि इसने दूसरा विवाह भी रचा लिया। ओ ईश्वर! तेरे संसार का जंगली पशु भी अपने प्रियतम के लिए इससे अधिक दिन तक आँसू बहाता। और फिर विवाह भी उससे! जो मेरे पिता की तुलना में कुछ भी नहीं है। कितना आश्चर्य है! कैसी नीचता और कृतघ्नता! ओह! फिर इतनी शीघ्रता! स्वर्गीय आत्मा के विरुद्ध इतना बड़ा अन्याय! इतना बड़ा अपराध क्या एक ही पारिवारिक सूत्र में बँधे रहने वाले व्यक्ति कर सकते हैं? क्या यह उचित है? क्या इसमें कुछ अच्छाई हो सकती है? नहीं! नहीं! पर क्या करूँ? परिस्थितियाँ मुझसे कहती हैं कि चुप हो जा हैमलेट! मत बोल। दबी रहने दे अपनी इन भावनाओं को; तो फिर मुझे डर है कि कहीं चलते-चलते मेरे हृदय की गति बन्द न हो जाए। ओह!

(होरेशिओ, मार्सिलस और बरनार्डो का प्रवेश)

होरेशिओ : मैं श्रीमान् को नमस्कार करता हूँ।

हैमलेट : तुम्हें इस तरह कुशलपूर्वक देखकर मेरा हृदय प्रसन्न है। यह होरेशिओ ही है न या मुझे इसका भ्रम है?

होरेशिओ : मेरे स्वामी! मैं आपका चिर सेवक होरेशिओ ही हूँ।

हैमलेट : तुम मेरे घनिष्ट मित्र हो होरेशिओ। लेकिन हाँ, तुम विटनबर्ग से कैसे आ गए? और मार्सिलस?

मार्सिलस : मेरे स्वामी!

हैमलेट : **(बरनार्डो से)** ओ, तुमसे खूब मिलना हुआ। नमस्कार! पर हाँ, क्या बात है आप लोग विटनबर्ग से क्यों आए हैं?

होरेशिओ : मेरी तो इधर-उधर घूमने-फिरने की आदत है ही मेरे स्वामी !

हैमलेट : क्या? इस तरह की बात तो तुम्हारे विषय में, मैं तुम्हारे शत्रु के मुँह से भी नहीं सुनूँगा और यद्यपि तुम स्वयं कह रहे हो फिर भी मुझे विश्वास नहीं होता। मैं तुम्हें अच्छी तरह जानता हूँ कि तुम यों ही आवारा फिरने वाले नहीं हो होरेशिओ! लेकिन तुम यहाँ कर क्या रहे हो? इससे पहले कि तुम यहाँ से जाओ, मैं चाहता हूँ कि हमारे राजदरबार में जो शराब का दौर चल रहा है, उसमें तुम पूरी तरह से भाग लो।

होरेशिओ : मेरे स्वामी! मैं तो आपके पूज्य पिता के निधन पर अपने आँसू बहाने आया हूँ।

हैमलेट : ओ, इस तरह के व्यंग्य! नहीं! इस तरह की हँसी न करो मित्र! मैं जानता हूँ, तुम मेरी माँ के विवाहोत्सव में भाग लेने आए हो।

होरेशिओ : यह भी आप ठीक कहते हैं स्वामी! क्योंकि यह भी आपके पिता के निधन के कुछ ही दिन बाद होना था।

हैमलेट : समय और व्यय की बचत ही हुई है होरेशिओ! क्या हुआ! शोक मनाने वालों को दिए जाने वाला उदासी से भरा हुआ वह भोज, विवाहोत्सव के प्रीतिभोज के रूप में लिया गया। ओह! ईश्वर! ऐसे घृणित उत्सव को अपनी आँखों से देखने की अपेक्षा मेरी मृत्यु के पश्चात् स्वर्ग में यदि मेरा घोरतम शत्रु भी मिलेगा तो मैं उसका स्वागत करूँगा। होरेशिओ! मुझे मेरे पिता दिखाई दे रहे हैं।

होरेशिओ : ओ! क्या! कहाँ मेरे स्वामी?

हैमलेट : मेरी कल्पना के आँगन में होरेशिओ!

होरेशिओ : पर मैंने तो उन्हें सचमुच अपनी आँखों से देखा था। कितने अच्छे सम्राट् थे वे!

हैमलेट : सभी दृष्टियों से वे एक सच्चे और महान् पुरुष थे मित्र। मुझे इस पूरे संसार में उन जैसा कोई भी व्यक्ति नहीं दिखाई देता।

होरेशिओ : स्वामी! मैंने कल रात उनको देखा था?

हैमलेट : किसको देखा था होरेशिओ?

होरेशिओ : आपके स्वर्गीय पिता को स्वामी!

हैमलेट : मेरे स्वर्गीय पिता को?

होरेशिओ : इतना आश्चर्यचकित न होइए स्वामी। मैं आपको पिछली रात की घटना की सारी बातें बताता हूँ और मेरे ये साथी इसके साक्षी होंगे।

हैमलेट : क्या घटना है होरेशिओ! कृपया मुझसे कहो।

होरेशिओ : तो सुनिए। पिछली दो रातों को जब मार्सिलस और बरनार्डो पहरा दे रहे थे, तो काली रात के उस अन्धकार में उन्होंने स्वर्गीय सम्राट् को देखा। बिल्कुल वे ही थे और अपने शरीर पर उन्हीं की तरह से वस्त्रादि पहने हुए थे। वही आपके पिता का चेहरा! और उसी तरह सैनिक वेश में अपनी राजसी गति से चलते हुए वे इनके सामने आए और थोड़ी दूर रहकर तीन बार इनके सामने से इधर से उधर निकले। इनकी आँखें भय और आश्चर्य से फटी रह गईं। ऐसा लगा मानो उन क्षणों में ये जीवित ही नहीं थे। यह सारी घटना इन्होंने मुझे सुनाई और उस पर विश्वास न करके, मैं एक कौतूहल की भावना से प्रेरित होकर, तीसरी रात इनके साथ पहरे पर गया। वहाँ आधी रात के समय वह सम्राट् का प्रेत, उसी वेश में और उसी गति से आया। आपसे विश्वासपूर्वक कहता हूँ स्वामी! उस प्रेत में और आपके स्वर्गीय पिता में कोई अन्तर दिखाई नहीं देता है।

हैमलेट : कहाँ देखा था तुमने यह सब कुछ?

मार्सिलस : जहाँ हम पहरा दे रहे थे ठीक वहीं स्वामी!

हैमलेट : क्या तुम उस प्रेत से कुछ बोले नहीं?

होरेशिओ : मैंने उससे उसके विषय में पूछा था लेकिन उसने उत्तर नहीं दिया, लेकिन मुझे ऐसा लगा कि वह कुछ बोलने वाला ही था कि मुर्गे ने बाँग दे दी और उसी क्षण वह हमारी आँखों के सामने से मिट गया।

हैमलेट : कैसी विचित्र घटना है!

होरेशिओ : यह सब कुछ उतनी ही सच्ची घटना है स्वामी! जैसे मेरा इस संसार में जीवित होना एक सच्ची बात है। हमारा यह कर्तव्य था कि आपसे यह बात कहें, इसीलिए हमने यहाँ आकर यह सब कुछ कहा है।

हैमलेट : ठीक है मेरे मित्रो! लेकिन इसे सुनकर मेरा मस्तिष्क बहुत बेचैन हो उठा है। क्या आज रात को भी तुम लोग पहरे पर जाओगे?

मार्सिलस : अवश्य जाएँगे स्वामी?

हैमलेट : क्या कहा था तुमने कि प्रेत अपने सैनिक वेश में अस्त्र-शस्त्रों से सुसज्जित था?

मार्सिलस : जी हाँ।

हैमलेट : क्या सिर से पैर तक वही?

मार्सिलस : जी हाँ स्वामी!

हैमलेट : तब क्या तुम उसका पूरा चेहरा देख पाए?

होरेशिओ : हमने देखा था। उसका मुँह कुछ खुला हुआ था।

हैमलेट : क्या उसके चेहरे पर क्रोध की रेखाएँ मालूम देती थीं?

होरेशिओ : क्रोध तो नहीं लेकिन उदासी उसके चहरे पर पूरी तरह दिखाई देती थी।

हैमलेट : उसका चेहरा लाल दिखता था या पीला?

होरेशिओ : बिल्कुल पीला था।

हैमलेट : क्या उसने तुम्हारी आँखों से आँखें मिलाई थीं?

होरेशिओ : बहुत अच्छी तरह से।

हैमलेट : ओ, काश! मैं उस समय वहाँ होता!

होरेशिओ : आप आश्चर्यचकित रह जाते स्वामी!

हैमलेट : हो सकता है। लेकिन क्या वह प्रेत बहुत देर तक ठहरा था?

होरेशिओ : करीब सौ सैकिण्ड तक।

हैमलेट : इससे अधिक नहीं!

होरेशिओ : हाँ, मेरी उपस्थिति में तो इससे अधिक नहीं।

हैमलेट : क्या उसकी दाढ़ी कुछ मटमैली-सी थी?

होरेशिओ : बिल्कुल वैसी ही काली और कुछ भूरापन लिए हुए-सी थी, जैसी मैंने जीवित अवस्था में सम्राट् के चेहरे पर देखी थी।

हैमलेट : आज रात को मैं उसे देखूँगा। सम्भव है वह आज फिर आए।

होरेशिओ : अवश्य आएगा। मुझे पूरा विश्वास है।

हैमलेट : अगर वह मेरे पिता के वेश में आएगा तो चाहे यमदूत भी क्यों न चुप रहने के लिए मुझसे कहें, लेकिन मैं उससे बातें करूँगा। हाँ, अगर इस बात को तुमने कहीं नहीं कहा है, तो मेरी यही प्रार्थना है कि इसके बारे में किसी से कुछ न कहो। जो भी घटना आज रात को घटे, उससे जो कुछ भी तुम समझना चाहो समझ लेना। लेकिन बात को कहीं जाकर मत कहना! मैं तुम्हारी इस स्वामिभक्ति के लिए तुम्हें अच्छे पुरस्कार दूँगा। अच्छा अब विदा। रात को ग्यारह और बारह के बीच हम वहीं पहरे वाले स्थान पर मिलेंगे।

सभी : हम सभी राजकुमार की आज्ञा का पूरी तरह पालन करेंगे।

हैमलेट : जिस तरह मैं तुम लोगों को अपने हृदय का प्रेम देता हूँ उसी तरह मुझे भी अपने प्रेम का पात्र समझो। अच्छा, विदा!

(होरेशिओ, मार्सिलस और बरनार्डो का प्रस्थान)

मेरे स्वर्गीय पिता का प्रेत और उसी अपने सैनिक वेश में। इससे मालूम होता है कोई भीषण विपत्ति आने वाली है, कोई न कोई तूफ़ान उठने वाला है। मुझे सन्देह है कि कोई काला कुचक्र अन्दर ही अन्दर चल रहा है। ओ, काश! रात के वे आने वाले क्षण सरककर अभी मेरे सामने आ जाएँ। पर कैसे? तब तक के लिए शान्त हो जा मेरे विचलित हृदय। शान्त हो जा। कितने भी और कुचक्र, पाप इस धरती पर क्यों न चलें लेकिन एक-न-एक दिन मनुष्य की आँखों के सामने वे अवश्य आकर ही रहते हैं। मनुष्य के घृणित कार्य अधिक दिन तक अपना मुँह छिपाए नहीं रह सकते, चाहे यह पूरी धरती ही उनको छिपाने का प्रयत्न क्यों न करे।

दृश्य-3

(पोलोनिअस के घर में एक कमरा; लेआर्टस और ओफीलिआ का प्रवेश)

लेआर्टस : अच्छा बहिन! अब मैं जाता हूँ। मेरा सारा सामान जहाज़ पर पहुँच चुका है। विदा! जब कभी भी तुम्हें उचित अवसर प्राप्त हो, मुझे पत्र लिखना।

ओफीलिआ : अवश्य भाई।

लेआर्टस : जहाँ तक हैमलेट के प्रेम का सम्बन्ध है, इसके विषय में सोचना छोड़ दो बहिन। उसे अपने यौवन का एक पागलपन ही समझो। यह क्षणिक है। ये तुम्हारी सारी मधुर कल्पनाएँ कुछ ही समय बाद क्षार-क्षार होकर बिखर जाएँगी। अवकाश के समय जी बहलाने का सौदा है यह बहिन!

ओफीलिआ : क्या इससे अधिक इसका कोई मूल्य नहीं है भाई?

लेआर्टस : बिल्कुल नहीं। क्या तुम नहीं जानतीं ओफीलिआ! कि जब मनुष्य का बाह्य आकार बढ़ता है तो इसके साथ उसके मस्तिष्क और आत्मा की सीमाएँ भी बढ़ती हैं। हो सकता है कि वह इस समय तुमसे सच्चा प्रेम करता है। वह पवित्र है, पर क्यों? क्योंकि अभी तक कुत्सित और नीच अभिलाषाओं के काले धब्बे उसकी पवित्र आत्मा पर नहीं पड़े हैं। लेकिन तुम यह भूल जाती हो बहिन! कि वह राज्य परिवार का एक प्रमुख व्यक्ति है, राज्य का उत्तराधिकारी राजकुमार है; इसीलिए उसका मन, उसकी यह पवित्र आत्मा अपने आप में स्वतन्त्र नहीं है। उन पर उसकी परिस्थितियों के बन्धन हैं। क्या यह सम्भव नहीं कि वह साधारण व्यक्तियों की भाँति अपने जीवन को उस दिशा में न चला सके, जहाँ वह चलाना चाहे, क्योंकि उसके वे कार्य जनता के स्वार्थों के प्रतिकूल हो सकते हैं। इसीलिए राज्य की मर्यादा का उसकी स्वेच्छा पर एक कठोर बन्धन है बहिन! और इसीलिए राजकुमार होने के नाते वह वही कार्य करेगा जो इस मर्यादा को अक्षुण्ण रख सकेंगे। इसी कारण मैं तुमसे कहता हूँ कि तुम्हारे प्रति उसका यह सारा प्रेम उसी सीमा तक जीवित रह सकता है जहाँ इसमें और उसकी अपनी परिस्थितियों के बीच किसी तरह का विरोध न उठ खड़ा हो। राज्य की मर्यादा और जनता की इच्छा ही उसकी अपनी इच्छा है। तब तनिक सोचो तो नादान! कि अगर इस तरह का अन्तर्विरोध उठ खड़ा हुआ तो फिर तुम्हारा यह अटूट विश्वास, यह असीम श्रद्धा कहाँ जाएगी? वह आकर अपनी मधुर कल्पनाओं से अब तो तुम्हारे हृदय को रिझाया करता है और तुम उन भव्य कल्पनाओं में विभोर होकर यह भूल ही जाती हो कि इस सबका अन्त कैसा दुःखदायी होगा। क्या होगा तुम्हारे सम्मान का जिसे तुमने अभी उसकी बातों में आकर उसके पैरों पर बिछा दिया? मेरी प्यारी बहिन! ये दुःखदायी क्षण शीघ्र ही तुम्हारे सामने आनेवाले हैं। कल्पना करो ओफीलिआ! कि किस आग के साथ तुम खिलवाड़ कर रही हो। यह तुम्हारे सारे जीवन को जला कर खाक कर देगी। तुम्हारी सारी मधुर कामनाएँ एक झोंके के साथ न जाने कहाँ उड़ जाएँगी। कोई अत्यन्त सुशील और चरित्रवान स्त्री भी अकेले में अपने प्रेमी से मिले, तो उस पर भी चंचलता और क्षुद्रता का अभियोग लगाया जा सकता है। तुम नहीं जानतीं कि मनुष्य के गुण, उसकी पवित्रता, इस संसार के झूठे दोषारोपण से नहीं बच सकते। जिस तरह वसन्त ऋतु के छोटे-छोटे सुन्दर पौधे प्रायः कीड़े के खाने से नहीं बच सकते, उसी तरह यौवन की कच्ची अवस्था कभी भी इस तरह के दूषित वातावरण से नहीं बच सकती। इसीलिए मेरी प्यारी बहिन! सावधानी से इस जीवन की कठिन राह पर चलो। सदैव भय की कल्पना अपने हृदय में रखो, वही तुम्हें इस तरह के कलंक के मार्ग से दूर रख सकती है। जब इस तरह का कोई बन्धन इस अवस्था में नहीं रहता तो मनुष्य स्वेच्छाचारी हो

जाता है और उसका जो परिणाम होता है वह तुम जानती ही हो।

ओफीलिआ : भाई! मैं आपकी बातों को एक अमूल्य देन समझूँगी और उनसे अपनी इस स्वेच्छा की सीमाएँ जानकर, आपके दिए बन्धन को भी स्वीकार कर लूँगी। लेकिन मेरे प्रिय भाई! तुम उन व्यक्तियों की तरह तो मुझे उपदेश नहीं दे रहे हो न, जो दूसरों को तो मुक्ति का मार्ग बताते हैं लेकिन स्वयं अपने जीवन में उस मार्ग को न अपनाकर, पाप और अनाचार से भरी हुई अपनी इच्छाओं के दास बनकर रहते हैं?

लेआर्टस : मेरे बारे में तुम इस तरह की बात सोच रही हो? नहीं ओफीलिआ! इस शंका को दूर कर दो। लो, पिताजी आ रहे हैं। मैं तो बातों ही बातों में अधिक देर तक ठहर गया।

(पोलोनिअस का प्रवेश)

दूसरी बार उनका आशीर्वाद पाने के लिए ही मैं इतनी देर यहाँ ठहर गया हूँ। इस बार पिताजी से फिर जाने के लिए आज्ञा माँगने में और भी अधिक आनन्द है, फिर मैं क्यों इससे वंचित रहूँ?

पोलोनिअस : लेआर्टस! तुम अभी तक यहीं हो? जल्दी करो, देखो, अनुकूल दिशा में वायु बहने लगी है और वे सभी जहाज़ पर तुम्हारी प्रतीक्षा कर रहे हैं। जाओ, जल्दी जाओ, मेरी शुभकामनाएँ सदैव तुम्हारे साथ रहेंगी। मेरी इन कुछ छोटी लगने वाली गूढ़ बातों को सुनते जाओ और सदैव इन्हें अपना जीवन समझना। पहली बात है, कभी अधिक मत बोलना और किसी भी कार्य में अति शीघ्रता नहीं करना। अन्य व्यक्तियों से मित्रता करना, लेकिन अपने-आपको उनकी दृष्टि में सस्ता मत बना लेना। एक बार जब तुम अपने मित्र को पूरी तरह परख चुको, तभी उसे अपना अभिन्न समझना। लेकिन हर एक व्यक्ति को जिससे भी तुम्हारा परिचय हो, अपना अभिन्न मित्र मत समझना। झगड़ा हो तो पहले तो उसे टालने का प्रयत्न करना, लेकिन जब किसी भी उपाय से नहीं टल सके तो फिर अपने शत्रु पर आग की तरह टूट पड़ना। कानों से सबकी सुनना लेकिन करना वही जो अपने मन को भाए और हाँ, दूसरों के मन की बात जान लेना, लेकिन अपने मन का भेद उन्हें मत बताना। अपने रहने-खाने और कपड़े वगैरह में खर्च करते समय इस सिद्धान्त को सदैव अपने मस्तिष्क में रखना कि 'तेते पाँव पसारिए जेती लम्बी सौर।' कभी भी अधिक चमक-दमक और आभूषण आदि के फेरे में न पड़ना क्योंकि मनुष्य का बाह्य स्वरूप उसके अन्तर की पूरी सूची होती है। फ्रांस के उच्च कुलों के व्यक्तियों को इस तरह की चमक-दमक और फिजूलखर्ची का अधिक चाव होता है। इस बात का अपने जीवन में प्रण कर लेना कि न तो किसी से उधार लो और न किसी को दो, क्योंकि उधार लेने से फिर मनुष्य का हाथ बेकार के से खर्चों के लिए खुल जाता है। अन्त

में सबसे बड़ी बात यह है कि अपनी अन्तरात्मा के प्रति सदैव सच्चे रहो, मैं विश्वासपूर्वक कहता हूँ, तुम प्रत्येक व्यक्ति के प्रति सच्चे सिद्ध होगे। अच्छा, विदा! मैं तुम्हें आशीर्वाद देता हूँ और चाहता हूँ कि मेरे आशीर्वाद के साथ ही मेरे ये उपदेश तुम्हारे हृदय में पूरी दृढ़ता के साथ जम जाएँ।

लेआर्टस : मैं आपसे जाने की आज्ञा माँगता हूँ पिताजी!

पोलोनिअस : हाँ, अब तुम्हारे जाने का समय हो चुका है। तुम्हारे सेवक तुम्हारी प्रतीक्षा कर रहे हैं।

लेआर्टस : अलविदा ओफीलिआ। मेरी बातों को याद रखना।

ओफीलिआ : जब तक तुम स्वयं ही न उन्हें काट दो, तब तक वे मेरे हृदय से बाहर नहीं जा सकतीं।

लेआर्टस : अच्छा। विदा!

पोलोनिअस : क्या कहा था इसने तुमसे ओफीलिआ?

ओफोलिआ : राजकुमार हैमलेट के बारे में पिताजी!

पोलोनिअस : हैमलेट के बारे में? ठीक किया उसने। अभी कुछ समय पहले मुझे मालूम हुआ कि वह अकेले में तुमसे मिलने आता है और तुम बड़ी उत्सुकता से उसकी प्यार भरी बातों को सुना करती हो। अगर बात ठीक है, और मैं समझता हूँ यह सब ठीक ही है, तो समझ लो ओफीलिआ तुम अपने और अपने पिता के सम्मान के अनुकूल यह उचित कार्य नहीं कर रही हो। अच्छा, मुझसे साफ-साफ कहो कि तुम दोनों का सम्बन्ध कहाँ तक है?

ओफीलिआ : यही पिताजी! कि बहुत दिनों से वह मुझसे प्रेग करता है और इसी भावना से प्रेरित होकर प्रेम-पत्र भी लिखता है।

पोलोनिअस : प्रेम! छिः! तुम अपने जीवन के इस कठिन संघर्ष में अभी नादान हो ओफीलिआ! क्या तुम समझती हो कि वे प्रेम-पत्र सच्चे हैं? क्या हैमलेट तुमसे सचमुच प्रेम करता है?

ओफीलिआ : मैंने उसके बारे में अपनी कोई निश्चित धारणा नहीं बनाई है पिताजी!

पोलोनिअस : तो फिर मैं बताता हूँ, उस तरह काम करो। यह सोच लो कि जिस तरह कोई झूठे सिक्के देकर एक छोटी-सी बच्ची को ठग लेता है, उसी तरह तुम्हारे साथ धोखा हो रहा है। इस थोथे प्रेम-व्यवहार में अपना मूल्य पहचानो बेटी! नहीं तो भगवान न करे, इस तरह नासमझ बनकर तुम मेरा भी मूल्य घटाकर मुझे पूरी तरह एक मूर्ख ही सिद्ध करोगी।

ओफीलिआ : लेकिन पिताजी! उसके इस प्रेम-व्यवहार में मेरे प्रति एक अटूट सम्मान की भावना है।

पोलोनिअस : हाँ, तुम ठीक कहती हो। बेहूदगी का यही तो प्रचलित ढंग है। यह सब बेकार है बेटी! इसमें कोई सार नहीं है।

ओफीलिआ : और जब भी उसने मुझे वचन दिए हैं तभी भगवान को साक्षी बताया है।

पोलोनिअस : ठीक है। यही तो जाल मूर्ख पक्षियों को पकड़ने के लिए बिछाए जाते हैं। मैं इन पवित्र भावनाओं और सच्चे विचारों से भरे हुए प्रेमियों की बातों को अच्छी तरह से जानता हूँ। ये सब झूठी मशालें हैं बेटी! जो सिर्फ दूर से चमकती ही हैं, लेकिन अपने अन्दर कोई सामर्थ्य नहीं रखतीं। जैसे ही वे कुछ होने के लिए उद्यत होती हैं उसी क्षण न जाने कहाँ वे खो जाती हैं। इसीलिए मैं कहता हूँ कि हैमलेट के इस दिखावे को तुम सच्चा प्रेम समझने की भूल मत करो। अभी से यह नियम बना लो कि जब कभी भी वह तुमसे मिलने की इच्छा प्रकट करे, तभी उससे मिलकर अपनी उत्सुकता मत व्यक्त करो बल्कि इसी क्षण से उसे अपने हृदय से निकालकर अपने बारे में अधिक सोचो। क्या तुम भूल जाती हो ओफीलिआ, कि राजकुमार हैमलेट अभी एक नवयुवक है और तुम्हारी अपेक्षा उसे कुछ भी करने की अधिक स्वतन्त्रता है। मैं कुछ ही शब्दों में कहता हूँ कि उसकी बातों का विश्वास न करो। उसके वे वचन झूठे हैं। तुम्हें वे इतने सच्चे लगते हैं लेकिन यह जान लो, उनके पीछे जीवन का एक बहुत बड़ा धोखा छिपा हुआ है बेटी! उन्हें इसी तरह जानो ओफीलिआ! जैसे ठगिया सौदागर नादान बच्चियों को कुछ भी अच्छी-अच्छी बातें बताकर उनके पैसे ठगकर ले जाता है। बस यही मैं इस विषय में तुमसे कहना चाहता था। इसलिए मैं तुम्हें फिर चेतावनी देता हूँ कि अब यदि हैमलेट तुमसे मिलने आए तो एक क्षण भी उससे बातें करके अपने जीवन के अमूल्य समय का दुरुपयोग न करना। देखो, हर बात में सावधान रहना ओफीलिआ! आओ अब चलें।

ओफीलिआ : मैं आपकी आज्ञा का पालन करूँगी पिताजी।

(प्रस्थान)

दृश्य 4

(पहरेदार अपनी जगह पर है। इसी बीच हैमलेट, होरेशिओ और मार्सिलस का प्रवेश)

हैमलेट : बड़ी ठण्ड है। हवा तो शरीर को गलाए डालती है।

होरेशिओ : हाँ, ऐसी ही काटने वाली हवा चल रही है।

हैमलेट : क्या समय होगा?

होरेशिओ : करीब बारह बजे होंगे।

मार्सिलस : नहीं बारह तो बहुत पहले ही बज चुके हैं।

होरेशिओ : अच्छा? मेरा तो घण्टे की तरफ ध्यान नहीं था। तो फिर उस प्रेत के

आने का समय निकट आ रहा है।

(अन्दर नगाड़ों की गड़गड़ाहट और तोपों की आवाज़)

यह सब कुछ क्या हो रहा है राजकुमार?

हैमलेट : सम्राट् आधी रात के समय उठकर आज खुशियाँ मना रहा है। शराब पीकर नाच और गाने का मज़ा लूट रहा है। जैसे ही उस 'रहीनिश' शराब की घूँटें वह अपने गले के नीचे उतारता है वैसे ही यह घोषणा करने के लिए कि वह कितनी सफलता के साथ पी रहा है, तोपें छोड़ी जा रही हैं और नगाड़े पीटे जा रहे हैं।

होरेशिओ : क्या इस तरह का कोई रिवाज़ है मेरे स्वामी!

हैमलेट : है। यद्यपि मैं डेनमार्क का एक निवासी हूँ और मेरे ही देश का एक विशाल रिवाज़ है लेकिन मैं स्वयं इसको मनाने की अपेक्षा छोड़ने के अधिक पक्ष में हूँ। यह रिवाज़, जिसके कारण हम कुछ क्षणों के लिए तो पूरी तरह से पागल हो जाते हैं, दूसरे देशों की दृष्टि में हमें घृणा और उपेक्षा का पात्र बनाता है। वे हमें शराबी कहते हैं और उसके साथ 'सूअर' कहकर भी पुकारते हैं। इसी कारण हमारे दूसरे कार्य चाहे कितने भी उँचे और गौरवशाली हों, उनके कारण हम कभी भी महान् नहीं समझे जाते और न हमारी स्वाभाविक वीरता के लिए कोई हमारा गुणगान करता है। प्रायः देखा जाता है कि प्रत्येक मनुष्य में एक-न-एक दोष ऐसा होता है जो जन्मजात होता है, और उसके लिए उन्हें दोषी नहीं ठहराया जा सकता क्योंकि प्रकृति के विधान पर उनका क्या वश है! कभी यह भी होता है कि मनुष्य के स्वभाव में एक प्रकार का असन्तुलन पैदा हो जाता है और कोई एक दोष प्रखर होकर उसकी स्वाभाविक बुद्धि को नष्ट कर देता है। इस तरह की बुरी आदत के वश में होकर मनुष्य अपना सद्व्यवहार मानो पूरी तरह खो बैठता है। यह दुर्भाग्य सभी के जीवन के साथ लगा हुआ है। किसी को जन्म से ही यह घेर लेता है और किसी को किन्हीं परिस्थितियों के कारण अकस्मात् ही। फिर कितने भी अच्छे-अच्छे गुण उनमें हों, चाहे वे कितने ही पवित्र क्यों न हों, लेकिन उस एक दोष के कारण, जिसे दूर करने में वे सर्वथा असमर्थ रहते हैं, वे अन्य व्यक्तियों की उपेक्षा-घृणा के पात्र बनते हैं। बुराई की तनिक-सी मात्रा अच्छाई की सारी उज्ज्वलता को दूषित कर देती है या यों कहो, उसे पूरी तरह नष्ट कर देती है।

(प्रेत का प्रवेश)

होरेशिओ : वह देखो! आ गया स्वामी! वही प्रेत...

हैमलेट : भगवान हमारी रक्षा करे! ओह! तुम एक अच्छी आत्मा हो या दूषित आत्मा हो; तुम स्वर्ग से यहाँ आए हो या नरक से; किसी अच्छे विचार को लेकर आए हों या बुरे विचार को; मैं कुछ भी नहीं जानता हूँ। लेकिन तुम्हारी शक्ल-सूरत,

तुम्हारा यह वेश, मेरे हृदय में घबराहट पैदा कर रहा है। मैं तुमसे बोले बिना नहीं रह सकता। मैं तुम्हें अपने पिता सम्राट् हैमलेट के नाम से पुकारूँगा। ओ डेनमार्क के सम्राट्! मेरी बातों का उत्तर दो। मेरी उत्सुकता और घुटन को अधिक मत बढ़ाओ। मुझसे कहो कि जिस कब्र के नीचे तुम्हें पूर्ण सम्मान के साथ, धार्मिक रीति-कर्म के अनुसार सुला आए थे, वहाँ से उठकर तुम किस विचार से यहाँ आए हो? उस कब्र ने तुम्हारे लिए अपना द्वार क्यों खोल दिया सम्राट्! इस तरह अस्त्र-शस्त्र से सुसज्जित और सैनिक वेश में आने का तुम्हारा मन्तव्य क्या है? तुम्हारे इस वेश के कारण चाँदनी का रंग भी कुछ मलिन पड़ गया है। क्या रहस्य है यह? चूँकि मनुष्य होने के नाते हमारी बुद्धि सीमित है और इसी कारण हम मूर्ख हैं, लेकिन ओ सम्राट्! मुझे बताओ कि तुम्हारी इस उपस्थिति से हमारे हृदयों में इस तरह की उथल-पुथल, इस तरह की घबराहट क्यों बढ़ रही है, जिसे सहन करने में हम सर्वथा असमर्थ हैं। इस सबका कारण बताओ और हमसे कहो कि इस परिस्थिति में हमें क्या करना चाहिए।

(प्रेत हैमलेट की ओर कुछ इशारा करता है)

होरेशिओ : यह तुमसे अपने पीछे आने के लिए कहना चाहता है राजकुमार। लगता है कि कहीं अकेले में यह प्रेत तुमसे कुछ बातें करेगा।

मार्सिलस : वह देखो, किस नम्रता के साथ देखते हुए वह इशारा कर रहा है। नहीं, नहीं, इसके पीछे न जाना।

होरेशिओ : नहीं। कभी नहीं, राजकुमार!

हैमलेट : लेकिन यहाँ तो यह कुछ बोलेगा नहीं, इसलिए मुझे इसके पीछे अवश्य जाना चाहिए।

होरेशिओ : नहीं राजकुमार! आप नहीं जाएँगे।

हैमलेट : क्यों नहीं? डरने की क्या बात है और फिर मुझे इस जीवन से क्या लगाव है? यह स्थूल शरीर ही तो मिटेगा, मेरी आत्मा तो अमर होकर सदैव जीवित रहेगी। फिर क्या डर? वह देखो, वह मुझे बुला रहा है। मुझे जाना चाहिए।

होरेशिओ : कहा मान लो राजकुमार! यह प्रेत तुम्हें लेकर समुद्र में घुस जाए या किसी ऊँची पहाड़ी पर, जो ठीक समुद्र के वक्षस्थल पर खड़ी हो, ले जाए और वहाँ जाकर अपना कोई ऐसा भयानक रूप बना ले कि तुम्हारा मस्तिष्क अपना सन्तुलन पूरी तरह खो बैठे, तब क्या होगा। थोड़ी देर इस सबके बारे में तो सोचो स्वामी! वह पहाड़ी स्वयं ही इतनी ऊँची और भयानक है कि अगर वहाँ से कोई झुककर समुद्र की गरजती लहरों की ओर देखे तो एक साथ आत्महत्या के विचार उसके मस्तिष्क में घुमड़ने लगते हैं, यद्यपि उनका कोई प्रत्यक्ष कारण नहीं होता लेकिन वह भयानक दृश्य इसके लिए पर्याप्त कारण है।

हैमलेट : वह देखो, वह मुझे बराबर बुला रहा है। ओ चलो, स्वर्गीय सम्राट् की

प्रेतात्मा। मैं आ रहा हूँ।

मार्सिलस : नहीं, आप नहीं जाएँगे स्वामी।

हैमलेट : दूर रखो अपने हाथों को मार्सिलस।

होरेशिओ : मेरी सलाह मानो राजकुमार। मत जाओ, नहीं, तुम किसी भी स्थिति में नहीं जा सकते।

हैमलेट : मेरा भाग्य इस समय मुझे पुकार रहा है और उसी कारण एक अफ्रीकी सिंह की तरह मेरी रग-रग में असीम पौरुष जाग उठा है। (**प्रेत देखता है**) वह अभी भी मुझे बुला रहा है। छोड़ दो मुझे, मैं कहता हूँ, छोड़ दो। छोड़ दो, नहीं तो जो भी मुझे जाने से रोकेगा, मेरे हाथ से कटकर पृथ्वी पर गिर पड़ेगा। हट जाओ, मैं आ रहा हूँ प्रेतात्मा! चलो!

(प्रेत और हैमलेट जाते हैं)

होरेशिओ : राजकुमार अपनी भावनाओं में कुछ उन्मत्त-सा हो उठा है।

मार्सिलस : चलो, हमें उसके पीछे चलना चाहिए। इन भयभीत क्षणों में हम उसकी आज्ञा मानकर यहाँ खड़े नहीं रह सकते।

होरेशिओ : हाँ, चलो। क्या परिणाम होगा इन सबका?

मार्सिलस : इस सबसे यही लगता है कि डेनमार्क की स्थिति में किसी भीषण विपत्ति के बीज फूट रहे हैं।

होरेशिओ : भगवान हमारी रक्षा करेगा।

मार्सिलस : नहीं, चलो हमें उसका पीछा करना चाहिए।

(जाते हैं)

दृश्य 5

(किले का दूसरा भाग, हैमलेट और प्रेत का प्रवेश)

हैमलेट : कहाँ ले जा रहे हो तुम मुझे? बोलो! नहीं तो मैं आगे तुम्हारे पीछे नहीं चलूँगा।

प्रेत : तो सुनो।

हैमलेट : मैं इसके लिए तत्पर हूँ।

प्रेत : नरकलोक की उस आग में फिर से तपने के लिए जाने से पहले, मेरे पास अब थोड़ा-सा ही समय बाकी बचा है।

हैमलेट : क्या तपने के लिए? ओ प्रेतात्मा! मुझे तुम्हारी स्थिति पर दया आती है।

प्रेत : इसकी आवश्यकता नहीं। जो कुछ भी मैं कहूँ उसे कान लगाकर पूरे ध्यान से सुनो।

हैमलेट : बोलो। मैं उसके लिए पूरी तरह तैयार हूँ।

प्रेत : क्या यह सब सुनकर मेरे प्रति किए गए अन्याय का बदला लेने के लिए भी तुम इतने ही तैयार रहोगे।

हैमलेट : क्या?

प्रेत : सुनो, मैं तुम्हारे स्वर्गीय पिता का प्रेत हूँ। रात्रि में कुछ समय के लिए मैं इसी तरह भटका करता हूँ और फिर बाकी समय नरक की उस आग में जलता रहता हूँ। भूख-प्यास सहकर अपने किए पापों का प्रायश्चित करता हूँ। अगर नरक के सारे भेदों को न खोलने का मेरे ऊपर बन्धन न होता, तो मैं तुमसे वह कहानी कहता जिसका एक-एक शब्द तुम्हारी आत्मा को कंपित कर देता, और तुम्हारे शरीर में बहते रक्त को वहीं का वहीं जमा देता। उस भयावनी कहानी से तुम्हारी आँखें इसी तरह बाहर निकल आतीं जैसे आकाश में से तारे टूटकर बाहर निकल आते हैं। मैं जो कहता, उसे सुनकर तुम्हारे रोंगटे खड़े हो जाते और तुम्हारे हृदय का तार-तार काँप उठता, लेकिन नरक की वह कहानी मनुष्य को नहीं सुनानी चाहिए क्योंकि वह उसके भयावने रूप को सह नहीं सकता। इसलिए सुनो। अगर तुमने अपने पिता से कभी प्यार किया हो तो मेरी बात पर ध्यान दो।

हैमलेट : ओ ईश्वर!

प्रेत : अपने पिता की इस विचित्र और अस्वाभाविक हत्या का बदला लो हैमलेट!

हैमलेट : हत्या! क्या कह रहे हो?

प्रेत : सभी हत्याएँ घृणित होती हैं लेकिन इस हत्या से घृणित और अस्वाभाविक और कोई हत्या नहीं हो सकती।

हैमलेट : कहो मुझसे! शीघ्रता से कहो जिससे मैं उसी द्रुतगति से अपने पिता की हत्या का बदला ले सकूँ, जितनी द्रुतगति से मुनष्य की प्रेत कल्पनाएँ उसके मस्तिष्क में चलती हैं।

प्रेत : मैं देखता हूँ कि तुम मेरी बात का बड़ी तत्परता के साथ उत्तर दे रहे हो। वास्तव में अगर यह सब कुछ सुनकर भी खून तुम्हारी रगों में सोया रहता है तो तुम सब कुछ विस्मृत करा देने वाली नदी 'लिथे' के ऊपर उगने वाली काई से भी स्वभाव में अधिक शिथिल हो। अब सुनो, हैमलेट! तुम जानते ही हो कि मेरी मृत्यु के बारे में क्या कहानी गढ़ी गई है कि जब मैं रात को अपने शयनागार में सो रहा था तभी किसी साँप ने मुझे काट लिया और इसी कारण से मेरी मृत्यु हुई। इस झूठ से पूरे डेनमार्क को बहकाया जा रहा है। लेकिन ओ राजकुमार! मैं तुमसे कहता हूँ कि जिस साँप ने मुझे काटा है वह अब डेनमार्क के राजसिंहासन पर बैठा हुआ है।

हैमलेट : कौन? तुम्हारा मतलब मेरे चाचा से है? ओ ईश्वर! मेरी आत्मा भी बार-बार यही पुकारकर कहती थी।

प्रेत : उस दुष्ट ने अपनी धृष्टता और झूठे वाक्चातुर्य से मेरी रानी के हृदय को जीत लिया। वह रानी, हैमलेट! जो बाहर से इतनी पवित्र और सुशील लगती थी, उसकी जघन्य वासना की पूरी तरह दासी बन गई। ओ! कितने दुःख की बात है कि एक मनुष्य की सारी बुद्धि और उसके गुण पतन की उस सीमा पर पहुँच जाएँ कि वे एक स्त्री को इस धृष्टता से, वासना के जाल में फँसा ले! ओ हैमलेट! वह स्त्री जो तुम्हारी माँ बनती है, प्रेम के इस पागलपन में इतनी पतित कैसे हो गई? कैसा आश्चर्य है कि वह मेरे इतने महान् और पवित्र प्रेम की छाया से निकल कर उस नीच की कलुषित वासना की संतुष्टि का साधन बन गई, जिसकी गुण और शील में मुझसे कोई तुलना ही नहीं है। लेकिन सत्य का सबसे बड़ा गुण होता है कि चाहे कुत्सित वासनाएँ कितना भी पवित्र रूप रख कर इसको अपने मार्ग से विचलित करने आएँ पर यह विचलित नहीं हो सकता। लेकिन कृतघ्नता और धृष्टता चाहे विवाह के कितने ही पवित्र और दैवी सम्बन्धों का आवरण लिए हुए हों, दूसरे ही क्षण पाप की काली छाया उन पर मण्डराने लगती है। वह अपने बीज को नहीं झूठा सकती हैमलेट! वह पवित्रता घृणित मनुष्यों की उस पापमयी वासनाओं के सामने मानो अपना सारा अस्तित्व खो बैठती है। लेकिन ठहर! ओ, सुबह होने वाली है, इसलिए मैं संक्षेप में ही सारी बात पूरी करूँगा। जब मैं अपने राज्य-कार्यों से अवकाश पाता था तो मैं अपने उपवन के एक कुँज में विश्राम किया करता था। एक रात जब मैं सो रहा था, यही क्लॉडिअस चोर की तरह छिपे-छिपे आया। उसके हाथ में ज़हर से भरी हुई एक शीशी थी जिसमें से इसने मेरे कान में ज़हर उड़ेल दिया। यह ज़हर मनुष्य के खून को इस तरह जमा देता है जैसे दूध में दही की बूँदें डालने से वह जम जाता है। इससे मनुष्य जीवित नहीं रह सकता। जब वह ज़हर मेरे शरीर के अन्दर गया तो एक क्षण को तो मेरा पूरा शरीर काँप उठा, और फिर एक कोढ़ी की तरह फूट पड़ा। इस तरह मेरी हत्या की गई है, हैमलेट! मेरे भाई कहलाने वाले मनुष्य ने ही मेरे राज्य, मेरी स्त्री यहाँ तक कि मेरी जीवित श्वासों को मुझसे छीन लिया है। और ऐसे अनजाने में, जब मैं अपने जीवन में किए पापों का प्रायश्चित नहीं कर पाया और उस पूरे बोझ को लेकर ही इस संसार से उठ गया। ओ हैमलेट! एक मनुष्य का दूसरे मनुष्य के प्रति इससे भी अधिक जघन्य कार्य क्या होगा। अगर तुम्हारी आत्मा जीवित है, तो चुपचाप बैठे हुए इस सबको सहन न कर लेना। हैमलेट! डेनमार्क के इस पवित्र राजसिंहासन को इस पाप और कृतघ्नता से दूषित न होने दो। इस पवित्र स्थान पर पापी को अपनी वासना के खेल मत खेलने दो। उससे पूरा-पूरा बदला लो, लेकिन हाँ, अपनी माँ से किसी तरह की शत्रुता रखकर उसकी तरफ कभी अपना हाथ न उठाना। तुम्हारे बदले की इस आग से उसका शरीर न झुलसने पाए, ध्यान

रखना। उसके पापों के लिए उसकी आत्मा उसे कभी चैन की नींद नहीं सोने देगी और फिर ईश्वर उसे दण्ड देगा। बस, यही मुझे कहना था। देखो जुगनुओं का प्रकाश फीका पड़ने लगा है, सुबह होने वाली है। अच्छा विदा। देखो, मेरी बात भूल न जाना।

(प्रेत चला जाता है)

हैमलेट : सुन लो ओ देवदूतो! तुम इस सबके साक्षी हो। ओ पृथ्वी! तूने भी यह सब कुछ सुना है। अब और किसको साक्षी बनाऊँ मैं? नरक को भी? ओ, कितना घृणित! ओ कितना नीच कर्म! मेरे हृदय की मजबूत दीवारो! टूट न जाना। ओ मेरे शरीर की नाड़ियो! यह सुन कर शिथिल न हो जाना। मुझे वह अटूट शक्ति दो जिससे मैं अपने वचन से न डिगूँ। क्या! तुमने कहा कि तेरी बातों को भूल न जाना? नहीं, ओ दुःखी प्रेतात्मा जब तक मेरी स्मृति तेरे मस्तिष्क में जीवित रहेगी, तब तक तेरी बातों को कभी नहीं भूल सकता। ओह! मैं अपने मस्तिष्क से दर्शन और शास्त्रों की सारी बातों को कूड़ा-करकट समझकर बाहर फेंक दूँगा, लेकिन तेरी बातों को एक अमूल्य निधि समझकर सदैव जीवित रखूँगा। विस्मृति का आँचल उनके ऊपर कभी नहीं पड़ने दूँगा, यह मैं तुझे वचन देता हूँ। ओ दुश्चरित्र और दुष्ट स्त्री! ओ घृणित और सुन्दर मुखवाली विश्वास-घातिनी! ओह! यह सब क्या है? मैं अपनी पुस्तक के प्रथम पृष्ठ पर लिखे देता हूँ कि 'होठों पर मुस्कराहट लिए हुए भी मनुष्य अपने हृदय में पाप की कटार छिपाए उसे दूसरों के कलेजों में भोंक सकता है। कम से कम डेनमार्क के लिए तो यह सत्य है।'

(लिखता है) ओ चाचा! मैंने तेरे चरित्र को इन शब्दों के अन्दर पूरी तरह व्यक्त कर दिया है। अब मैं फिर प्रेत के उन्हीं शब्दों को याद करता हूँ—'विदा! मेरी बातों को भूल मत जाना।'

कभी नहीं। मैंने प्रतिज्ञा की है कि कभी नहीं भूलूँगा।

होरेशिओ : **(अन्दर से)** राजकुमार! राजकुमार!

मार्सिलस : **(अन्दर से)** राजकुमार हैमलेट!

होरेशिओ : **(अन्दर से)** ओह ईश्वर उसकी रक्षा करे!

हैमलेट : ऐसा ही हो।

होरेशिओ : **(अन्दर से)** कहाँ हैं 'राजकुमार! आप?

हैमलेट : यहाँ, आओ मित्रो! यहाँ आ जाओ।

(होरेशिओ और मार्सिलस का प्रवेश)

मार्सिलस : क्या घटना हुई मेरे स्वामी?

होरेशिओ : आपका चित्त तो ठीक है न?

हैमलेट : ओ आश्चर्यजनक रहस्य!

होरेशिओ : क्या? कृपया हमें बताइए न।

हैमलेट : नहीं, तुम यह सब बाहर किसी दूसरे से कह दोगे।

होरेशिओ : मैं इसके लिए वचन देता हूँ कि मेरे मुँह से यह बात कभी भी किसी दूसरे के सामने नहीं निकल पाएगी।

मार्सिलस : और मैं भी किसी से नहीं कहूँगा।

हैमलेट : तो फिर विचार करो, यह सब कुछ क्या है? क्या कभी भी इसकी कल्पना की जा सकती है? लेकिन देखो, बात किसी दूसरे के कानों में नहीं जानी चाहिए।

होरेशिओ और मार्सिलस : हम ईश्वर की ओर हाथ उठाकर वचन देते हैं।

हैमलेट : ओह! इस तरह का नीच और दुष्ट कभी भी डेनमार्क की धरती पर नहीं हुआ। लेकिन कैसा कपटी है, दुष्ट है वह!

होरेशिओ : लेकिन केवल इतना ही कहने के लिए प्रेत को आने की क्या आवश्यकता थी राजकुमार!

हैमलेट : ठीक कहते हो तुम। इसलिए बिना बात को आगे बढ़ाए मेरा विचार है कि हमें एक-दूसरे से विदा ले लेनी चाहिए। तुम लोग अपने-अपने कामों पर या जहाँ चाहो वहाँ जाओ क्योंकि प्रत्येक व्यक्ति अपनी इच्छा और कार्य से पूरी तरह नियन्त्रित रहता है। मैं भी जाकर भगवान की प्रार्थना करूँगा।

होरेशिओ : यह तो और भी कौतूहल और उलझन भरी हुई बात कह रहे हैं राजकुमार!

हैमलेट : मुझे इसका दुःख है कि तुम्हें मेरे उत्तर से सन्तोष नहीं है।

होरेशिओ : नहीं राजकुमार! इसमें दुःख की क्या बात है? मुझे असन्तोष क्यों होना चाहिए?

हैमलेट : ठीक है, लेकिन होरेशिओ! असन्तोष की बात है। मैं 'सैन्ट पैट्रिक' की शपथ खाकर कहता हूँ कि इसमें सन्तोष कहाँ। उस प्रेत के बारे में मैं यह कह सकता हूँ कि वह सच्चा प्रेत था और कोई दुष्टात्मा नहीं थी। हमारे बीच क्या बातें हुईं, इसके बारे में तुम मुझसे पूछना चाहते हो, तो थोड़ा धैर्य रखो, और फिर एक बात और। तुम दोनों ही मेरे मित्र हो, सैनिक और विद्वान हो। क्या तुम मुझे एक वचन दे सकते हो?

होरेशिओ : अवश्य? क्या वचन है राजकुमार?

हैमलेट : जिस प्रेत को तुमने देखा है उसके बारे में किसी से कुछ नहीं कहना।

होरेशिओ और मार्सिलस : हम वचन देते हैं।

हैमलेट : इतना कहना ही पर्याप्त नहीं है। शपथ लो।

होरेशिओ : मैं शपथ खाकर कहता हूँ कि मैं इस बात को किसी से नहीं कहूँगा।

मार्सिलस : इसी तरह मैं भी।

हैमलेट : मेरी तलवार के ऊपर हाथ रखकर शपथ खाओ।

मार्सिलस : हमने पहले ही शपथ ले ली है राजकुमार!

हैमलेट : नहीं, तलवार पर हाथ रखकर फिर एक बार।

प्रेत : **(नीचे से)** खाओ शपथ!

हैमलेट : आह! क्या तुमने कहा? ओ पवित्र प्रेतात्मा! क्या अब भी तुम यहीं हो? आओ मित्रो! शपथ ले लो! क्या तुम उस छिपे हुए प्रेत की आवाज़ नहीं सुन रहे हो?

होरेशिओ : अच्छा राजकुमार! कहो क्या कहें।

हैमलेट : मेरी तलवार पर हाथ रखकर कहो कि जो कुछ भी हमने आज रात को देखा है उसे कभी भी किसी से नहीं कहेंगे।

प्रेत : **(नीचे से)** खाओ शपथ।

हैमलेट : यहाँ भी? क्या प्रत्येक स्थान पर तुम रहते हो ओ प्रेत? आओ मित्रो! यहाँ आ जाओ और अब शपथ खाओ।

प्रेत : **(नीचे से)** खाओ शपथ!

हैमलेट : फिर बोला! ओ वृद्ध आत्मा! फिर तू ठीक उसी समय बोला। तू इतनी शीघ्रता से हमारे साथ आ रहा है। आओ मित्रो! तनिक और दूर चलें।

होरेशिओ : मैं दिन और रात की शपथ खाकर कहता हूँ कि वास्तव में यह विचित्र घटना है।

हैमलेट : यदि ऐसा है तो इसे एक अपरिचित प्राणी की तरह ही मानो! और इसके बारे में अपनी उत्सुकता अधिक मत बढ़ाओ। आकाश और पृथ्वी में न जाने कितनी ऐसी वस्तुएँ हैं जिन्हें हमारी सीमित बुद्धि नहीं जान पाती है। लेकिन अब आओ और अगर ईश्वर की दया चाहते हो तो वही शपथ लो कि उस समय, जब मैं सबके सामने एक पागल का-सा रूप बना कर जाऊँगा तब, तुम कुछ भी मेरे विषय में अन्य व्यक्तियों को नहीं बताओगे। हो सकता है, इस तरह का आवरण मेरे लिए आवश्यक हो। उस समय मुझे देखकर तुम अपने हाथ बाँधे और सिर हिलाते हुए यह कहना कि आह! अगर हम चाहते तो इसका रहस्य बता सकते थे और अगर हम चाहें तो सभी बातें खोलकर रख सकते हैं या कि कुछ लोग हैं जो इस सबके बारे में कुछ और अधिक बातें जानते हैं, जिससे सुनने वालों को मालूम होगा कि तुम अवश्य इस पागलपन के बारे में कुछ न कुछ जानते हो। अगर तुम ईश्वर की दया चाहते हो और यह चाहते हो कि तुम्हारी घोर आपत्तियों में वह तुम्हारी सहायता करे तो वचन दो ये बातें तुम अपने मुँह से नहीं निकालोगे।

प्रेत : **(नीचे से)** खाओ शपथ!

हैमलेट : शान्त! शान्त! ओ विक्षुब्ध आत्मा! **(वे शपथ खाते हैं)** अब मित्रो! मैं अपने हृदय के सारे स्नेह के साथ तुम्हारा हूँ। अगर ईश्वर ने चाहा तो मुझ जैसा छोटा आदमी तुम्हारे लिए जो कुछ भी कर सकता है वह अवश्य करेगा।

आओ, प्यारे मित्रों की तरह साथ-साथ चलें लेकिन फिर भी अपने होंठों पर अंगुली रखकर। समय बहुत खराब है। ओ मेरे दुर्भाग्य! तूने मुझे इतना शक्तिशाली क्यों नहीं बनाया, जिससे कि मैं इस संसार की सारी पीड़ा को, इसके सारे पाप को, सुख शान्ति के रूप में बदल देता! आओ मित्र! अब चलें।

(जाते हैं)

दूसरा अंक

दृश्य 1

(पोलोनिअस का घर, पोलोनिअस और रेनाल्डो का प्रवेश)

पोलोनिअस : रेनाल्डो! इस पैसे को और इन पत्रों को लेआर्टस को जाकर देना।

रेनाल्डो : अवश्य, श्रीमन्त!

पोलोनिअस : रेनाल्डो! सबसे अच्छी बात तो यह होगी कि उससे मिलने के पहले तुम अन्य व्यक्तियों से उसके चरित्र तथा रहन-सहन के बारे में पूरी तरह जान लेना।

रेनाल्डो : यही तो मैं करूँगा, स्वामी!

पोलोनिअस : हाँ, बातचीत करने में तो तुम अत्यधिक चतुर हो ही। पहले तो यह मालूम करना कि डेनमार्क के कितने व्यक्ति पेरिस में रहते हैं और फिर उनके रहन-सहन, व्यवहार तथा अन्य कार्यों के विषय में पूरी जाँच करना। पहले ही सीधे यह मत पूछना कि लेआर्टस कहाँ हैं और कैसे हैं, बल्कि सबसे पहले पूछना कि लेआर्टस को जानते हैं या नहीं, इसके बाद उसके बारे में बातें करना प्रारम्भ करना, और वह भी यह दिखाते हुए कि तुम उसके बारे में कुछ अधिक नहीं जानते हो। सिर्फ यही प्रकट करना कि उससे और उसके माँ-बाप से तुम्हारा बहुत थोड़ा-सा परिचय है। समझे मेरी बात?

रेनाल्डो : अच्छी तरह नहीं, श्रीमन्त।

पोलोनिअस : तुम यह कहना कि लेआर्टस से तुम्हारा थोड़ा परिचय है, लेकिन पूरी तरह उसे तुम नहीं जानते हो और अगर वही आदमी लेआर्टस है जिसकी ओर तुम्हारा संकेत है तो वह तो बहुत आवारा और कई दुर्गुणों का शिकार है। इस तरह का झूठा दोषारोपण तुम उसके ऊपर कर सकते हो लेकिन इसका पूरा-पूरा ध्यान रखना कि इससे उसके सम्मान पर कोई धक्का न आने पाए। तुम तो केवल नवयुवकों के ऐसे दोषों की बातें करना, जो उनके ऊपर किसी तरह का नियन्त्रण न रहने से बढ़ जाते हैं।

रेनाल्डो : जैसे जुआ, यही है न आपका मतलब?

पोलोनिअस : हाँ, या शराब पीने, लड़ने-झगड़ने, औरतों के पीछे फिरने और झूठी सौगन्ध खाने की आदत। यह सब बातें तुम कह सकते हो।

रेनाल्डो : लेकिन तब किससे सम्मान को धक्का पहुँचेगा श्रीमन्त!

पोलोनिअस : हाँ, जब भी यह दोषारोपण करो तो उसके साथ में यह न कहना कि वह खुले रूप से इन व्यसनों में पड़ा हुआ है, बल्कि इसी तरह की बातें करना जिससे मालूम हो कि ये सारे दोष अनियन्त्रित यौवनावस्था के ही हैं और यह होना अति स्वाभाविक है क्योंकि नवयुवकों का मस्तिष्क प्रायः अत्यधिक स्वेच्छाचारी और उतावला होता है। उसमें अच्छा बुरा सोचने-समझने की क्षमता नहीं होती।

रेनाल्डो : फिर स्वामी!

पोलोनिअस : मैं यह सब कुछ करने के लिए तुमसे क्यों कह रहा हूँ?

रेनाल्डो : वही तो मैं जानना चाहता हूँ श्रीमन्त!

पोलोनिअस : मैं माता मेरी की शपथ खाकर कहता हूँ रेनाल्डो! यही मेरा उद्देश्य है और मैं समझता हूँ, सफलता पाने का यह सबसे अच्छा साधन है। तुम इन दोषों का उसके चरित्र पर इस तरह आरोप लगाना, जिससे यह मालूम हो कि वह बुरी आदतों के कारण ही कुछ बिगड़ गया है। इससे तुम देखोगे कि जिस व्यक्ति से तुम बातें कर रहे होगे वह यदि लेआर्टस के इन दोषों के बारे में कुछ जानता होगा तो अवश्य कहेगा कि श्रीमान्! आपकी बात ठीक है और अपने देश की रीति के अनुसार तुम्हें सम्बोधित करके अवश्य तुम्हारी बात से अपनी सहमति प्रकट करेगा।

रेनाल्डो : मैं समझ गया श्रीमन्त!

पोलोनिअस : और जब वह यह कहे—क्या कहा था मैंने? मैं अभी कोई खास बात कहने जा रहा था। कहाँ मैंने बात समाप्त की थी?

रेनाल्डो : आप कह रहे थे कि तब वह तुम्हें अपने देश की रीति के अनुसार सम्बोधित करके अवश्य तुम्हारी बात से सहमति प्रकट करेगा।

पोलोनिअस : हाँ, हाँ, ठीक यही। तब वह बड़े विश्वास के साथ तुमसे कहेगा—मैंने कल या और किसी दिन उसे उस जगह जुआ खेलते हुए पाया या शराब पिए हुए देखा या टेनिस खेलते समय झगड़ा करते हुए देखा—या यह भी सम्भव है कि वह कहे—मैंने उसे वेश्या के घर या और किसी बदनाम स्त्री के घर जाते देखा—अब समझे कुछ तुम मेरा मतलब? जैसे काँटे में फँसे हुए मरे कीड़े को देखकर मछली उस पर अपना मुँह डालती है और काँटे में अटक जाती है उसी तरह वे व्यक्ति भी तुम्हारी इन बातों को सुनकर सबसे इसी तरह कहेंगे मानो यह सब कुछ सत्य है! इस तरह बुद्धिमानी और दूरदर्शिता से हम अपने उद्देश्य को पूरा करने का सीधा मार्ग पा लेंगे और इस तरह की टेढ़ी-मेढ़ी बातें बना कर सही स्थिति के बारे में पूरी तरह जान जाएँगे। इसलिए मेरे बताए मार्ग पर

चलकर तुम मेरे पुत्र के बारे में सभी बातों का पता लगा पाओगे। समझे?

रेनाल्डो : जी अवश्य, स्वामी!

पोलोनिअस : जाओ विदा! ईश्वर तुम्हें सफलता दे।

रेनाल्डो : अच्छा श्रीमन्त!

पोलोनिअस : और फिर स्वयं अपनी आँखों से भी सब कुछ देखकर उसके चरित्र तथा व्यवहार के बारे में जानकर अपनी सन्तुष्टि कर लेना।

रेनाल्डो : वह तो मैं अवश्य करूँगा।

पोलोनिअस : और जिस तान में वह बह रहा है उसे उसी में बहने देना।

रेनाल्डो : बहुत अच्छा स्वामी!

पोलोनिअस : अच्छा, विदा!

(रेनाल्डो जाता है)

(ओफीलिआ का प्रवेश)

क्यों ओफीलिआ! तुम कैसी हो? क्या बात है जो तुम इस तरह खड़ी हुई हो?

ओफीलिआ : पिताजी, मैं बहुत डर गई हूँ।

पोलोनिअस : किससे! भगवान के लिए मुझे बताओ।

ओफीलिआ : जब मैं कमरे में बैठी सो रही थी, श्रीमान् हैमलेट खुला डबलेट पहने, बिना टोप के मैले मौज़े पहने जिनमें फीते भी न थे और इसी से जो टखनों तक गिर गए थे, मैली कमीज़ पहने, पीला चेहरा लिए लड़खड़ाते घुटनों से, पागल की-सी घबराई दृष्टि लिए ऐसे आ गए वहाँ, जैसे नरक में वीभत्सताएँ देख आए थे!

पोलोनिअस : क्या वह प्रेम में ऐसा हो गया?

ओफीलिआ : मैं नहीं जानती पिताजी! पर मुझे डर लगता है।

पोलोनिअस : क्यों? क्या हुआ मुझे भी तो बताओ।

ओफीलिआ : पहले-पहले तो उसने कसकर मेरी कलाई पकड़ ली और फिर एक हाथ पीछे सरक गया, फिर अपना दूसरा हाथ अपने माथे पर रखकर वह मेरे चेहरे की ओर इस तरह घूरकर देखने लगा जैसे मानो अभी इसे हाथ से उखाड़कर ले जाएगा। इसी तरह वह काफी देर तक खड़ा रहा। इसके बाद उसने मेरे हाथ को थोड़ा हिलाया और अपने सिर को भी तीन बार हिलाकर इस तरह लम्बी और दर्द-भरी श्वास ली कि मुझे लगा उसका हृदय अभी फट जाएगा और उसके जीवन की गति इसी क्षण रुक जाएगी। तब उसने मेरा हाथ छोड़ दिया और फिर भी मेरी ओर पीछे मुँह मोड़कर चलता गया। मैं क्या कहूँ, उसकी आँखें मार्ग देखने के बजाय मुझे घूरकर देख रही थीं।

पोलोनिअस : अच्छा, मेरे साथ आओ। मैं जाकर सम्राट् से मिलने का प्रयत्न करूँगा। यही तो प्रेम का पागलपन है जो अपने आवेश के क्षणों में मनुष्य की हत्या तथा

अन्य कितनी ही बातों पर उतारू हो जाता है! मुझे तुम्हारी इस दयनीय अवस्था पर दुःख है बेटी! लेकिन हाँ, क्या तुमने कभी उसको कोई कड़ा उत्तर तो नहीं दिया?

ओफीलिआ : नहीं पिताजी! केवल आपकी बात मानकर मैंने उसके प्रेम-पत्रों को स्वीकार करना बन्द कर दिया था और साथ में यह भी कहा था कि अब वह मुझसे कभी मिलने का प्रयत्न न करे।

पोलोनिअस : इसी धक्के से वह पागल हो गया है। ओह! मुझे कितना दुःख है कि मैंने उसके साथ इस तरह का व्यवहार किया। मुझे और अधिक सावधानी के साथ उसके सम्बन्ध में कुछ निर्णय करना चाहिए था। मैं तो सोचता था कि वह आवारा की तरह अपने प्रेम के झूठे वायदों से तुम्हें बहका रहा है और एक ऩ एक दिन तुम्हें बरबाद करना चाहता है। लेकिन धिक्कार है मेरे इस तरह के सन्देह पर। हम जैसे बूढ़े आदमियों के लिए यह उतावलापन स्वाभाविक है कि हम अच्छे और बुरे की ठीक परख न करके अपने को अधिक चतुर समझकर कुछ दूसरा ही रास्ता ठीक समझते हैं, जबकि नवयुवक और युवतियों के साथ यह दोष नहीं रहता। आओ, सम्राट् के पास चलें। उनसे यह सारी घटना कह देनी चाहिए नहीं तो उसके पागलपन को छिपाने से, न जाने और क्या आपत्ति खड़ी हो सकती है। बात खोल देने से कि वह तुमसे प्रेम करता है, सम्राट् थोड़े क्रुद्ध हो जाएँगे। लेकिन यह उससे कहीं अच्छा है। आओ।

(जाते हैं)

दृश्य 2

(महल में एक कमरा, तुरही बजती है। सम्राट्, महारानी, रोजैन्क्रैंट्ज, गिल्डिन्स्टर्न तथा अन्य सेवकों का प्रवेश)

सम्राट् : रोजैन्क्रैंट्ज और गिल्डिन्स्टर्न! तुम्हारा स्वागत है। हम तुमसे मिलने को बहुत उत्सुक थे। अभी इतने शीघ्र हमने तुम्हें एक विशेष कार्य से बुलाया है। तुमने हैमलेट के बारे में तो सुना ही होगा कि उसके मस्तिष्क की क्या स्थिति है? हम समझते हैं कि वह जो पहले अपनी सामान्य अवस्था में था, अब नहीं है। हम इसका कारण उसके पिता की मृत्यु के गहरे धक्के के सिवाय कुछ भी नहीं समझ सकते। इसलिए हम चाहते हैं कि तुम दोनों कुछ दिनों के लिए हमारे यहाँ रहो और चूँकि बचपन से ही तुम हैमलेट के मित्र रहे हो, तुम्हारा स्वभाव और तुम्हारी आयु एक-सी है, तुम उसके साथ रहकर, उसका विक्षुब्ध मस्तिष्क अच्छी-अच्छी बातों की ओर मोड़ सकते हो और तब उसके जीवन की पूरी गतिविधि से यह पता लगाना कि उसके पागलपन का कारण क्या है। अगर कोई ऐसा कारण

हो जिसे हम नहीं जानते हों, तो उसका पता लगने पर हम उसका यथोचित प्रबन्ध कर सकेंगे। यही हम तुमसे चाहते हैं।

महारानी : प्रायः वह तुम दोनों की ही बातें करता है, इसी कारण हमने सोचा है कि संसार में तुम दोनों से अधिक मित्रता वह किसी के साथ नहीं रखता। अगर तुम हमारी प्रार्थना पर कृपा करके हमारे यहाँ कुछ समय के लिए ठहर जाओ और जो भी हम पता लगाना चाहते हैं उसमें हमारी सहायता करो, तो विश्वास करो, जैसे एक सम्राट् को उन व्यक्तियों के प्रति, जो उसका समय पर लाभ देते हैं, करना उचित है, वैसे ही धन्यवाद और अनेक उपहारों से तुम्हारा चित्त प्रसन्न करेंगे।

रोजेन्क्रैंट्ज : आप हमारे स्वामी और स्वामिनी, दोनों हमसे प्रार्थना कर रहे हैं। नहीं, श्रीमन्त। आपको तो आज्ञा देनी ही उचित है और हम सदैव उस आज्ञा का पालन करेंगे।

गिल्डिन्स्टर्न : हम दोनों आपकी सेवा में उपस्थित हैं। जो भी आपकी आज्ञा होगी, वही हमारा कर्तव्य होगा।

सम्राट् : धन्यवाद रोजेन्क्रैंट्ज और गिल्डिन्स्टर्न!

महारानी : हमारा भी धन्यवाद स्वीकार करो भद्रपुरुष! और अब हम तुमसे प्रार्थना करते हैं कि फौरन जाकर हमारे बेटे हैमलेट से मिलो जो इस समय पागल की तरह हो रहा है (सेवक से) इन्हें हैमलेट के पास पहुँचा दो।

गिल्डिन्स्टर्न : हे ईश्वर! हमारे प्रयत्न हमारे मित्र हैमलेट के लिए लाभकारी सिद्ध हों!

महारानी : अवश्य होंगे।

(रोजैन्क्रैंट्ज, गिल्डिन्स्टर्न तथा अन्य सेवकों का प्रस्थान)

(पोलोनिअस आता है)

पोलोनिअस : सम्राट्! नार्वे को भेजे हुए हमारे राजदूत शुभ सूचनाओं के साथ वापस आ गए हैं।

सम्राट् : ओ! पोलोनिअस! तुम सदैव शुभ सूचना ही लाते हो।

पोलोनिअस : क्या आप ऐसा सोचते हैं स्वामी? मैं आपको विश्वास दिलाता हूँ सम्राट्! कि मैं अपने कर्तव्य को सबसे ऊपर समझता हूँ। और अपनी आत्मा को ईश्वर और अपने सम्राट् की सेवा में समर्पित समझता हूँ। मुझे हैमलेट के पागलपन का कारण मालूम हो गया है स्वामी! और यह उस हद तक ठीक है जब तक मैं यह न समझ लूँ कि मेरे मस्तिष्क ने पूरी तरह काम करना बन्द कर दिया है।

सम्राट् : क्या? बताओ पोलोनिअस! हम यह जानने के लिए बड़े उत्सुक हैं।

पोलोनिअस : पहले दूतों की बातें सुन लीजिए, इसके बाद मेरी बातें तो अन्त में सारे रहस्य को खोलेंगी।

सम्राट् : अच्छा, तो तुम्हीं जाकर उचित स्वागत के साथ उन्हें यहाँ ले आओ।

(पोलोनिअस जाता है)

मेरी प्रिय महारानी! पोलोनिअस कहता है कि उसने हैमलेट के पागलपन का कारण जान लिया है।

महारानी : मेरे विचार से तो उसके पिता की मृत्यु और फिर उसके बाद इतने शीघ्र हमारा विवाह कर लेना ही इसका मुख्य कारण हो सकता है।

सम्राट् : उसे सब पता चलेगा।

(वोल्टीमैण्ट और कोर्नेलिअस के साथ पोलोनिअस का पुनः प्रवेश)

मेरे अच्छे साथियो! आओ स्वागत है। कहो वोल्टीमैण्ट, हमारे भाई नार्वे के सम्राट् ने क्या कहलाकर भेजा है।

वोल्टीमैण्ट : उन्होंने आपकी शुभकामनाओं के बदले एक बहुत ही सन्तोषजनक उत्तर भेजा है सम्राट्! जैसे ही हमने आपका सन्देश उन्हें कहकर सुनाया उसी समय उन्होंने अपने भतीजे के साथी सभी सैनिकों को गिरफ्तार करने की आज्ञा दे दी और फिर कहा कि उन्हें यह कुछ भी नहीं मालूम था। वे तो यही जानते थे कि यह सारी सेना पोलैण्ड पर आक्रमण करने के लिए तैयार की जा रही है। उन्होंने इस बात पर बहुत खेद प्रकट किया कि फोर्टिन्ब्रास ने उनकी बीमारी और वृद्धावस्था का अनुचित लाभ उठाया है। इसीलिए उन्होंने ऐसी कठोर आज्ञा दे दी है। संक्षेप में मैं आपको सारी बात बताता हूँ। फोर्टिन्ब्रास ने अपने चाचा की बात मान ली है और उसने सम्राट् को वचन दिया है कि भविष्य में वह कभी भी आपके विरुद्ध इस तरह के षड्यन्त्र नहीं रचेगा। इससे अत्यधिक प्रसन्न होकर नार्वे के सम्राट् ने अपने भतीजे को तीन हज़ार क्राउन प्रति वर्ष देने का वचन दिया है और कहा है कि वह अपनी सेना से पोलैण्ड पर आक्रमण कर सकता है! इस पत्र में उन्होंने अपनी प्रार्थना लिख दी है **(पत्र देते हुए)** कि आप कृपा करके अपने राज्य की सीमा में से उन सेनाओं को शान्तिपूर्वक निकल जाने दें।

सम्राट् : हमें यह सब सुनकर अत्यधिक हर्ष हुआ है और अब अधिक अवकाश के समय हम यह पत्र पढ़ेंगे, उस पर विचार करेंगे और फिर उत्तर देंगे। इससे पहले हम तुम्हारे इस कष्ट के लिए तुम्हें धन्यवाद देते हैं और तुम्हें इस थकान के पश्चात् विश्राम करने की आज्ञा देते हैं। हम फिर एक बार तुम्हारी इस यात्रा से लौटने के उपलक्ष्य में तुम्हारा स्वागत करते हैं और प्रार्थना करते हैं कि रात्रि को हमारे साथ ही बैठकर भोजन करना।

(वोल्टीमैण्ट और कोर्नेलिअस का प्रस्थान)

पोलोनिअस : इस सारी हलचल का निष्कर्ष मैंने ठीक ही निकाला है और अब यह बताने में कि मेरा कर्तव्य क्या है और मेरी दृष्टि में आपका क्या स्थान है, मैं अपना समय नष्ट नहीं करूँगा, क्योंकि इसका आपस में सम्बन्ध उसी तरह का

है जैसे रात और दिन का, और बुद्धिमानी की सबसे बड़ी पहचान है किसी बड़ी बात को कम से कम शब्दों में कह देना। इधर-उधर घुमा फिराकर कहना तो उसका बाह्य रूप है, इसलिए मैं अपनी पूरी बात संक्षेप में ही कहूँगा। आपका सुयोग्य पुत्र हैमलेट पागल हो गया है। यही मैं कहूँगा क्योंकि बिना यह कहे कि वह पागल है कोई पागलपन की परिभाषा कैसे दे सकता है। लेकिन छोड़िए, यह बात विषय से बाहर है।

महारानी : निश्चात्मक रूप से कुछ बताओ पोलोनिअस! इस तरह अपना वाक्चातुर्य न दिखाओ।

पोलोनिअस : मैं कोई बात झूठ नहीं कह रहा हूँ महारानी! इसमें कोई सन्देह नहीं, मैं आपको पूरा विश्वास दिलाता हूँ कि वह पागल हो गया है। फिर इसमें भी सन्देह नहीं कि उसकी यह दयनीय स्थिति है और यह और भी दुःखदायी सत्य है कि वह इस स्थिति में है। लेकिन यह सब तो मूर्खतापूर्ण वाक्चातुर्य है और इसीलिए अब मैं इसे छोड़ता हूँ और साफ-साफ अपनी सारी बात बताता हूँ। तो फिर यह मान लो कि वह पागल है। अब रह जाता है प्रश्न यह कि इसका कारण क्या है। क्योंकि पागलपन का कोई कारण होना चाहिए। इसलिए कारण की खोज करनी चाहिए और उसके लिए मुझे यह कहना है। सुनिए मेरी पुत्री ने मेरे प्रति उचित सम्मान दिखाते हुए अपना कर्तव्य समझकर यह पत्र मुझे दिया है। अब मैं इसे पढ़कर सुनाता हूँ। आप इसकी बातों से अपना निष्कर्ष निकालिए। **(पढ़ता है)** ''मेरी अत्यन्त सुन्दर देवी ओफीलिआ! जो कि मेरे हृदय की एकमात्र स्वामिनी है।'' 'सुन्दर' यह शब्द तो प्रायः प्रयोग में आता है। मुझे इससे घृणा है। खैर आगे और सुनिए **(पढ़ता है)** ''दूध के समान श्वेत और स्वच्छ उसके अन्तः पटल पर ये पंक्तियां सदा के लिए विद्यमान रहें।''

महारानी : क्या हैमलेट ने यह पत्र तुम्हारी पुत्री के पास भेजा है?

पोलोनिअस : थोड़ा धैर्य रखिए देवी! मैं सब कुछ बताऊँगा।

(पढ़ता है)

''सूर्य की गति पर भी एक बार सन्देह कर लेना और तारों के अमर प्रकाश पर भी विश्वास न करना। एक बार सत्य को भी झूठ समझकर सन्देह की दृष्टि से देख लेना, लेकिन मेरे प्रेम पर कभी सन्देह न करना। ओ प्रिय ओफीलिआ! मैं प्रेम-गीत लिखना नहीं जानता और न मुझे अपने इन विश्वासों को अंकित करने की कला ही आती है, लेकिन प्रिये! यह विश्वास करना कि संसार में सबसे अधिक मैं तुम्हें चाहता हूँ। अच्छा, अब विदा!...जब तक शरीर में श्वास हैं तब तक प्रिये! सदा तुम्हारा ही—हैमलेट।''

मेरी आज्ञा के अनुसार मेरी पुत्री ने यह पत्र मुझे दिया। इसके साथ-साथ उसने मुझे हैमलेट के द्वारा दिए हुए अपने सभी प्रेमोपहारों के बारे में भी बताया है।

सम्राट् : लेकिन इस प्रेम के प्रति ओफीलिआ की प्रतिक्रिया क्या है?

पोलोनिअस : मेरे बारे में आप क्या सोचते हैं सम्राट्!

सम्राट् : यही कि तुम अत्यन्त सम्माननीय और स्वामिभक्त हो।

पोलोनिअस : मैं अपने आपको ऐसा सिद्ध करने का भरसक प्रयत्न करूँगा। लेकिन स्वामी! यदि मैं इस रहस्य को छिपा लेता तो आप और महारानी मेरे बारे में क्या सोचते। क्योंकि सत्य बात यह है कि मेरी पुत्री के कहने से पहले ही, मैंने इस प्रेम के बारे में कुछ बातें जान ली थीं। अब यदि मैं इस प्रेम की तरफ से आँखें मींचकर इसको चलने देता और चुप रहता तो आप मेरे विषय में क्या सोचते सम्राट्! क्या यह मेरी मूर्खता नहीं होती? इसीलिए सीधे ही मैंने इसमें अपना हाथ बढ़ाया और अपनी बेटी से कहा—"बेटी! राजकुमार कुल और पद की दृष्टि से तुमसे कहीं बड़े हैं, इसीलिए उनके साथ प्रेम करके तू कोई भव्य कल्पनाएँ न बना। यह प्रेम कैसे सम्भव हो सकता है।" मैंने उससे कहा कि अब वह राजकुमार के कोई भी पत्र या भेंट स्वीकार न करे और यहाँ तक कि उससे कभी मिलने का भी सपना न देखे। उसने मेरी बातों को मान लिया और कुछ ही शब्दों में कहता हूँ, इसी धक्के से राजकुमार का मस्तिष्क विचलित हो गया है। इसीलिए वह भूख-प्यास और नींद सब कुछ भूलकर इस तरह पागलों की तरह फिरता रहा है। इससे भी शिथिल होता चला गया। इस शिथिलता का उसके मस्तिष्क पर प्रभाव पड़ा और अन्त में इसी कारण उसका सन्तुलन बिगड़ गया और वह सचमुच पागल हो गया। इसीलिए वह मतवालों की तरह पुकारता है। हमें राजकुमार की इस हालत पर कितना दुःख है स्वामी !

सम्राट् : क्या तुम्हें अपनी बात पर पूरा विश्वास है?

महारानी : हो सकता है, उसके पागलपन का कारण यही हो।

पोलोनिअस : आप सन्देह करते हैं सम्राट्! क्या आप मेरे पूरे जीवनकाल में कोई ऐसा समय बता सकते हैं जबकि मैंने किसी बात पर विश्वास करके 'ठीक' कहा हो और वह गलत साबित हुई हो!

सम्राट : नहीं, मेरे विचार से तो कभी नहीं।

पोलोनिअस : स्वामी! अगर यह बात झूठ निकल जाए तो मेरे कन्धों से मेरा सिर उतरवा लीजिए। जब मुझे किसी वस्तु की जाँच के लिए ठीक आँकड़े मिल जाते हैं तो फिर सत्य कितना भी पृथ्वी के नीचे क्यों न गड़ा हो मैं उसे खोदकर निकाल सकता हूँ।

सम्राट् : लेकिन यह बात प्रमाणित कैसे हो सकती है?

पोलोनिअस : आप जानते हैं कि वह कई घण्टों तक उस बड़े कमरे में घूमता रहता है?

महारानी : हाँ, यह तो ठीक है।

पोलोनिअस : उसी समय मैं ओफीलिआ को उसके पास भेजूँगा और उस समय हम पर्दे के पीछे रहेंगे। फिर देखिए वे किस तरह मिलते हैं। अगर वह उससे प्रेम न करता हो और उसी के प्रेम में पागल नहीं हुआ हो तो मुझे सफल राजनीतिज्ञ की जगह एक गँवार किसान समझना।

सम्राट् : हम अवश्य यह सब देखेंगे।

महारानी : लेकिन कैसा दुखी होकर मेरा बेटा किताब पढ़ते हुए आ रहा है।

पोलोनिअस : आप जाइए और जा कर छिप जाइए। मैं उससे बातें करूँगा।

(हैमलेट का किताब पढ़ते हुए प्रवेश)

क्या मैं अपने स्वामी राजकुमार हैमलेट के चित्त के बारे में कुछ पूछ सकता हूँ? कैसे हैं आप राजकुमार?

हैमलेट : अच्छा हूँ, भगवान की दया है।

पोलोनिअस : क्या आप मुझे जानते हैं राजकुमार!

हैमलेट : अच्छी तरह से। तुम मछुआरे हो।

पोलोनिअस : नहीं, राजकुमार! मैं मछुआरा नहीं हूँ।

हैमलेट : तब कितना अच्छा होता कि तुम एक सच्चे और ईमानदार व्यक्ति होते!

पोलोनिअस : सच्चा हूँ राजकुमार!

हैमलेट : लेकिन श्रीमान्! क्या यह भी जानते हैं कि इस संसार में खोजने से हज़ार में एक ईमानदार और एक सच्चा व्यक्ति मिलता है?

पोलोनिअस : यह तो ठीक कहते हैं आप।

हैमलेट : जब कि सूर्य स्वयं देवता होते हुए भी एक मरे हुए कुत्ते के शरीर में अनेकों कीड़े पैदा कर देता है और इस तरह उसके माँस को और भी सड़ाता है, उसी तरह... हाँ, क्या तुम्हारी कोई पुत्री है?

पोलोनिअस : हाँ, है राजकुमार!

हैमलेट : उसको अन्दर ही बन्द रखना। खुले में सूरज की धूप उसको न छू ले। गर्भ धारण करना[1] वैसे तो ईश्वर का वरदान ही है लेकिन तुम्हारी पुत्री के लिए नहीं, क्योंकि हो सकता है वह तुम्हारी इच्छा के विरुद्ध हो। समझे, इसका पूरा-पूरा ध्यान रखना।

पोलोनिअस : **(स्वगत)** अब इसका और क्या तात्पर्य हो सकता है? अभी तक भी मेरी पुत्री के नाम की धुन है, फिर भी देखते ही तो यह मुझे नहीं पहचान पाया। कहता था कि मैं मछुआरा हूँ। ओह! वह तो अपने प्रेम के इस पागलपन में

---

1. Conceive : हैमलेट ने इस शब्द का दो अर्थों में प्रयोग किया है; एक तो है 'गर्भधारण करना' और दूसरा है 'समझ' (Understanding)। इस तरह से टेढ़े-मेढ़े उत्तर देकर ही हैमलेट अपना पागलपन सिद्ध करना चाहता है। हम इस वाक्चातुर्य को अनुवाद में इस तरह नहीं दिखा सकते।

बहुत आगे बढ़ चुका है और सच बात भी है। मैं भी तो अपने यौवन के दिनों में प्रेम के पीछे इसी तरह मतवाला रहता था। बिल्कुल ठीक इसी तरह।... अच्छा, फिर अब मैं राजकुमार से कुछ पूछूँ तो अच्छा हो।

आप यह क्या पढ़ रहे हैं राजकुमार?

हैमलेट : शब्द! शब्द! शब्द!

पोलोनिअस : उनका विषय क्या है श्रीमन्त!

हैमलेट : किनका?

पोलोनिअस : मेरे कहने का मतलब है, इन शब्दों की विषयवस्तु क्या है?

हैमलेट : सब बदनामी की बातें, क्योंकि कटुव्यंग्य करने वाला लेखक बूढ़ों के बारे में कहता है कि उनकी दाढ़ी भूरी होती है, चेहरे पर झुर्रियाँ पड़ी रहती हैं और आँखों से बेर के गोंद की तरह कीच निकलती रहती है। अक्ल का नामोनिशान उनमें नहीं होता और न पैरों में कुछ शक्ति शेष रह जाती है। यद्यपि इस विचार से मैं पूरी तरह सहमत हूँ और इसे पूरी तरह ठीक मानता हूँ लेकिन फिर भी इसके बारे में इस तरह खुले रूप में लिखना मैं उचित नहीं समझता क्योंकि अगर एक केकड़े की तरह आप भी पीछे की ओर चलने लग जाएँ तो आप भी तो मेरी ही तरह नवयुवक बन सकते हैं? क्यों, ठीक है न!

पोलोनिअस : **(स्वगत)** यद्यपि बातें सभी पागलों की-सी लगती हैं लेकिन इनके पीछे एक गम्भीर रहस्य है।

(प्रकट) क्या आप बाहर खुली हवा में आना पसन्द करेंगे श्रीमन्त ?

हैमलेट : क्या! आप मेरी खुदी हुई कब्र में आना पसन्द करेंगे?

पोलोनिअस : वास्तव में वाक्य का अर्थ तो यही निकलता है! **(स्वगत)** ओह! कैसी गूढ़ बातें उत्तर के रूप में यह कहता है। ऐसा लगता है मानो जो बातें पागल समझ लेते हैं और कह जाते हैं वे बातें तो स्वस्थ मस्तिष्क रखने वाला व्यक्ति भी नहीं समझ पाता। खैर! अब मुझे शीघ्रतापूर्वक जाकर राजकुमार की ओफीलिआ से भेंट करानी चाहिए।

(प्रकट) अच्छा राजकुमार! अब मुझे आज्ञा दीजिए।

हैमलेट : मेरे जीवन से अधिक मूल्य की भी कोई वस्तु मेरे पास नहीं है, जिसे मैं तुम्हें दे सकूँ।

पोलोनिअस : विदा, राजकुमार!

हैमलेट : ओ ये बूढ़े खब्ती!

(रोजेन्क्रैंट्ज और गिल्डिन्स्टर्न का प्रवेश)

पोलोनिअस : आप लोग राजकुमार हैमलेट को खोज रहे हैं न? वे वहाँ हैं।

(पोलोनिअस जाता है)

रोजेन्क्रैंट्ज : ईश्वर सदैव आपको भाग्यशाली बनाए रखे राजकुमार!

गिल्डिन्स्टर्न : मेरे आदरणीय राजकुमार!

रोजैन्क्रैंट्ज : मेरे प्रियतम मित्र!

हैमलेट : ओह, मेरे अच्छे मित्र, रोजैन्क्रैंट्ज! गिल्डिन्स्टर्न! कहो, कैसे हो भाई! आप कुशल से तो हैं?

रोजैन्क्रैंट्ज : बस इस संसार में रहने वाले साधारण प्राणियों की तरह न तो अधिक सुखी और न अधिक दुःखी।

गिल्डिन्स्टर्न : बस इसी से सन्तुष्ट हैं कि न तो सौभाग्य की चरम सीमा पर हैं और न ही दुर्भाग्य का इतना आक्रोश हमारे ऊपर है!

हैमलेट : और दुर्भाग्य की निम्नतम सीमा पर तो नहीं हो न?

रोजैन्क्रैंट्ज : नहीं, राजकुमार!

हैमलेट : तो क्या केवल तुम पर उसकी सामान्य कृपा है?

रोजैन्क्रैंट्ज : हाँ, राजकुमार!

हैमलेट : किस्मत भी कैसी मनचली है। तब तो ठीक है। अच्छा कुछ बाहर की खबर सुनाओ मित्र।

रोजैन्क्रैंट्ज : कोई खबर नहीं श्रीमन्त! बस यही कि दुनिया अब काफी ईमानदार हो गई है।

हैमलेट : तब तो प्रलय का अन्तिम दिन निकट आ रहा है। लेकिन तुम्हारी खबर सच्ची नहीं है। अच्छा, अब मुझे हर एक बात पर ब्यौरेवार बताओ। यह बताओ मित्र! कि तुमने अपने भाग्य के विरुद्ध ऐसा क्या अपराध किया था कि उसने तुम्हें इस कारागार की ओर भेज दिया?

गिल्डिन्स्टर्न : कारागार, क्या कह रहे हैं, श्रीमन्त!

हैमलेट : हाँ, डेनमार्क एक कारागार है।

रोजैन्क्रैंट्ज : तब तो पूरा संसार ही कारागार माना जा सकता है।

हैमलेट : बहुत अच्छी तरह से। ऐसा कारागार जिसमें कितनी ही काल-कोठरियाँ हैं और कितने ही ऐसे अन्धकूप हैं जहाँ दम घुटने लगे। उनमें डेनमार्क सबसे बुरा है मित्रो!

रोजैन्क्रैंट्ज : हम तो ऐसा नहीं सोचते, राजकुमार!

हैमलेट : ठीक है, तुम्हारे लिए यह वैसा नहीं है, क्योंकि इस संसार में कोई वस्तु अच्छी या बुरी नहीं है, केवल विचार करने से ही उसमें अच्छाई या बुराई के गुणों का आरोप होता है। मेरे लिए यह डेनमार्क एक कारागार है।

रोजैन्क्रैंट्ज : मैं जानता हूँ, तुम्हारी कुचली हुई महत्त्वाकांक्षा ही तुम्हें यह सोचने के लिए बाध्य कर रही है, लेकिन तुम्हारे मस्तिष्क के लिए इस तरह का विचार बहुत छोटा है राजकुमार!

हैमलेट : ओ ईश्वर! महत्त्वाकांक्षा और मैं उसके लिए इतना दुःखी रहूँ? कभी नहीं!

मित्रो! मुझे किसी छोटे-से बेर के छिलके के अन्दर भी रहने दिया जाता तो भी मैं अपने-आपको इस असीम ब्रह्माण्ड का स्वामी समझता। ओह। काश! ये काले-काले स्वप्न आकर रात्रि में मुझे इस तरह बेचैन न करते तो...

गिल्डिन्स्टर्न : यही स्वप्न तुम्हारी महत्त्वाकांक्षा के द्योतक हैं राजकुमार! क्योंकि इस तरह के स्वप्नों की छाया ही इसका पहला लक्षण है।

हैमलेट : स्वप्न तो स्वयं एक छाया होता है।

रोजैन्क्रैंट्ज : सच बात है और मनुष्य की इच्छा भी तो वायु के समान हल्की होती है; न जाने कहाँ पहुँच जाती है, इसीलिए वह तो छाया की भी छाया होती है।

हैमलेट : तब तो जितने भी भिखारी हैं वे तो शरीर हैं और राजा तथा सभी महत्त्वाकांक्षी शूरवीर उनकी छाया हैं। क्या हमें राजदरबार में चलना चाहिए? क्योंकि मैं ठीक तरह से तर्क नहीं कर सकता।

रोजैन्क्रैंट्ज और गिल्डिन्स्टर्न : हम यहीं आपकी सेवा में रहेंगे राजकुमार!

हैमलेट : नहीं, मैं अपने मित्रों को अपने सेवक के रूप में स्वीकार नहीं कर सकता। फिर सच बात तो यह है, मेरे अच्छे साथियो! कि पहले ही मेरी बड़ी कड़ी देख-भाल शुरू हो गई है। लेकिन छोड़ो अब ये बातें, और एक सच्चे मित्र की तरह साफ-साफ बताओ कि तुम ऐल्सीनोर किस उद्देश्य को लेकर आए हो?

रोजैन्क्रैंट्ज : आपसे मिलने के ही उद्देश्य से राजकुमार! इसके अलावा और क्या उद्देश्य हो सकता है?

हैमलेट : मैं तो एक भिखारी की तरह हूँ। यहाँ तक कि धन्यवाद देने में भी मैं गरीब हूँ, फिर भी इस कष्ट के लिए मेरा धन्यवाद स्वीकार करिए साथियो! बस इसकी आधे पैसे के बराबर ही कीमत है। लेकिन यह बताओ, कि तुम अपनी इच्छा से ही आए हो या तुम्हें किसी ने बुलाया है? बोलो, सच-सच बताओ साथियो! बोलो चुप क्यों हो?

गिल्डिन्स्टर्न : क्या बोलें राजकुमार?

हैमलेट : कुछ भी जो विषय के अन्तर्गत हो! लेकिन यह क्या, तुम्हारी आँखें तो स्पष्ट रूप से व्यक्त कर रही हैं कि तुम यहाँ किसी के बुलाने पर आए हो। देखो, तुम्हारे हृदय की सच्चाई तुम्हारे इस भेद को पूरी तरह छिपा नहीं पा रही है। मैं जानता हूँ मित्रो! हमारे अच्छे सम्राट् और महारानी ने ही तुम्हें किसी कार्यवश यहाँ बुलाया है।

रोजैन्क्रैंट्ज : किस कार्यवश श्रीमन्त!

हैमलेट : यही कि तुम मुझे अच्छी शिक्षा दोगे। लेकिन मैं, अपनी मित्रता के नाते, हमारी एक उम्र होने के नाते और हमारे आपस के हार्दिक प्रेम के नाते, तुमसे प्रार्थना करता हूँ कि मेरे साथ बातें करो तो खुली बातें करो, कोई भेद रख कर नहीं। मुझे इससे कोई सम्बन्ध नहीं कि तुमको यहाँ किसी ने बुलाया है या तुम

स्वयं अपनी इच्छा से आए हो।

रोजैन्क्रैंट्ज : **(गिल्डिन्स्टर्न से चुपचाप पूछता है)** अब क्या कहते हो साथी?

हैमलेट : **(स्वगत)** ठीक है, अब तुम्हारे ऊपर भी मुझे अपनी चौकन्नी निगाह रखनी चाहिए।

(प्रकट) हाँ साथियो! यदि तुम मुझसे सच्चा प्रेम रखते हो, तो कोई बात छिपाकर मत रखो।

गिल्डिन्स्टर्न : राजकुमार! सच यह है कि हम यहाँ अपनी इच्छा से नहीं आए हैं, हमें बुलाया गया है।

हैमलेट : अब मैं तुम्हें बताऊँगा!, तुम क्यों बुलाए गए हो। मेरे यह बताने से सम्राट् से तुम्हारा किया हुआ वायदा भी नहीं टूटेगा क्योंकि तुमने स्वयं अपने मुँह से तो अपना भेद नहीं बताया न? कुछ समय से ही मैं इतना दुःखी हो गया हूँ कि मैंने अपने सारे नित्य के कार्यक्रम छोड़ दिए हैं और इसी से मेरा हृदय कुछ ऐसा पत्थर की तरह हो गया है कि यह बहुत सुन्दर संसार मुझे एक उजाड़ भूमि जैसा लगता है और यह भव्य आकाश, जिसमें असंख्य सुनहरे तारे जड़े हुए हैं, एक खाली स्थान की तरह लगता है। क्यों यह सब कुछ मुझे ऐसा लगता है जैसे मानो कोई रोग फैलाने वाला विषैला धुआँ ऊपर जाकर जम गया हो ? क्यों? क्या कारण है कि मुझे सुन्दरता में इस तरह की कुरूपता और घुटन दिखाई देती है? मनुष्य भी ईश्वर की कैसी सुन्दर कृति है! कितनी योग्यता और शक्ति है इस मनुष्य में! आकृति और चाल में किस दैवी कौशल के साथ इसका निर्माण हुआ है! इस पूरे प्राणी-जगत् की सबसे श्रेष्ठ कृति मनुष्य ही तो है, लेकिन साथियो! मुझे तो एक मुट्ठी-भर धूल से अधिक उसकी कोई सत्ता और सौन्दर्य दिखाई नहीं देता। प्रत्येक मनुष्य और प्रत्येक स्त्री से मेरा एक अटूट स्नेह नहीं जुड़ सकता, मित्र! ओ! तुम्हारा इस तरह छिपे-छिपे मुस्कराना यह व्यक्त करता है कि तुम उसकी 'ओर संकेत करना चाहते हो।

रोजैन्क्रैंट्ज : नहीं राजकुमार! हमारे मस्तिष्क में ऐसी बात नहीं है।

हैमलेट : तो फिर मेरी बातों पर तुम्हें हँसी क्यों आ रही है?

रोजैन्क्रैंट्ज : मैं यह सोच रहा था कि जब मनुष्य की सत्ता एक मुट्ठी-भर धूल के बराबर ही आपके मस्तिष्क में है, तो बेचारे वे नाटक खेलने वाले, जो यहाँ आ रहे हैं, आपसे क्या आशा रख सकते हैं। हम लोगों को वे रास्ते में मिले थे। न जाने क्या आशा लिए वे यहाँ आ रहे होंगे।

हैमलेट : नहीं, मैं उन्हें निराश नहीं करूँगा। जो व्यक्ति सम्राट् का 'पार्ट' खेलेगा उसके प्रति मैं उतना ही सम्मान दिखाऊँगा जितना सम्राट् के प्रति दिखाना उचित है और वह शूरवीर जो वीरतापूर्ण कार्यों की खेलो में इधर-उधर भटकता है वह अपनी तलवार और ढाल को काम में लाने का अवसर पाएगा। इसके साथ-साथ प्रेमी

भी बिना उचित पुरस्कार के नहीं रखा जाएगा। विदूषक को अपना काम करने में कोई रोक-टोक नहीं होगी। वह किसी से कुछ भी कह सकेगा। वह लोगों को खूब हँसा सकेगा और स्त्री का पार्ट खेलने वाले अच्छी तरह से अपनी बात कह पाएँगे, नहीं तो यह समझा जाएगा कि इसमें अतुकान्त कविता का दोष है जिसके कारण संवाद सुन्दर ढंग से नहीं चल सका। कौन-सी नाटक कम्पनी वाले हैं वे?

रोजैन्क्रैंट्ज : विटनबर्ग के वही दुःखान्त नाटक खेलने वाले हैं, जिसमें आप बहुत दिलचस्पी लिया करते थे!

हैमलेट : लेकिन उन्होंने इधर-उधर फिर कर नाटक दिखाना क्यों शुरू कर दिया? एक जगह 'थियेटर' बना कर बैठने से तो इससे अधिक सम्मान और धन मिलता है साथियो!

रोजैन्क्रैंट्ज : मैं सोचता हूँ कि अभी-अभी राज्य का कानून पास होने के कारण ही उन्हें शहर छोड़ना पड़ गया है।

हैमलेट : क्या अब भी उसी तरह से जनता उन्हें चाहती है, जैसे जब मैं विटनबर्ग में था, तब चाहती थी? क्या अब भी वे लोग काफी लोकप्रिय हैं?

रोजैन्क्रैंट्ज : नहीं राजकुमार! वैसे तो नहीं हैं।

हैमलेट : क्यों? कारण क्या है? क्या अब वे अधिक सावधानी से काम नहीं करते?

रोजैन्क्रैंट्ज : नहीं राजकुमार! काम तो वे बहुत अच्छा करते हैं। पहले से कोई भी अन्तर उनके खेल में नहीं आया है लेकिन उनके मुकाबले में एक नई उम्र के लड़कों की 'नाटक कम्पनी' और खड़ी हो गई है। वे लड़के खूब ज़ोर से पुकारकर अपना 'पार्ट' खेलते हैं और उनकी पतली आवाज़ों के कारण लोग उन्हें ज़्यादा पसन्द करते हैं। ऐसी विचित्र स्थिति चल रही है। ये छोटे-छोटे लड़के अपने सामने अच्छे-अच्छे और बहुत पुराने पात्रों को भी नहीं टिकने दे रहे हैं। दूसरे वे नाटक लिखने वाले अपना पूरा वाक्चातुर्य दिखाकर ऐसे-ऐसे व्यंग्य लिखते हैं, कि इस डर से कहीं वे ही इन व्यंग्यों के शिकार न बन जाएँ, प्रतिष्ठित नागरिक ऐसे नाटकों को देखने नहीं आते हैं।

हैमलेट : कैसे लड़के? कौन रखता है उन्हें? कौन उन्हें वेतन देता है? क्या जब तक उनकी ये कच्ची आवाज़ें काम कर रही हैं उसी समय तक वे इस धन्धे को अपनाएँगे? और जब वे बड़े हो जाएँगे और उनकी आवाज़ें भारी हो जाएँगी, तब क्या वे भी और अभिनेताओं की तरह यही शिकायत नहीं करेंगे कि इन नाटककारों ने उनकी लड़कपन की उम्र के बाद उनकी रोटी का सारा अधिकार छीन लिया है? तब वे भी नाटक के इस धन्धे को बुरा कहना शुरू करेंगे।

रोजैन्क्रैंट्ज : वास्तव में दोनों तरफ से काफी खींचतान चलती रही है, और लोग तो उन्हें और भी ज़्यादा खींचतान के लिए उत्तेजित करते हैं। कुछ समय तक तो

स्थिति ऐसी थी कि कम्पनी के मालिक ऐसा नाटक कभी नहीं खरीदते थे जिसमें नाटककार और अभिनेताओं के बीच हाथापाई तक पहुँचने वाले झगड़े की जगह न हो।

हैमलेट : यह बात तो बड़ी विचित्र-सी है।

गिल्डिन्स्टर्न : हाँ, बड़े ज़ोर-शोर से यह संघर्ष चल रहा है।

हैमलेट : तो क्या वे लड़के पूरी तरह से आज कल लोगों की निगाहों में चढ़े हुए हैं?

रोजैन्क्रैंट्ज : अवश्य! उन्होंने तो ग्लोब थियेटर से पुराना चिह्न भी हटा दिया है।

हैमलेट : कोई आश्चर्य की बात नहीं है, क्योंकि यहीं देख लो न मेरे चाचा डेनमार्क के सम्राट् हैं आजकल। बहुत-से लोग जो मेरे पिता के शासनकाल में मेरे चाचा की कोई परवाह नहीं करते थे, आज उनके इशारे पर कुछ भी देने के लिए तैयार हैं। मनुष्य की गतिविधि बड़ी विचित्र होती है। अगर दर्शनशास्त्र इस बात का पता लगा पाए, तो इसमें न जाने कितनी अस्वाभाविकता और जघन्यता का पता लग जाएगा।

(अन्दर तुरही की आवाज़)

गिल्डिन्स्टर्न : आ गए वे नाटक वाले।

हैमलेट : सम्माननीय अभिनेताओ! राजधानी में मैं आपका स्वागत करता हूँ। आओ, मुझसे हाथ मिलाओ। शब्द और संकेत के द्वारा स्वागत करना तो सभी जगह प्रचलित है, लेकिन मुझे आप लोगों का असाधारण ढंग से स्वागत करना चाहिए; जिससे किसी तरह यह न मालूम हो कि मैंने, आपका जितना मुझे करना चाहिए था, उतना हार्दिक स्वागत नहीं किया। मैं आपका उसी तरह स्वागत करता हूँ, जैसा मुझे करना उचित है; और इसके साथ एक बात और कहे देता हूँ कि मेरे चाचा, जो अब मेरे पिता हो गए हैं और मेरी माँ, जो मेरी चाची बन गई है, मेरे बारे में गलत सोचते हैं।

गिल्डिन्स्टर्न : कैसे राजकुमार?

हैमलेट : मैं तो कभी किसी अवसर पर ही पागल बनता हूँ और वह भी थोड़ी देर के लिए। जब वायु ठीक दिशा में बहने लगती है तब मेरा मस्तिष्क पूरी तरह स्वस्थ हो जाता है।

(पोलोनिअस का पुनः प्रवेश)

पोलोनिअस : ईश्वर आपकी रक्षा करें, श्रीमन्त!

हैमलेट : सुनो गिल्डिन्स्टर्न, और तुम भी। हर एक कान लगाकर मेरी बात सुनो। क्या? यही कि यह बड़ा शिशु जिसे तुम अपनी आँखों के सामने देख रहे हो, अभी अपने शैशव काल के चिथड़ों से बाहर ही नहीं निकला है।

रोजेन्क्रैंट्ज : शायद, जैसे बूढ़ों के बारे में प्रचलित कहावत है, उसी के अनुसार यह भी अपने दूसरे शैशव काल में है।

हैमलेट : मुझे पूरा विश्वास है कि यह उन्हीं नाटक वालों के सम्बन्ध में सूचना देने आ रहा है। वह सुनो—"ठीक बात। बस तो सोमवार की सुबह तुम्हारा नाटक रहेगा। ठीक है न?"

पोलोनिअस : राजकुमार! मैं आपको एक अच्छी खबर देने आया हूँ।

हैमलेट : श्रीमान्! मुझे भी आपको एक खबर देनी है। सुनिए, जब रोसियस रोम का एक अभिनेता था—

पोलोनिअस : नाटक खेलने वाले यहाँ आए हैं श्रीमन्त!

हैमलेट : सब झूठ!

पोलोनिअस : मैं अपने पूरे सम्मान की कीमत पर आपको यह विश्वास दिलाता हूँ कि मैं सच कह रहा हूँ।

हैमलेट : हाँ, तब प्रत्येक अभिनेता गधे पर बैठकर आया—

पोलोनिअस : संसार के सबसे अच्छे अभिनेता हैं, राजकुमार! किसी भी तरह के नाटक के लिए, जैसे दुःखान्त, सुखान्त, ऐतिहासिक-वन-प्रान्तीय-सुखान्त, ऐतिहासिक- वन-प्रान्तीय-दुखान्त, ऐतिहासिक-दुःख-सुखान्त नाटक आदि।[1] ये इतने अच्छे अभिनेता हैं, राजकुमार! कि 'सैनेका' जैसे दुःखान्तवादी नाटककार के नाटक का रूप उसी तरह का दुःखमय रखेंगे जितना उचित है और इसी तरह प्लौटस जैसे सुखान्तवादी नाटककार के नाटक को भी अधिक हँसी-मज़ाक से कभी नहीं बिगाड़ेंगे। ये अपनी कला में पूरी तरह कुशल हैं राजकुमार!

हैमलेट : ओ इज़राइल के बुद्धिमान न्यायाधीश जेफ्थाह! तेरे पास कैसी अमूल्य वस्तु है।

पोलोनिअस : क्या अमूल्य वस्तु राजकुमार!

हैमलेट : क्यों? बताऊँ? "एक सुन्दर पुत्री जिससे वह अत्यधिक स्नेह करता था। बस इसके आलावा कुछ नहीं।"

पोलोनिअस : (**स्वगत**) अभी तक भी मेरी पुत्री की धुन!

हैमलेट : क्यों बूढ़े 'जेफ्थाह'! क्या मेरी बात ठीक नहीं है?

पोलोनिअस : अगर आप मुझे जैफ्थाह कहते हैं श्रीमन्त! तो ठीक है। मेरी एक पुत्री है जिससे मैं अत्यधिक प्रेम करता हूँ।

हैमलेट : इस तरह गीत नहीं बढ़ता है।

पोलोनिअस : तो फिर कैसे राजकुमार?

हैमलेट : तो सुनो—"भाग्य का लेखा ईश्वर ने देखा।" और इसके बाद—"हुआ

---

1. यहाँ शेक्सपियर ने पोलोनिअस के मुँह से नाटक के अनेक प्रकारों के नाम गिनवाए हैं। उनमें पैस्टोरल (Pastoral) शब्द के लिए हमने वन-प्रान्तीय शब्द प्रयोग किया है। इसी तरह कॉमेडी के लिए सुखान्त, ट्रेजेडी के लिए दुःखान्त और हिस्टोरिकल के लिए ऐतिहासिक शब्द प्रयोग किए हैं।

वही जो भावी को स्वीकार था।'' पहली पंक्ति तुम्हें अधिक रहस्यमयी बात बताएगी, क्योंकि थोड़ा ध्यान दो कि किस तरह मेरी बात समाप्त होती है।

(चार-पाँच नाटक के पात्रों का प्रवेश)

आओ कलाकारो! तुम्हारा हार्दिक स्वागत है। स्वागत है मित्रो! तुमसे मिलकर मुझे कितनी प्रसन्नता हो रही है। ओ मेरे पुराने मित्र! तुम्हारे चेहरे पर तो दाढ़ी उग आई। क्या यहाँ डेनमार्क में तुम लोग मेरी दाढ़ी बनाने आए हो? ओ श्रीमती क्या आप भी हैं? अरे, तुम तो कितनी लम्बी हो गई हो, पर हाँ, इन मोटी लकड़ी के जूतों के कारण ही तो। लेकिन आशा है तुम्हारी वह पतली आवाज़ अभी नहीं टूटी होगी। अभी तो खेल के लिए ठीक है न? क्योंकि डर है कि जैसे सुवर्ण मुद्राएँ टूटकर रुपए-पैसे के रूप में प्रचलित नहीं रह सकतीं, इसी तरह टूटी हुई आवाज़ भी करीब-करीब बेकार हो जाती है। खैर, मैं आज बहुत प्रसन्न हूँ! फिर एक बार मैं तुम सबका स्वागत करता हूँ, कलाकारो! अब हमें फौरन काम शुरू कर देना चाहिए; और जैसे फ्रांस का फुर्तीला खिलाड़ी होता है, उसी तरह जो चीज़ सामने आए, उसे ही ले कर शुरुआत करनी चाहिए। अच्छा, सबसे पहले तो संवाद से कार्यक्रम शुरू करना चाहिए, जिससे आप लोगों के कला-कौशल का परिचय मुझे मिल जाएगा। अच्छा तो अपनी पूरी भावुकता के साथ वह नाटक शुरू करो।

पहला अभिनेता : कैसा नाटक राजकुमार?

हैमलेट : तुमने मुझे एक बार एक ऐसा नाटक दिखाया था, जिसका अभिनय नहीं हुआ था और यदि हुआ भी था, तो एक बार से अधिक नहीं, क्योंकि लोगों को वह पसन्द नहीं आया था। लेकिन क्या हुआ? लोग उसे पसन्द करें या न करें, लेकिन मेरी राय में, और उन व्यक्तियों की राय में, जो इस विषय में मुझसे अधिक जानते हैं, वह नाटक प्रत्येक दृष्टि से श्रेष्ठ है। दृश्य भी उसमें अच्छे हैं और अपने पूरे कौशल के साथ किसी लेखक ने उसे लिखा है। मुझे याद है, एक व्यक्ति ने एक बार कहा था कि नमक-मिर्च मसाला मिला देने से चीज़ लोगों के ज़्यादा पसन्द की बन जाती है, लेकिन इस नाटक में लेखक ने अपनी कला को इस तरह के मसाले से दूषित नहीं किया है। इस बिना किसी तरह के आभूषणों वाली स्वच्छ शैली को ही उसने अच्छा माना है। वह कहता था कि ऐसी ही शैली में सच्ची सुन्दरता और माधुर्य होते हैं। 'आर्नेस डीडो' की कहानी वाला इसका भाग मुझे बहुत अच्छा लगता है और उस कहानी में भी वह जगह, जहाँ वह प्रायम को मारने की बात कहता है। अगर तुम्हें वह पूरा संवाद याद हो तो उसे सुनाओ। बस यही रहा। अब शुरू कर दो। फिर एक बार याद दिला देता हूँ—''ईरान के चीते की तरह खूँख्वार ज़ालिम 'पाइर्‌हस' नहीं! नहीं! ऐसा नहीं है। यह शुरू तो पाइर्‌हस से होता है।

वह ज़ालिम पाइर्‌हस जिसकी तलवार और बर्छी उसके काले इरादों की तरह काली थीं। दोनों रात की तरह डरावनी और काली थीं और यह उस समय जबकि वह उस घातक लकड़ी के घोड़े में छिपा पड़ा रहता था। अब उसने अपने उस खूँख्वार काले चेहरे को खून की तरह लाल रंगकर और भी डरावना बना लिया है। सिर सें पैर तक वह मानो पूरी तरह खून से रंगा हुआ है। वह खून जो उसके बाप, माँ, पुत्र और पुत्रियों का खून है और जिसमें उन जलते हुए रास्तों की धूल भी मिली हुई है, जहाँ पर उन्हीं रास्तों के स्वामी, बर्बर ग्रीक लोगों की बर्छियों के निशाने बन गए। इस निर्दय हत्या के लिए इन्हीं रास्तों ने प्रकाश दिखाया था। उसी गाढ़े खून से रंगी हुई अपनी डरावनी सूरत लिए और जलते हुए घरों की आग जैसी क्रोध की आग अपनी आँखों में सुलगाए, बिल्कुल ज़हरीले लाल रंग की वह आग जिसे मनुष्य देखने का साहस नहीं कर सकता; ऐसी डरावनी आँखों से रास्ते को घूरते हुए ज़ालिम पाइर्‌हस अपने दादा प्रायम की खोज में जाता है।" हाँ, अब यहाँ से तुम इस संवाद को आगे बढ़ा सकते हो।

पोलोनिअस : वाह! भगवान की सौगन्ध खा कर कहता हूँ। विश्वास करिए राजकुमार! आपने तो बड़े जोश के साथ यह संवाद बोला है। कैसी अच्छी आवाज़ है।

पहला अभिनेता : "फिर थोड़ी देर बाद ही वह देखता है कि प्रायम ग्रीक योद्धाओं पर बड़े शिथिल-से प्रहार कर रहा है। उसकी वह पुरानी तलवार उसके हाथ में पूरी तरह नहीं सम्भल रही है। जहाँ एक बार गिर जाती है वहाँ से बड़ी कठिनाई के साथ उठती है। वह कितना भी चाहता है, तो भी वह वहीं पड़ी रहती है। पाइर्‌हस की, यद्यपि लड़ाई में, उससे कोई बराबरी नहीं थी, लेकिन फिर भी उसने क्रोध में आकर प्रायम की तरफ अपनी बर्छी का निशाना लगा दिया। निशाना चूक गया क्योंकि क्रोध की उत्तेजना में वह उसे अच्छी तरह देख नहीं सका। लेकिन जैसे ही पास से होकर वह बर्छी निकली, तो उससे थोड़ा छू जाने के कारण उस बेचारे बूढ़े और कमज़ोर प्रायम के चोट आ गई। फिर ट्राय का वह नगर जो बिल्कुल एक टीला जैसा पड़ा हुआ था, उसके प्रहार से एक साथ लड़खड़ा गया। उसकी वे जलती हुई मीनारें अपनी नींव के साथ पूरी तरह नष्ट हो गईं। उनके गिरने की वह भयानक आवाज़ हुई कि कुछ क्षणों के लिए तो पाइर्‌हस भी घबरा गया। उसकी उस आवाज़ के सिवाय और कुछ भी नहीं सुनाई दिया। क्योंकि देखो, उसकी वह तलवार जो प्रायम के सफेद बालों वाले सिर पर पड़ रही थी, हवा में ही अटकी रह गई। इस तरह एक जल्लाद की तरह तलवार उठाए वह खड़ा था और यह निश्चय नहीं कर पा रहा था कि वह क्या करे, जैसे वह चित्रलिखित-सा रह गया। लेकिन प्रायः हम देखते हैं कि तूफ़ान से पहले चारों तरफ पूर्ण शान्ति और निस्तब्धता का वातावरण छा जाता है। बादल अपने स्थान पर गतिहीन-से पड़े रहते हैं। हवा मानो चलती ही नहीं और पृथ्वी मृत्यु

के समान शान्त हो जाती है। फिर दूसरे ही क्षण तूफ़ान की विभीषिका फट पड़ती है। आकाश फटता चला जाता है। इसी तरह थोड़ी निस्तब्धता के पश्चात् वह जल्लाद पाइरूहस पूरे आक्रोश के साथ गरजता हुआ अपना बदला लेने के लिए आग की लपट की तरह आगे बढ़ा। उसने प्रायम को इस निर्दयता के साथ मार डाला जैसे मानो वह साक्षात् अग्नि देवता के दूतों में से एक हो, जो युद्ध के देवता मंगल के ऊपर भी प्रहार कर रहा हो और संसार के सभी आक्रमणों के लिए एक उदाहरण सा रख रहा हो–चली जा, ओ बेहया, दुश्चरित्र भाग्य की देवी! तू कितनी अस्थिर और चंचल है। ओ देवताओ! एक सभा करो और मनुष्य-जीवन पर जो उसका अधिकार है, उसे उससे छीन लो। उसके चक्र को पूरी तरह नष्ट कर दो और बीच के गोल भाग को स्वर्ग से नरक में फेंक दो।''

पोलोनिअस : यह तो कुछ बड़ा संवाद है।

हैमलेट : ओ इसे हज्जाम के पास भेज दिया जाएगा। वह तुम्हारी दाढ़ी की तरह ही इसे छोटा कर देगा–हाँ साथी! कहते रहो। इस बुड्ढे को या तो भाण्डों के तमाशे में या फिर किसी अश्लील कहानी में आनन्द आता है, नहीं तो फिर यह सोने लगता है। हाँ, चलते रहो। अब हैक्यूबा की तरफ आओ।

पहला अभिनेता : ''लेकिन जिसने पर्दे वाली उस महारानी को उसी शोक स्थिति में देख लिया था–''

हैमलेट : पर्दे वाली महारानी?

पोलोनिअस : बहुत ठीक। ''पर्दे वाली महारानी''। बहुत अच्छे।

पहला अभिनेता : ''जो घबराते हुए नंगे पैरों ही ऊपर और नीचे भाग रही थी और अपने आँसुओं से उन आग की लपटों को बुझाने की धमकी दे रही थी। उस सिर पर जहाँ पहले मुकुट सुशोभित था वहाँ अब केवल एक चिथड़ा बँधा हुआ था और महारानी के अनुकूल बेशकीमती पोशाक की जगह वह जल्दी में डर के कारण एक कम्बल ही लपेटे हुई थी। अगर इस दयनीय स्थिति में कोई उस बेचारी महारानी को देख लेता तो इस क्रूर भाग्य को कितनी ही बुरी गालियाँ देता। ओह! उस समय जब पाइरूहस ने उसके प्यारे पति का खून कर दिया था और वह उसे देखकर एक साथ इस तरह फूटकर रो पड़ी थी कि अगर देवताओं में भी मानव-क्रियाओं के प्रति सहानुभूति होती तो वे भी एक बार उसी तरह करुणा से रो उठते। उनके भी हृदय उस बेचारी के हृदय की तरह ही फट जाते।''

पोलोनिअस : देखो तो वह अभिनेता सचमुच ही यह कहता-कहता रो पड़ा है। ओह! प्यारे दोस्त! बस अब आगे मत बोलो।

हैमलेट : बहुत अच्छे! बाकी बचे संवाद को मैं फिर सुनूँगा। श्रीमन्त! क्या आप इन अभिनेताओं के ठहरने का यथोचित प्रबन्ध करा सकते हैं? यह ध्यान रखना कि इनके साथ किसी तरह का दुर्व्यवहार न हो, क्योंकि वर्तमान घटनाओं के

एक तरह के इतिहास हैं ये। अगर उन्होंने किसी की निन्दा की, तो उसकी सारी प्रसिद्धि उसकी मृत्यु के पश्चात् कब्र पर लिखे बुरे लेख से भी कहीं बुरी होगी।

पोलोनिअस : नहीं, राजकुमार! इनके योग्य ही इनका पूरा-पूरा सम्मान और स्वागत किया जाएगा।

हैमलेट : लेकिन मैं तो तुमसे अच्छे व्यवहार की आशा करता हूँ, क्योंकि यदि तुमने उसके योग्य सम्मान पर विचार किया तो यह समझ लो कि प्रत्येक की योग्यता इतनी ही है कि उसके शरीर पर कोड़े पड़ने चाहिए। लेकिन नहीं, इसीलिए उनकी योग्यता की बात छोड़कर उनके साथ उस तरह का व्यवहार करो, जैसा स्वयं के साथ किए जाने की आकांक्षा रखते हो। अगर वे कम सम्मान के भी योग्य हैं, तो भी तुम्हारे अधिक सम्मान दिखाने से तो तुम्हारी उदारता और बड़प्पन ही झलकेगा। अपने साथ उन्हें ले जाओ।

पोलोनिअस : आइए महानुभावो!

हैमलेट : साथियो! इनके साथ जाओ। कल नाटक खेला जाएगा।

(पोलोनिअस पहले को छोड़कर सभी अभिनेताओं को लेकर जाता है)

पहला अभिनेता : हाँ, हाँ, स्वामी!

हैमलेट : लो फिर कल रात के अभिनय के लिए इसी की तेयारी कर लो। लेकिन मुझे विश्वास है कि यदि मैं उसमें कुछ जोड़ना चाहूँ तो उसे भी तुम लोग अच्छी तरह खेल सकोगे। क्यों?

पहला अभिनेता : अवश्य! राजकुमार!

हैमलेट : अच्छा तो ठीक है। अब तुम वहीं उस बुड्ढे के पास जाओ, लेकिन देखो, उसका मज़ाक मत बनाना।

(पहला अभिनेता चला जाता है)

अच्छा, मेरे दोस्तो! कल रात तक के लिए विदा! मैं फिर तुम्हारा इस राजधानी में एक बार स्वागत करता हूँ!

रौजैन्क्रैंट्ज : धन्यवाद श्रीमन्त!

हैमलेट : मेरी ओर से भी। भगवान आपको सदैव सुखी रखे।

(रोजैन्क्रैंट्ज और गिल्डिन्स्टर्न का प्रस्थान)

अब मैं बिल्कुल अकेला हूँ। ओ! मैं कैसा बेशरम और ढीठ पशु हूँ। क्या यह विचित्र और अस्वाभाविक-सा नहीं लगता कि वह अभिनेता, जो केवल किसी दूसरे के रूप में उसकी क्रियाओं का अभिनय कर रहा था, सचमुच ही हत्या की बात पर रोने लग गया! उसका चेहरा पीला पड़ गया! आँखें सचमुच आँसुओं से डबडबा आई थीं और आवाज़ इस तरह से फट गई थी कि उसकी पूरी हालत देखकर

यह कोई नहीं कह सकता था कि स्वयं इसी के घर में किसी प्रियजन की हत्या नहीं हुई है और उसी कारण यह दुःखी नहीं हैं। और फिर आश्चर्य यह है कि यह सारा शोक इस एक अभिनय के रूप में ही उसने दिखाया था। सब कुछ बनावटी था। हैक्यूबा के लिए? क्या लेना है उसे हैक्यूबा से, जो वह उसके लिए इस तरह रोने लग गया? ओ, अगर मेरी जैसी दुःखमयी स्थिति में सचमुच वह होता, तो न जाने क्या करता! उस समय तो वह रंगमंच को आँसुओं से भर देता और उसके दुःख से दर्शकों का हृदय इतना घटता कि उनके बहते आँसू आँखों को पूरी तरह चीर डालते। उसे देखकर अपराधी तो डरकर भाग जाता। निर्दोष चुपचाप मूक जैसा खड़ा रहता और नादान चित्त में व्याकुल हो उठता। यह निश्चित है कि अपने हाव-भाव और शब्दों से वह दर्शकों के हृदय को भयभीत कर देता। और फिर मैं क्या हूँ? मैं एक दीन हृदय और चंचल चित्त रखने वाला दयनीय प्राणी हूँ। मैं सदैव भावी के नए स्वप्न बनाता रहता हूँ और अपने उद्देश्य की पूर्ति के लिए जो काम मुझे करना चाहिए वह नहीं करता। यहाँ तक कि स्वर्गीय सम्राट् के बारे में भी मैं कुछ नहीं कह सकता, जिनके जीवन, राज्य और स्त्री पर एक नीचतापूर्ण षड्यन्त्र रचा गया है। क्या मैं ऐसा करते हुए डरता हूँ? क्या कोई व्यक्ति मुझे एक बेशरम और कायर कहकर मेरा सिर तोड़ सकता है? क्या मेरे प्रति इस तरह का व्यवहार उचित है कि मेरी दाढ़ी के सारे बाल नोच लिए जाएँ और उन्हें मेरे मुँह पर फेंककर मारा जाए या मेरी नाक पकड़ कर खींच ली जाए और फिर मुझसे कहा जाए—"झूठे!" क्या मेरे साथ इस तरह का व्यवहार करने का कोई साहस कर सकता है? मैं अवश्य इसको बिना किसी आपत्ति के सहन कर लूँगा क्योंकि इससे यह तो मालूम हो जाएगा कि मैं कायर हूँ और मेरी सारी हया-शरम मर चुकी है, नहीं तो कितने पहले ही मैं इस दुष्ट सम्राट् के इस पापी शरीर को काटकर चीलों के सामने पटक देता। कम से कम उनका तो पेट भरता! क्योंकि वह कितना घृणित, दुश्चरित्र, निर्दयी और चालाक व्यक्ति है, कुछ अनुमान नहीं लगाया जा सकता।

ओ प्रतिशोध की भावना! तुझे भी अपना उद्देश्य पूर्ण करने के लिए पत्थर जैसा यह कैसा मूर्ख मिला है। क्या यह अस्वाभाविक नहीं है कि उस बाप का पुत्र जिसको धोखे से उसके भाई ने ही मार डाला है, उसकी मौत का बदला नहीं ले सकता? प्रेत ने कितना मुझसे कहा था कि हैमलेट! मेरी मौत का पूरा बदला लेना, लेकिन मैं एक आवारा औरत की तरह या और कहूँ तो एक रसोईदारनी की तरह खाली बातें बनाता हूँ! चाचा को बुरा-भला कहता हूँ! लेकिन हे ईश्वर! मैं कुछ करता क्यों नहीं हूँ? ओह! धिक्कार है। मेरी थोथी बातें, बस अपना काम करो। मेरा रास्ता न रोको! लोग कहते हैं कि जब रंगमंच पर अपराधी अपने प्रियजनों के सम्मुख आते हैं तो आँखों से आँखें मिलाते ही वह अपना पाप

सबके सामने स्वीकार कर लेते हैं। भय उनके हृदय को कँपा देता है और वे घबराकर सब कुछ कह जाते हैं, क्योंकि हत्या अपने-आपको अधिक देर तक छिपा नहीं सकती। किसी न किसी तरह से वह पुकारती है और तब सब उनका भेद जान जाते हैं। मैं उन अभिनेताओं से एक ऐसा नाटक खेलने के लिए कहूँगा जिसमें मेरे पिता की हत्या की-सी कहानी ही मेरे चाचा की आँखों के सामने खेली जाएगी। तब मैं उसकी प्रतिक्रिया देखूँगा और तह तक उसके हृदय की बात जानने का प्रयत्न करूँगा। अगर एक बार यह देखकर चौंक उठा, तो फिर मैं जानता हूँ मुझे क्या करना है। हो सकता है वह प्रेत मेरे पिता के वेश में मुझे धोखा देने आया हो क्योंकि वह तो कोई भी रूप बदल सकता है। उसमें इतनी शक्ति होती है कि वह मुझ जैसे दुःखी और कमज़ोर व्यक्ति को अपने वश में करके कोई भी काम करवा सकता है, यहाँ तक कि मुझे नरक तक ले जा सकता है। लेकिन उसकी बातों पर पूरी तरह विश्वास न करके मुझे स्वयं उस बात की सच्चाई की परीक्षा करनी चाहिए! इस नाटक से इस सम्राट् बने हुए पापी का सारा पाप सामने आ जाएगा।

(जाता है)

तीसरा अंक

दृश्य 1

(किले में एक कमरा; सम्राट्, महारानी, पोलोनिअस, रोजैन्क्रैंट्ज और गिल्डिन्स्टर्न का प्रवेश)

सम्राट् : क्या तुम किसी तरह अप्रत्यक्ष रूप से भी उससे यह मालूम नहीं कर सकते कि वह क्यों अपने चित्त की शान्ति भंग करके पागलों की तरह फिरता है?

रोजैन्क्रैंट्ज : वह यह तो स्वीकार करता है स्वामी! कि उसकी स्थिति किसी कारण पागलों जैसी हो गई है लेकिन उस कारण को नहीं बताता।

गिल्डिन्स्टर्न : न वह इस विषय में अधिक बातें करता है जिससे हम उसके अन्दर का भेद जान सकें और जब भी हम यह प्रयत्न करते हैं कि उसके मुँह से उसकी इस बेचैनी का कारण कहलवाएँ तभी वह पागल की तरह बात को उड़ा देता है।

महारानी : क्या वह तुम लोगों से पूरे मित्र भाव से ही मिला था?

रोजैन्क्रैंट्ज : बड़ी अच्छी तरह से महारानी!

गिल्डिन्स्टर्न : लेकिन कुछ ऐसी भी उलझन उसके चित्त में दिखाई देती थी जैसे मानो यह सब कुछ वह अपनी इच्छा के विरुद्ध कर रहा हो।

रोजैन्क्रैंट्ज : प्रश्न वह हमसे कम पूछ रहा था लेकिन उत्तर अवश्य प्रत्येक प्रश्न का दे रहा था।

महारानी : क्या तुमने किसी तरह उसके चित्त को बहलाने का प्रयत्न किया था।

रोजैन्क्रैंट्ज : महारानी! बात यह हुई कि रास्ते में हमें कुछ नाटक खेलने वाले मिले थे जो राजधानी की ओर आ रहे थे। जब इनके बारे में हमने उन्हें सूचना दी तो एकदम प्रसन्नता से उनका चेहरा खिल उठा। वे यहीं हैं और उन्हें आज रात नाटक खेलने की आज्ञा राजकुमार हैमलेट ने दी है।

पोलोनिअस : ठीक बात है स्वामी! फिर राजकुमार हैमलेट ने आपसे तथा महारानी से भी नाटक देखने आने के लिए प्रार्थना की है।

सम्राट् : अवश्य। हमें बड़ी खुशी है कि हैमलेट का मन इधर लगा हुआ है। हम अवश्य उसकी प्रार्थना स्वीकार करेंगे। इसके साथ-साथ श्रीमान रोजैन्क्रैंट्ज और गिल्डिन्स्टर्न। आप उसका चित्त इस तरह के मनोरंजन की तरफ और झुकाइए।

रोजैन्क्रैंट्ज : हम पूरा प्रयत्न करेंगे स्वामी!

(रोजैन्क्रैंट्ज और गिल्डिन्स्टर्न का प्रस्थान)

सम्राट् : प्रिय गरट्रयूड! क्या तुम थोड़ी देर के लिए हमें यहाँ अकेला छोड़ दोगी? हमने बिना कुछ उसे बताए हैमलेट को यहाँ बुलाया है जिससे वह अकस्मात् ओफीलिआ से यहाँ मिल सके। पोलोनिअस और हम छिपकर यह देखेंगे कि वह उसके साथ कैसा व्यवहार करता है क्योंकि उसी से हमको पता लग जाएगा कि कहीं उसका पागलपन सचमुच प्रेम का पागलपन तो नहीं है।

महारानी : मैं आपकी आज्ञा का पालन करूँगी। प्रिय ओफीलिआ! काश! तुम ही मेरे बेटे के पागलपन का कारण हो। फिर मैं आशा कर सकती हूँ कि तुम्हारा यह सौन्दर्य और शील-स्वभाव अवश्य हैमलेट को अपनी स्वाभाविक स्थिति में ले आएगा, तभी तुम दोनों का उचित सम्मान हो पाएगा।

ओफीलिआ : महारानी! मैं भी यही चाहती हूँ कि राजकुमार ठीक हो जाए।

(महारानी चली जाती है)

पोलोनिअस : ओफीलिआ! यहाँ आओ। सम्राट्! यदि आप कहें तो हम लोग छिप जाएँ।

(ओफीलिआ से) बेटी! लो यह धार्मिक पुस्तक पढ़ती रहो, जिससे जब तुम हैमलेट से अटूट प्रेम और भक्ति की बातें करोगी तो वे असंगत नहीं मालूम होंगी, क्योंकि मनुष्य प्रायः अपने बुरे और घृणित इरादों को इसी तरह की धार्मिकता के नीचे ढकने का प्रयत्न करता है। इस पुस्तक को देखकर उसे लगेगा कि तुम्हारा हृदय किस तरह अपनी घृणा और उपेक्षा छोड़कर पवित्रता की ओर जा रहा है।

सम्राट् : **(स्वगत)** ओ! यह कैसा कठोर सत्य है! उसके इस तरह कहने से मेरी आत्मा पूरी तरह से मानो कुचली जा रही है। एक वेश्या का बनावटी तरह से रंगा हुआ चेहरा, जिसे वह सुन्दर समझती है, उन रंगों की तुलना में इतना भद्दा और घृणित नहीं होता, जितने मेरे इन ऊपरी रंगे हुए शब्दों की तुलना में मेरे काले इरादे हैं।

ओ! पाप का कितना भार मेरे सिर पर है!

पोलोनिअस : वह आ रहा है। आइए सम्राट्! छिप जाएँ।

(हैमलेट का प्रवेश)

हैमलेट : जीवित रहूँ या मृत्यु की गोद में सदा के लिए सो जाऊँ, यह प्रश्न बार-बार मेरे अन्तर को काटता है। ओ! क्या इस तरह दुर्भाग्य की ठोकरें सहते रहने में

ही मेरी श्रेष्ठता है या अपनी पूरी शक्ति से इस क्रूर भाग्य के सारे कुचक्रों को चूर-चूर कर देने में सच्ची मनुष्यता है? कुछ भी नहीं सूझ पड़ता। यदि मौत नींद से अधिक कुछ नहीं है और यदि इस नींद से हमारे जीवन की सारी चिन्ताएँ और दुःख सदा के लिए मिट सकते हैं, तो क्यों नहीं हम इसी नींद में सो जाते! लेकिन यदि इस नींद में अनेक तरह के सपने आकर हमारी शान्ति भंग करते हैं, तब तो हमें अपने-आपको पूरी तरह इसके सम्मुख समर्पित करने में झिझकना चाहिए, क्योंकि पता नहीं वे सपने कैसे हों! इसी उलझन में पड़े हुए ही तो हम इस नीच भाग्य के क्रूर प्रहारों को सहते रहते हैं। अगर मनुष्य आत्महत्या करके अपने जीवन को समाप्त कर सकता, तो फिर क्यों वह जीवन की इस तपन को, अत्याचारों के इस अत्याचार को, क्रूर व्यक्तियों के दुर्व्यवहार को, इतने अन्याय को, अधिकारियों की उपेक्षा को, और मूर्ख धनी व्यक्तियों के योग्य व्यक्तियों के प्रति किए गए अपमान को सहन करता? कौन यह भार इस संसार में ढोते हुए अपने को जीवित रखता! लेकिन हाँ, अज्ञात का भय हमें इस घुटन में जीवन व्यतीत करने के लिए बाध्य करता है। हम नहीं जानते कि मृत्यु के पश्चात् हमारी क्या गति होगी। उसी भय के कारण हम इस जीवन के साथ अपने लगाव को नहीं छोड़ सकते। इसी कारण हमारी आत्मा का यह भय हमें कायर बनाता है और इसी से हमारे जीवन के निश्चय अपनी पूरी शक्ति और दृढ़ता खो बैठते हैं। सन्देह और भय का विषैला धुआँ उन पर छा जाता है जिससे कभी भी ऊपर उठकर वे अपने-आपको कार्यरूप में परिणत नहीं कर सकते।

प्रिय ओफीलिआ! अपनी प्रार्थना में मेरे पापों के लिए भी ईश्वर से क्षमा माँगना।

ओफीलिआ : मेरे अच्छे राजकुमार! आप इतने दिन से कैसे हैं?

हैमलेट : इसके लिए तुम्हें धन्यवाद है। अच्छा हूँ, अच्छा हूँ, अच्छा हूँ।

ओफीलिआ : राजकुमार! आपने मुझे अपनी याद को सदैव जीवित रखने के लिए कुछ उपहार दिए थे, उन्हें वापस करने के लिए मैं बहुत समय पहले से चाह रही थी। अब मैं आप से प्रार्थना करती हूँ कि आप उन्हें वापस ले लीजिए।

हैमलेट : नहीं! मैंने तो तुम्हें कभी कुछ नहीं दिया?

ओफीलिआ : नहीं, नहीं, राजकुमार! आप भूल रहे हैं। उन उपहारों के साथ आपने ऐसे मधुर प्रेमगीत भी बनाकर दिए थे कि उनका मूल्य और भी बढ़ गया था। अब उनकी वह मधुरता नष्ट हो चुकी है। इसलिए अब कृपया इन्हें वापस ही ले लीजिए, क्योंकि जब देने वाले का हृदय उदार न रहकर घृणा और उपेक्षा के भावों से भर जाता है, तो लेने वाले का हृदय भी इस अन्याय से रो उठता है। फिर मैं कैसे इन उपहारों को रख लूँ राजकुमार! आप इन्हें वापस ले लीजिए।

हैमलेट : हा, हा, क्या तुम वास्तव में इतनी अच्छी हो ओफीलिआ?

ओफीलिआ : क्या?

हैमलेट : क्या तुम सुन्दर भी हो?

ओफीलिआ : क्या तात्पर्य है आपका इस सबसे राजकुमार?

हैमलेट : यही कि यदि तुम सच्ची और सुन्दर, दोनों हो, तो ओफीलिआ! अपने हृदय की सच्चाई से कहो कि वह इस सौन्दर्य को छिपाकर रखे, यहाँ तक कि स्वयं भी उससे कोई सम्बन्ध न रखे।

ओफीलिआ : राजकुमार! क्या सौन्दर्य सत्य को छोड़कर और किसी से अपना सम्बन्ध रख सकता है?

हैमलेट : निस्सन्देह! क्या तुम नहीं जानती कि कितना भी सच्चा व्यक्ति क्यों न हो लेकिन सौन्दर्य के इस विषैले धुएँ से काला हुए बिना नहीं रह सकता, और फिर अगर कोई यह सोचे कि सुन्दरता सत्य के सहयोग से अपना विषैला प्रभाव छोड़ दे, यह असम्भव-सा ही है। सच हो या नहीं, मैं इतना अवश्य कहूँगा ओफीलिआ! कि आजकल मनुष्य के जीवन को देखने से यह सब बात सत्य है, वैसे पहले-पहले तो लोग इस विचित्र बात पर हँसे थे। एक समय था जब मेरे हृदय में तुम्हारे लिए स्थान था।

ओफीलिआ : मैं भी यही सोचती थी राजकुमार!

हैमलेट : लेकिन मुझ पर विश्वास करना तुम्हारे लिए उचित नहीं था ओफीलिआ! क्योंकि हम लोग इतने अच्छे नहीं हो सकते कि हमारी स्वाभाविक बुराई का अंश-मात्र भी हमारे अन्दर न रहे। मैं तुमसे प्रेम नहीं करता था ओफीलिआ!

ओफीलिआ : तब तो मैं और भी अधिक भ्रम में थी राजकुमार!

हैमलेट : ओ ओफीलिआ! वैरागिन की तरह सब छोड़कर किसी गिरजाघर में जा बैठ। क्योंकि वहाँ माँ बनने के पाप से तू बच जाएगी, चली जा। मैं जानता हूँ कि मैं बहुत अच्छा हूँ, लेकिन मुझ में ऐसे भी दोष हैं जिन्हें सुनकर मेरी माँ भी मुझसे घृणा करने लगेगी। उसका सम्मान उन दोषों के कारण पूरी तरह नष्ट हो सकता है। ओफीलिआ! मैं बहुत अभिमानी हूँ, प्रतिशोध की भावना मुझमें कूट-कूटकर भरी है और सबसे अधिक मैं पद और मान के लिए बहुत लालची हूँ। इससे भी अधिक इतने दोष मेरे चरित्र में भरे हुए हैं, कि मैं उसका नाम तक नहीं गिना सकता। ओफीलिआ! बताओ, मुझ जैसे नीच और पापी को इस संसार में क्यों रहना चाहिए? हम सभी बहुत बड़े पापी और दुष्ट हैं। सुन्दर ओफीलिआ! तुम्हें हम पर भरोसा कभी नहीं करना चाहिए। जाओ वैरागिन होकर गिरजाघर चली जाओ। वहीं तुम ऐसे पापियों से छुटकारा पा सकती हो। जाओ! पर हाँ, इस समय तुम्हारे पिता कहाँ हैं?

ओफीलिआ : वे घर पर ही हैं, राजकुमार!

हैमलेट : अच्छा, तो फिर शीघ्रता से जाओ और उन्हें घर में ही बन्द रखो क्योंकि बाहर तो पापी रहते हैं, उनके साथ मिलकर वे क्यों अपने-आपको दूषित करना चाहते हैं। अच्छा विदा।

ओफीलिआ : ओ दयालु ईश्वर! राजकुमार की रक्षा करना।

हैमलेट : अगर तुम शादी करोगी ओफीलिआ! तो मैं भेंट के रूप में एक अत्यन्त दुःखदायी भविष्यवाणी तुम्हें दूँगा। वह यह कि तुम्हारा स्वभाव चाहे बर्फ की तरह उज्ज्वल हो और अपने चरित्र में तुम कितनी भी पवित्र क्यों न हो, लेकिन तुम झूठी निन्दा से कभी नहीं बच सकोगी। लोग तुम्हारी पवित्रता पर कीचड़ उछालेंगे ओफीलिआ। इसलिए जाओ वैरागिन हो जाओ। जाओ ओफीलिआ, बस अलविदा! और यदि तुम नहीं जा सकीं तो किसी मूर्ख से शादी करके रहो। किसी मूर्ख से, क्योंकि बुद्धिमान अच्छी तरह जानते हैं कि तुम जैसी स्त्रियाँ किस तरह उनके साथ विश्वासघात करके उन्हें पशुओं की तरह बना देती हैं। इसलिए जाओ, समय न खोओ, मठ में चली जाओ। अलविदा!

ओफीलिआ : ओ ईश्वर! क्या तू राजकुमार को उनकी स्वाभाविक स्थिति वापस नहीं दे सकता? मेरी प्रार्थना मान, ओ दयालु!

हैमलेट : मैंने तुम्हारी ये ऊपर से रंगी बातें बहुत सुनी हैं। ईश्वर ने तो तुम्हें एक रंग का ही चेहरा दिया है ओफीलिआ! फिर इस पर दूसरा रंग चढ़ा कर लोगों के साथ विश्वासघात क्यों करती हो? क्यों इस तरह अपने सीधेपन और सच्चाई का ढोंग बनाकर अपनी इस धृष्टता को छिपाती हो? जब तुम चलती हो या बोलती हो तो हमेशा एक अभिमान-सा अपने ऊपर लादे रखती हो और उसी कारण लोगों को न जाने किन-किन विचित्र नामों से पुकारती हो। आखिर क्यों? बस अब और नहीं। मैं इस सब कुछ को सह नहीं सकता ओफीलिआ! तुम्हारी इस बनावट ने मुझे पूरी तरह पागल कर दिया है। मैं कहता हूँ कि भविष्य में अब और शादियाँ हम नहीं करेंगे। और जो कर चुके हैं उनमें से सिर्फ एक ही संसार में सदा के लिए मिट जाएगा। बाकी उसी तरह रहेंगे, जैसे हैं। जाओ ओफीलिआ वैरागिन हो जाओ।

(चला जाता है)

ओफीलिआ : ओ ईश्वर! कैसा अन्याय है कि ऐसा श्रेष्ठ व्यक्ति इस पागलपन में अपने-आपको पूरी तरह भूल चुका है। एक उच्च राज्याधिकारी की-सी प्रवीणता एक विद्वान की-सी गम्भीर बातें, एक वीर सेनानी का-सा पौरुष, राज्य की एकमात्र आशा, जनता के जीवन का अमूल्य आभूषण, नम्रता और शील की साक्षात् मूर्ति जिससे अन्य व्यक्ति अपने जीवन के लिए शिक्षा ग्रहण करते हैं, कहाँ चला गया वह सब? क्या एक साथ सभी नष्ट कर डाला इस पागलपन ने ईश्वर! मेरा जीवन

सबसे अधिक दयनीय और दुःखी है, क्योंकि एक समय मैंने अपनी आँखों से इसी राजकुमार को इसके श्रेष्ठतम रूप में देखा था। लेकिन अब, ओ मेरे हृदय! कैसे सहूँ यह? उसके इस पागलपन को मेरी आँखें इसी तरह नहीं देख पाती हैं जैसे सुरीली घण्टियों के बेसुरी होकर बजने से जो कर्कश स्वर निकलता है, उसे कान सुनकर कभी भी बरदाश्त नहीं कर सकते। ओह! वही सुन्दर मुख, वही यौवन का भव्य रूप, इस पागलपन ने मानो अपनी काली छाया से पूरी तरह ढक लिया है। ओ भाग्य! उसे अब इस तरह देखकर मेरा हृदय कितना फट रहा है क्योंकि मुझे वह समय भी याद आता है जब भाग्य का कोई प्रकोप राजकुमार पर नहीं था।

(सम्राट् और पोलोनिअस का पुनः प्रवेश)

सम्राट् : क्या इसे तुम प्रेम कहते हो, पोलोनिअस? नहीं, मुझे विश्वास है, प्रेम उसके पागलपन का कारण नहीं है। जो कुछ भी वह अभी बोला था वह सब अनर्गल नहीं है। हाँ थोड़ा असम्बद्ध अवश्य है। मुझे लगता है कि उसके हृदय में कोई बहुत बड़ी चिन्ता घर कर गई है। किसी बात का धक्का उसकी पूरी शान्ति भंग कर रहा है पोलोनिअस! और मैं जानता हूँ कि जब भी उसके घुटते हुए दुःख का विस्फोट होगा तो मेरे ऊपर उसकी आँच आएगी। उस विस्फोट से बचने के लिए मैंने एक तरकीब सोची है जिसे मैं तुरन्त ही कार्यरूप में परिणत करना चाहता हूँ। हम उसे बाकी बचा हुआ कर वसूल करने के लिए इंग्लैण्ड भेजना चाहते हैं। हो सकता है समुद्र और विदेशी भूमि के सुन्दर दृश्य उसके ऊपर अच्छा प्रभाव डालें, वह अपना सारा दुःख भूल जाए, शायद उसका चित्त दूसरी तरफ मुड़ जाए और वह अपनी पूर्व स्थिति में आ जाए। क्यों, तुम्हारी क्या राय है पोलोनिअस?

पोलोनिअस : अवश्य, इसका प्रभाव तो अच्छा ही पड़ेगा। लेकिन स्वामी! यह मैं अब भी कहूँगा कि उसके पागलपन का कारण उसका टूटा हुआ प्रेम ही है क्योंकि ओफीलिआ! मैं ठीक कह रहा हूँ न? तुम्हें वह सब कुछ कहने की आवश्यकता नहीं जो हैमलेट ने तुमसे कहा है, क्योंकि छिपकर हम सब कुछ सुन चुके हैं। सम्राट्! वैसे तो जो आप चाहें वह करें, लेकिन फिर भी मेरी राय यह है कि नाटक समाप्त होते ही यदि महारानी राजकुमार को अपने कमरे में बुलाकर उसके पागलपन का कारण पूछें, तो शायद बात का पता लग जाए। महारानी स्पष्टतया बड़े प्यार से उससे बातें करें। मैं पर्दे के पीछे छिपा हुआ सब बातें सुनता रहूँगा। अगर तब भी वह अपनी माँ तक को अपने हृदय का भेद न बताए, तो अवश्य उसको इंग्लैण्ड भेज दीजिए या और जहाँ भी चाहें बन्द कर दें।

सम्राट् : ठीक है, यह बात हमें स्वीकार है। सोचो पोलोनिअस! इस तरह के उच्च

कुल के व्यक्तियों के पागलपन को यों ही नहीं छोड़ देना चाहिए, उसको ठीक करने का पूरा-पूरा उपचार किया जाना चाहिए।

(सभी जाते हैं)

दृश्य 2

(किले में एक कमरा; हैमलेट और कुछ अभिनेताओं का प्रवेश)

हैमलेट :.जैसे मैं कहूँ, उसी तरह उसी प्रवाह में, संवाद बोलिए और यदि, जैसे आप लोगों की आदत होती है कि अपनी ही बड़बड़ लगाए रखते हैं, आपने भी वैसा ही किया, तो फिर इस संवाद के लिए मैं इधर-उधर चिल्लाकर गलियों में घोषणा करने वाले किसी व्यक्ति को बुला लूँगा। फिर एक और बात का ध्यान रखिए कि संवाद बोलते समय अपने हाथों को ऊपर-नीचे न फेंकिए और न अधिक मुँह मटकाने की आवश्यकता है। अगर कभी अत्यधिक उत्तेजनापूर्ण स्थल भी आए, तब भी अधिक उछल-कूद या शोर नहीं मचाना चाहिए, बल्कि कला की श्रेष्ठता को सामने रखकर बड़े सधे हुए कौशल के साथ अपना भाव व्यक्त करना चाहिए। ओह! जब रोएदार कनटोप पहनकर कोई अभिनेता बिना किसी रोकथाम के बुरी तरह चिल्लाते हुए अपना संवाद कहता है और सामने बैठे हुए दर्शकों के कानों को गुँजा देता है, तब मेरा जी कला की इस अश्लीलता को देखकर पूरी तरह फिर जाता है और फिर दर्शकों की ऐसी पसन्द का स्तर देखकर तो और भी दुख होता है। वे या तो बिना किसी मतलब की निस्तब्धता को पसन्द करते हैं या फिर रंगमंच पर एक आक्रोशपूर्ण गर्जन अभिनेता के मुँह से उन्हें अच्छा लगता है। इस तरह का मूर्ख अभिनेता जो इस शोर-गुल से अपने-आपको प्राचीन देवता टर्मेगेन्ट से भी ऊँचा समझता है, एक ही दण्ड का अधिकारी है और वह यह कि उसे नंगे करके कोड़ों से पिटवाया जाए। देखा आपने, कोई-कोई तो यहूदी बादशाह 'हैरॉड' के आक्रोशपूर्ण गर्जन से भी कहीं आगे बढ़ जाता है। कृपया इन सभी अश्लीलताओं को छोड़ दो।

पहला अभिनेता : मैं आपकी आज्ञा का पालन करूँगा राजकुमार!

हैमलेट : लेकिन फिर मेरे कहने का यह भी मतलब नहीं कि बिल्कुल ही भावप्रदर्शन छोड़कर काठ की तरह आप लोग जड़ हो जाएँ। समय और परिस्थिति के अनुकूल अपनी बुद्धि से काम लो। संवाद और अभिनय में पूरा सामंजस्य रखो। स्वाभाविक अभिनय को सदैव अपना लक्ष्य बनाकर रखो। कभी रंगमंच पर अपने कार्य में या संवाद बोलने में कोई अस्वाभाविकता नहीं आनी चाहिए, क्योंकि इस तरह

की अस्वाभाविकता नाटक के उद्देश्य में पूरी तरह बाधक सिद्ध होती है, क्योंकि नाटक का उद्देश्य तो सदैव मानव-प्रकृति का सच्चा चित्र रंगमंच पर उपस्थित करना है। अभिनय एक ऐसे शीशे की तरह होना चाहिए जिसमें से उस मानव-जीवन का, जिसका अभिनय किया जा रहा है, सारा रहस्य साक्षात् हमारी आँखों के सामने उसी रूप में आ जाए, जिस रूप में हम इस संसार में देखते हैं। गुण जैसा है उसे उसी रूप में, घृणा भी अपने यथार्थ रूप में दर्शकों के सामने आने चाहिए। अब यदि जीवन का सत्य या तो बुरी तरह पुकारकर या फिर पूरी निर्जीवता के साथ रंगमंच पर दिखाया गया, तो मूर्खों को यह अभिनय पसन्द आ सकता है, लेकिन कला के सच्चे प्रेमी तो इसे घृणा और उपेक्षा की दृष्टि से ही देखेंगे। यहाँ श्रेष्ठ कला के पारखियों के निर्णय का ही अधिक महत्त्व है, समझे। रंगमंच के सामने बैठे रहने वाले गँवारों को प्रसन्न करने का प्रश्न नहीं है। मैंने उन लोगों के मुँह से, जो ईसाई नहीं हैं, या साधारण बुद्धि वाले मनुष्य के मुँह से, इन अभिनेताओं के अश्लील हाव-भाव और शोर-गुल की बड़े ऊँचे शब्दों में प्रशंसा सुनी है। ये अभिनेता इस तरह पुकारते हुए और इधर-उधर उछल-कूद करते हुए रंगमंच पर जाते हैं कि इनकी इस अस्वाभाविकता को देखकर तो मुझे यह भ्रम होने लगता है कि प्रकृति ने अपने हाथों से इनका निर्माण नहीं किया है, बल्कि प्रकृति के निम्नस्तर के निर्माणकर्ताओं ने ही बड़ी असावधानी से इनको बनाया है तभी ये पूरी तरह मनुष्य जैसे नहीं लगते।

पहला अभिनेता : उस अश्लील स्तर से तो हम काफी आगे बढ़ गए हैं राजकुमार!

हैमलेट : ठीक है, पूरी तरह से अपने-आपको श्रेष्ठ कला के आदर्श के अनुकूल बदल डालो। अपने विदूषकों से कहो कि जो कुछ भी 'पार्ट' लेखक ने उनके लिए लिख दिया हो, उसे ही करें, अपनी तरफ से कुछ न जोड़ें, क्योंकि कुछ विदूषक ऐसे होते हैं जो किसी भी समय यहाँ तक कि नाटक के प्रमुख स्थल पर, जहाँ गम्भीरता की आवश्यकता है, बेकार इसलिए हँसने लग जाते हैं क्योंकि उनके इस हँसने से दर्शक भी उनके कौशल की प्रशंसा करते हुए हँसने लग सकते हैं। यह सब मूर्खता है और अभिनय का बहुत बड़ा दोष है। अच्छा, अब जाओ, तैयार हो जाओ।

(अभिनेता चले जाते हैं)

(पोलोनिअस, रोजैन्क्रैंट्ज और गिल्डिन्स्टर्न का प्रवेश)

क्या समाचार है श्रीमन्त! क्या सम्राट् नाटक देखने आ रहे हैं?

पोलोनिअस : हाँ, हाँ राजकुमार! महारानी भी उनके साथ आ रही हैं। वे बस अभी आने वाले ही हैं।

हैमलेट : अच्छा तो अभिनेताओं से शीघ्र तैयार होने को कह दीजिए।

(पोलोनिअस चला जाता है)

क्या आप दोनों उन अभिनेताओं की कुछ सहायता कर सकते हैं यदि हाँ तो शीघ्रता से तैयार हो जाएँ!

रोजैन्क्रैंट्ज और गिल्डिन्स्टर्न : अवश्य, राजकुमार!

(रोजैन्क्रैंट्ज और गिल्डिन्स्टर्न का प्रस्थान)

हैमलेट : मित्र होरेशिओ! तुम कैसे हो?

(होरेशिओ का प्रवेश)

होरेशिओ : मैं आपकी सेवा में उपस्थित हूँ राजकुमार!

हैमलेट : होरेशिओ! मैं जितने भी व्यक्तियों से इस जीवन में मिला, कोई भी तुम्हारी तरह दृढ़ और सुस्थिर चित्त का मुझे नहीं दिखा।

होरेशिओ : आप यह क्या कह रहे हैं राजकुमार?

हैमलेट : नहीं, इससे कभी यह विचार मन में न लाना होरेशिओ! कि मैं झूठी प्रशंसा करके तुम्हारी खुशामद कर रहा हूँ। यह मैं किस लाभ की इच्छा से कर सकता हूँ, क्योंकि तुम्हारे पास तो अपने श्रेष्ठ स्वभाव के सिवाय इतना कोई धन भी नहीं है, जिसका लालच मुझे हो। निर्धन व्यक्तियों की खुशामद से किसी को क्या लाभ? इस खुशामद को तो धनिक वर्ग का ही आभूषण रहने दो और उन लोगों को इसके दबाव से अपने सिर झुकाने दो। उन्हें ही दूसरों के पैरों में लोटने दो जो उनसे अपने लिए धन और पद की आकांक्षा रखते हैं। मैं तो केवल यही कहता हूँ मित्र! कि जब से मेरी आत्मा ने व्यक्ति के अन्तर को पहचाना है, तभी से मेरी आत्मा का सारा स्नेह तुम्हारे ऊपर ही केन्द्रीभूत हो गया है, क्योंकि मुझे तुमसे ही वह अपूर्व पौरुष देखने को मिला है, जो आपत्तियों को निरन्तर ललकारता रहता है और कभी उनसे दबता नहीं। तुमने जीवन की निरन्तर विपरीत दिशाओं में बहने वाली दुःख और सुख की धाराओं को अपने में पूरी तरह आत्मसात् कर लिया है होरेशिओ! तभी तुम्हारा चित्त इतना शान्त है। यह सत्य है कि इस संसार में वे ही सुखी रहते हैं, जो अपने मन की भावनाओं तथा विवेक का अपने जीवन में इस तरह पूर्ण समन्वय कर लेते हैं कि स्वयं भाग्य का क्रूर विधान भी उन्हें कभी भी इस संसार में विचलित नहीं कर सकता। ओ होरेशिओ! अगर तुम्हें इस संसार में कहीं भी ऐसा आदर्श व्यक्ति मिले जो इस मन की चंचल गति पर अपना पूर्ण अधिकार प्राप्त कर चुका हो, तो उसे मेरे पास लाओ। मैं उसे अपने हृदय में, तुम्हारी ही तरह सर्वोच्च स्थान पर बिठाऊँगा और जीवनपर्यन्त उसकी आराधना करूँगा। लेकिन, क्या मैं विषय से बाहर जा रहा हूँ? अवश्य। प्रिय मित्र! आज रात को सम्राट् के सामने नाटक खेला जाने वाला है। उसका

एक दृश्य ठीक वैसा ही है, जैसा उस प्रेत ने मेरे पिता की हत्या के सम्बन्ध में बताया था। पूरा षड्यन्त्र अभिनय के रूप में रंगमंच पर रखा जाएगा। इसलिए मैं तुमसे विशेष रूप से यह कहना चाहता हूँ कि जब तुम वह अभिनय देखो तो मेरे चाचा की आँखों और उनके पूरे चेहरे की तरफ अपनी आँखें लगाए रखना। अगर उस एक संवाद पर उसका हृदय नहीं काँपा, और वह अपराधी बिना किसी घबराहट के अपने स्थान पर सुस्थिर बैठा रहा, तो समझ लेना मित्र! वह प्रेत नरक में रहने वाला कोई घृणित दुष्ट था, जो हमें पाप की ओर प्रेरित करने आया था और फिर मुझे निश्चय हो जाएगा कि मेरी सारी कल्पनाएँ पाप के इसी अन्धकूप में घुट रही हैं। देखो मित्र! अपनी आँखें पूरी तरह उसके चेहरे पर लगाए रखना, इधर मैं भी बराबर उसकी ओर देखता रहूँगा। फिर उसकी प्रतिक्रिया के सम्बन्ध में हम अपने-अपने विचारों को मिलाएँगे। देखें, उसका क्या परिणाम होता है।

होरेशिओ : बहुत अच्छा, राजकुमार! मैं आपको वचन देता हूँ कि यदि मेरा ध्यान कभी भी उसके चेहरे पर से हट जाए, या अभिनय के समय उसकी प्रतिक्रिया का अंशमात्र भी मैं असावधानी के कारण नहीं देख पाया तो आप मुझ पर चोरी का अभियोग चलाइए।

हैमलेट : राज्य-दरबार के सभी प्रतिष्ठित व्यक्ति अभिनय देखने आ रहे हैं। उस समय मैं तो फिर पागल जैसा हो जाऊँगा। तुम अपने लिए कोई ऐसी अच्छी जगह ढूँढ़ लेना जहाँ से सम्राट् को अच्छी तरह से देखा जा सके।

(सम्राट्, महारानी, पोलोनिअस, ओफीलिआ, रोजेन्क्रैंट्ज, गिल्डिन्स्टर्न तथा अन्य सरदारों का सेवकों के साथ प्रवेश। पहरेदार अपने हाथों में मशालें लिए आगे-आगे चल रहे हैं)

सम्राट् : ओ हमारे अच्छे हैमलेट! हम तुम्हारी तबियत जानने के लिए बहुत उत्सुक हैं।

हैमलेट : अच्छा हूँ, पल-पल में रंग बदलने वाले गिरगिट का माँस खाता हूँ और कितने ही वायदों से भरी हुई वायु को पीता हूँ। आप मुर्गियों को इस तरह वायु पिलाकर जीवित नहीं रख सकते, सम्राट्!

सम्राट् : मेरा यह प्रश्न नहीं है हैमलेट! तुम्हारे ये शब्द मेरे नहीं हैं।

हैमलेट : फिर अब मेरे भी तो नहीं हैं, क्योंकि मेरे मुँह से निकल चुके हैं। **(पोलोनिअस से)** श्रीमान! आप तो कह रहे थे न कि एक बार अपने विद्यार्थी-जीवन में आपने भी रंगमंच पर अभिनय किया था।

पोलोनिअस : हाँ, राजकुमार! आप ठीक कहते हैं। मैंने अभिनय किया था और उससे सभी ने मुझे एक श्रेष्ठ अभिनेता स्वीकार भी कर लिया था।

हैमलेट : क्या 'पार्ट' खेला था आपने?

पोलोनिअस : मैं जूलियस सीज़र बना था। मुझे अपनी राजधानी में ही मार डाला गया था। ब्रूटस मेरा हत्यारा था।

हैमलेट : ओ! यह तो उसने बहुत बुरा किया कि इस तरह के अच्छे बछड़े को मार डाला। क्या नाटक के लिए सभी अभिनेता तैयार हो चुके हैं?

रोजेन्क्रैंट्ज : जी हाँ, राजकुमार! वे अब आपकी आज्ञा की प्रतीक्षा में तैयार खड़े हैं।

महारानी : मेरे अच्छे हैमलेट! तुम यहाँ मेरी बगल में बैठो। आओ बेटा!

हैमलेट : नहीं माँ! यहाँ इससे अधिक चमकदार चीज़ और है।

पोलोनिअस : **(सम्राट् से)** वह देखिए, स्वामी! क्या देख रहे हैं, राजकुमार को?

हैमलेट : **(ओफीलिआ से)** श्रीमती! क्या मैं आपके पैरों पर लेट सकता हूँ?

(ओफीलिआ के पैरों पर लेटता है)

ओफीलिआ : नहीं, राजकुमार!

हैमलेट : मेरा अर्थ है, कि क्या मैं अपना सिर आपके पैरों में रखकर लेट सकता हूँ?

ओफीलिआ : आप बड़ी प्रसन्न मुद्रा में मालूम होते हैं, राजकुमार!

हैमलेट : कौन? मैं?

ओफीलिआ : हाँ।

हैमलेट : क्या तुम समझती हो कि बेपढ़ी-लिखी गँवार लड़कियों से जैसा मेरा व्यवहार होता है मैं उसे ही यहाँ प्रयुक्त कर रहा हूँ?

ओफीलिआ : नहीं राजकुमार! मैं कभी यह नहीं सोचती।

हैमलेट : किसी लड़की के पैरों पर लेटना एक अच्छा ख्याल है, क्यों?

ओफीलिआ : अच्छा ख्याल क्या, राजकुमार?

हैमलेट : कुछ नहीं।

ओफीलिआ : आप मेरी हँसी कर रहे हैं श्रीमान? बहुत प्रसन्न मालूम होते हैं।

हैमलेट : कौन? मैं?

ओफीलिआ : जी, आप।

हैमलेट : ओ ईश्वर! हाँ, मैं ही तेरी दुनिया में एक प्रसन्न व्यक्ति हूँ। प्रसन्न न रहे तो और क्या करे मनुष्य? क्या देखती नहीं श्रीमती! मेरी माँ कैसी प्रसन्न मुद्रा में बैठी है और उस समय जब दो घण्टे पहले ही मेरे पिता इस संसार से गए हैं।

ओफीलिआ : नहीं राजकुमार! उस दुःखद घटना को हुए तो चार महीने बीत गए।

हैमलेट : चार महीने? ओ, तो फिर शोक के ये काले वस्त्र भय के दूत ही पहनें। मैं भी अब अच्छे चमकदार कपड़े पहनूँगा। ओ ईश्वर! जिसको मरे दो महीने

बीत गए, उसकी स्मृति अब तक क्यों मस्तिष्क में रहनी चाहिए? जब इतने दिन तक उसकी स्मृति शेष रह सकती है, तो फिर क्या आश्चर्य है कि एक महापुरुष की स्मृति उसकी मृत्यु से छः महीने तक भी हमारे मस्तिष्क में रहे। लेकिन यह मैं अपने पूरे विश्वास के साथ कहता हूँ कि अगर उसकी स्मृति में कोई समाधि नहीं बनाई गई, तो फिर जैसे लोग अपने खेल के उन घोड़ों को भूल गए, वैसे ही उसे भी भूल जाएँगे। उन नकली घोड़ों की समाधि पर लिखा भी रहता है—'ओ! घोड़े की स्मृति शेष नहीं रही।'[1]

(तुरही बजती है। मूक अभिनय प्रारम्भ होता है)

[एक राजा और रानी आपस में बड़ा प्यार करते हुए आते हैं। आकर वे एक-दूसरे को हृदय से लगाते हैं। रानी राजा के पैरों पर झुकती है और अपने सच्चे प्रेम का विश्वास दिलाती है। राजा उसे उठा लेता है और उसके कन्धों पर अपना सिर चिपका लेता है। इसके बाद राजा हरी घास पर सो जाता है। रानी उसे सोता देख चली जाती है। इसके कुछ क्षण पश्चात् ही एक व्यक्ति आता है और वह राजा के सिर से मुकुट उतार पहले उसे चूमता है और फिर इधर-उधर देखकर राजा के कान में ज़हर डाल देता है और तुरन्त वहाँ से चला जाता है। रानी वापस आती है तो राजा को मरा हुआ पाती है। इस पर वह फूट-फूटकर रोती है। हत्यारा भी थोड़ी देर बाद दो या तीन व्यक्तियों के साथ रानी के दुःख में भाग लेने के लिए आता है। राजा का अन्तिम संस्कार कर दिया जाता है और फिर वही हत्यारा अपना असीम प्रेम दिखा कर रानी को अपनी पत्नी बना लेता है। कुछ समय तक तो रानी उसके इस प्रस्ताव का विरोध करती है लेकिन फिर सब कुछ भूल कर उसे सहर्ष स्वीकार कर लेती है। फिर सबका प्रस्थान।]

ओफीलिआ : क्या मतलब है इस सबका राजकुमार?

हैमलेट : इसका मतलब? छिपी हुई धृष्टता और कृतघ्नता श्रीमती!

ओफीलिआ : क्या इस मूक अभिनय का आशय नाटक के कथानक की रूप-रेखा दर्शकों के सामने रखना है?

(नाटक की प्रस्तावना के रूप में एक अभिनेता आता है)

हैमलेट : यह सब कुछ हमें अभिनेता से पता लग जाएगा। ये लोग कभी भी बात को छिपाने का प्रयत्न नहीं करते, बल्कि सबके सामने उसे खुले रूप में पहले ही रख देते हैं।

---

1. Hobby Horse : पुराने समय में एक प्रकार का खेल हुआ करता था, जिसमें आदमी अपनी कमर से ऊपर पूरी तरह घोड़े का वेश बनाता, मुँह पर उसी जैसा चेहरा लगा लेता था। पैरों को किसी तरह ढकता था जिससे लोग उसे घोड़ा ही समझें। 'घोड़े की स्मृति शेष नहीं रही, का मतलब है कि पुराना अच्छा समय बीत गया।

ओफीलिआ : क्या यह हमें इस नाटक का आशय बताएगा?

हैमलेट : हाँ, अवश्य, अपने हाव-भाव से तुम भी कोई नाटक उसके सामने रखो तो उसका भी आशय वह बता देगा। शरम करने की बात नहीं है क्योंकि उसका आशय बताने में वह भी नहीं शरमायेगा।

ओफीलिआ : आप इस तरह गन्दी बातें करते हैं राजकुमार! मैं आपकी बातों पर ध्यान न देकर रंगमंच की ओर अपना ध्यान रखूँगी।

प्रस्तावना के रूप में अभिनेता : हम अपना यह दुःखान्त नाटक आपके सामने खेल रहे हैं। हम यह पूरी-पूरी आशा करते हैं कि आप पूरी तरह शान्तिपूर्वक इसे देखेंगे।

हैमलेट : क्या यही प्रस्तावना है? ओह! यह तो किसी अँगूठी पर खुदी हुई एक पंक्ति के बराबर है।

ओफीलिआ : संक्षिप्त है राजकुमार?

हैमलेट : जैसा स्त्री का प्रेम होता है। क्यों?

(दो अभिनेताओं का रंगमंच पर प्रवेश। एक राजा के तथा दूसरा रानी के वेश में)

राजा : ओ मेरी प्यारी रानी! जबसे हमने एक-दूसरे को अपना हृदय समर्पित किया है उस समय से अब तक, सूर्य इस पृथ्वी और समुद्र के चारों ओर तीस चक्कर लगा चुका है, और तीस वर्षों तक ही चन्द्रमा सूर्य से प्रकाश लेता हुआ, इस पृथ्वी पर अपनी चाँदनी बिखेरता रहा है। तीस वर्षों से ही हम दो शरीर हैं और एक आत्मा हैं।

रानी : ओ मेरे प्रियतम! काश, ये सूर्य और चन्द्रमा इससे भी अधिक इस पृथ्वी का चक्कर लगाते रहें और हमारे प्रेम का कभी भी अन्त न हो। लेकिन मेरा दुर्भाग्य ही है कि बहुत दिनों से मैं आपको कुछ विक्षुब्ध और चिन्तित-सा देख रही हूँ और इसी कारण मेरा हृदय अन्दर ही अन्दर घबराने लगता है। आपकी उपेक्षापूर्ण दृष्टि देखकर मेरा रोम-रोम काँप उठता है स्वामी! लेकिन, खैर, मेरी इस स्थिति से आपको कोई बेचैनी नहीं होनी चाहिए, क्योंकि आप तो जानते ही हैं कि स्त्री के हृदय में प्रेम और भय साथ-साथ पलता है। कभी एक धारा बहती है तो कभी उसके आनन्द में व्याघात डालने के लिए दूसरी आ जाती है। मेरे स्वामी! या तो ये भावनाएँ दिखावा-मात्र होती हैं, या जब सच्चे रूप में होती हैं तो ये बड़े वेग से मनुष्य के हृदय में आती रहती हैं, और जीवन की शान्ति को नष्ट कर देती हैं। मैं आपको कितना प्यार करती हूँ, यह मैं आपको पहले ही बता चुकी हूँ, उसी के अनुसार मेरे हृदय के भय का भी अनुमान आप लगा सकते हैं स्वामी! अगाध प्रेम में जब छोटी-सी भी आशंका उठ खड़ी होती है, तो वह भय का रूप ले लेती है! इसी आधार पर मैं यह भी कह सकती हूँ कि सच्चा प्रेम वहीं होता है जहाँ इस तरह की आशंकाएँ जीवन का भय बन जाती हैं।

राजा : प्रिये! मुझे यही डर है कि शीघ्र ही कहीं हम एक-दूसरे से बिछुड़ न जाएँ, क्योंकि मेरा शरीर इतना शिथिल हो चुका है कि हो सकता है, मृत्यु देवी किसी भी दिन मुझे अपने हाथों में उठा ले। तब प्रिये! तुम ही इस राज्य की स्वामिनी रह जाओगी और सम्भव है तुम्हें ऐसा कोई सुहृद पति बचे हुए जीवन में साथ देने के लिए मिल जाए जैसा–

रानी : ओह! नहीं, नहीं, स्वामी! मत बोलो अब। अपने मुँह से यह अभिशाप न बोलो। आपको छोड़कर मैं किसी अन्य के साथ प्रेम करूँ और उसे पति बनाऊँ! ओ स्वामी! इससे अधिक विश्वासघात और पाप क्या होगा इस संसार में। ओ ईश्वर! यदि मैं दूसरे की कल्पना भी अपने मस्तिष्क में लाऊँ, तो मेरी देह जन्म-जन्म तक नरक की आग में जलती रहे। इस संसार में मैं कभी सुखी न रहूँ। मेरे स्वामी! यह घृणित कार्य तो वे स्त्रियाँ करती हैं जो अपने पति की हत्या अपने हाथों से करती हैं।

हैमलेट : **(स्वगत)** इन शब्दों से इस क्लॉडिअस का हृदय अन्दर ही अन्दर अवश्य काँप उठेगा।

रानी : मेरे स्वामी! स्त्री के मस्तिष्क में दूसरी शादी की बात तभी आती है जब उसे किसी प्रकार धन या सम्मान का लालच होता है और ऐसे नीच विचार की छाया में सच्चा प्रेम कभी भी नहीं पल सकता। ओ ईश्वर! जब मैं किसी दूसरे पति की बाँहों में अपने-आपको समर्पित करूँगी, तब तो मुझे अपने प्रियतम की दूसरी बार हत्या का पाप लगेगा।

राजा : प्रिये! मुझे तुम्हारे हृदय की पवित्र भावनाओं पर पूरा विश्वास है, लेकिन क्या तुम नहीं जानतीं कि मनुष्य एक भावावेश में अपने निश्चय बनाता है और वे तभी तक जीवित रहते हैं जब तक उनको याद रख सकता है। प्रिये! जैसे कच्चे फल पेड़ की डाल को पूरी दृढ़ता के साथ पकड़े रहते हैं और जब वे पक जाते हैं, तब उसी डाल से टूट कर पृथ्वी पर गिर जाते हैं, इसी प्रकार हमारे निश्चय उस भावावेश में ही ऐसे दिखते हैं मानो ये कभी नहीं टूटेंगे, लेकिन जब उनको कार्यरूप में परिणत करने का अवसर आता है तब पता नहीं वे कहाँ गिर जाते हैं। यह बात झूठ नहीं हो सकती प्रिये! कि हम अपने जीवन में अनेकों निश्चय करके, जो एक ऋण-सा चढ़ा लेते हैं, उसे चुकाना भूल जाते हैं। एक भावावेश में जो कुछ भी निश्चय हम करते हैं, वह उस आवेश की समाप्ति के साथ-साथ ही न जाने कहाँ खो जाता है। उस समय हम यह तक भूल जाते हैं कि हमारे जीवन का सत्य क्या है और कहाँ तक हम उस पर आरूढ़ हैं। जीवन में दुःख और सुख का निरन्तर चलने वाला यह चक्र ऐसा है कि जो भी निश्चय इसके अन्तर्गत बनते हैं, साथ ही नष्ट भी हो जाते हैं। जब हमें सबसे अधिक सुख होता है, तो साथ ही हृदय में यह चिन्ता भी पलती है कि इसके पश्चात् अपार

दुःख टूटने वाला है। इस तरह जैसे-जैसे जीवन की गति निरन्तर बढ़ती जाती है, तो कभी दुःख-सुख के रूप में बदल जाता है, तो कभी सुख-दुःख के रूप में। यह संसार कोई स्थायी वस्तु नहीं है, यहाँ प्रतिपल सभी कुछ बदलता रहता है। तो फिर यह क्या अस्वाभाविक है कि परिस्थितियों के परिवर्तन के साथ प्रेम भी अपनी दृढ़ता छोड़कर बदल जाए, क्योंकि अभी मनुष्य के व्यवहार और उसके जीवन की गति को सामने रखकर, यह निश्चयपूर्वक नहीं कहा जा सकता कि बदलता हुआ भाग्य प्रेम को बदलता है या प्रेम स्वयं मनुष्य के भाग्य को बदलता है। तुम इस संसार में साधारणतया देखोगी प्रिये! कि जब किसी अच्छे मनुष्य के बुरे दिन आते हैं तो उसके सारे मित्र उसका साथ छोड़ जाते हैं और जब निर्धन और दीन लोग धनी हो जाते हैं तो उनके सारे शत्रु उनके मित्र होने का दावा करने लगते हैं। इसलिए इस संसार की रीति को देखकर तो यही विश्वास होता है कि प्रेम मनुष्य के भाग्य तथा स्वार्थ पर ही निहित होता है, क्योंकि जिस मनुष्य को धन की लालसा नहीं रहती, उसे मित्रों की भी कोई आवश्यकता नहीं होती। अगर आवश्यकता के समय कोई व्यक्ति अपने मित्र से धन की सहायता माँगता है, तो उसी क्षण से वह उसे अपना शत्रु बना लेता है। मेरे कहने का सार यह है प्रिये! कि हमारी इच्छाएँ और हमारे भाग्य, एक-दूसरे के इतने विपरीत हैं कि सत्य पर आरूढ़ रहने के लिए हमारे सारे प्रयत्न निष्फल चले जाते हैं। हम चाहे कितने भी ऊँचे विचार और निश्चय अपने मन में बनाते रहें, लेकिन उनके नष्ट होने पर हमारा कुछ भी वश नहीं चलता इसीलिए कहता हूँ प्रिये! कि अभी जो तुम दूसरी शादी की बात से इतनी घृणा और उपेक्षा दिखा रही हो, हो सकता है तुम्हारे पहले पति की मृत्यु के पश्चात् यह सब कुछ नष्ट हो जाए और तुम किसी दूसरे व्यक्ति को फिर अपना पति स्वीकार कर लो।

रानी : ओ ईश्वर! नहीं। प्रियतम! यदि एक बार विधवा हो जाने के पश्चात् मैं कभी भी दूसरी बार सुहागिन बनने की कल्पना तक भी करूँ; तो यह धरती मुझे खाने को अन्न न दे और सूर्य प्रकाश न दे। दिन और रात कभी भी मुझे सुख और शान्ति न मिले। उस समय मेरे जीवन की सारी आशा और आस्था नष्ट हो जाए, और मेरा जीवन कारागार की-सी कठोरता में पूरी तरह ऐसे घुट जाए जैसे एक संन्यासी का जीवन। ओ ईश्वर! उस समय जिस मार्ग पर भी मैं विफलता की आशा से बढ़ूँ, वहीं अपार दुःख टूट पड़े। ओह! मेरी आत्मा इस अपराध के बदले इस जीवन में तथा मृत्यु के पश्चात् तक भी सदैव दुःख की आग में जलती रहे।

हैमलेट : ओह! यदि अब यह स्त्री अपने सारे सत्य को भूल जाए, तब–

राजा : प्रिये! तुमने यह बहुत बड़ी प्रतिज्ञा की है। अच्छा, अब कृपया मुझे यहीं अकेला छोड़ दो, क्योंकि मैं थोड़ी देर आराम करके इस नीरस दिन को किसी तरह बिताना चाहता हूँ।

रानी : हे ईश्वर! काश, सोने से मेरे प्रियतम का चित्त सुस्थिर हो जाए और दुर्भाग्य आकर हमारे जीवन को दुःखी न बनाए।

हैमलेट : क्यों श्रीमती, आपको नाटक में आनन्द आ रहा है न?

महारानी : मुझे तो यही लगता है कि यह स्त्री सीमा से बाहर बातें करती है और अपने को सत्य का आदर्श रूप सिद्ध करना चाहती है।

हैमलेट : तो क्या हुआ! मैं तो उसके शब्दों पर विश्वास करता हूँ।

सम्राट् : क्या तुमने देखा हैमलेट! नाटक की विषयवस्तु क्या है? क्या इसमें आपत्तिजनक कोई बात नहीं है?

हैमलेट : बिल्कुल नहीं। यह तो सब बनावटी खेल है, यहाँ तक कि ज़हर डालने का दृश्य भी। इसलिए इसमें आपत्ति क्या हो सकती है?

सम्राट् : नाटक का शीर्षक क्या है?

हैमलेट : चूहेदानी। अब आप पूछिए कि यह नाम क्यों? यह रूपकात्मक नाम है। नाटक का विषय है विएना में हुई एक सच्ची हत्या की घटना। ड्यूक का नाम गोंजेलो है और बेप्टिस्टा उसकी स्त्री है। अब आपको आगे सब कहानी मालूम हो जाएगी। पूरी धृष्टता और पाप की कहानी है यह। लेकिन क्या हुआ? हमारी अपनी आत्माएँ तो पवित्र हैं चाचाजी! फिर इसमें आपत्ति ही क्या हो सकती है? इस दुःखद घटना को भी आँखों के सामने आने दीजिए। हमारे आधार तो दृढ़ हैं।

(एक अभिनेता का ल्यूसिएनस के रूप में प्रवेश)

यह राजा का भतीजा है। इसका नाम ल्यूसिएनस है।

ओफीलिआ : राजकुमार! आप तो कोरस[1] की तरह नाटक का पूरा रहस्य बता रहे हैं।

हैमलेट : हाँ, हाँ, जैसे कठपुतली नचाने वाला उनके सारे संवाद अपने मुँह से बोलता जाता है वैसे ही मैं तुम्हारे तथा तुम्हारे प्रेमी की ओर से बोल सकता था, लेकिन तभी मैंने देखा कि ये कठपुतलियाँ नाच भी रही हैं।

ओफीलिआ : आप बड़ी तीखी बात करते हैं राजकुमार!

हैमलेट : लेकिन मेरे इस तीखेपन को मिटाने में तो बहुत आपत्ति उठानी होगी।

ओफीलिआ : ओह! आप जितने अच्छे हैं, उतने बुरे भी हैं।

हैमलेट : यही तुम्हें अपने पतियों के विषय में सोचना चाहिए। लेकिन हाँ, ल्यूसिएनस! अपना काम शुरू करो। हत्यारे! नीच! इस तरह डरावनी शक्ल न बना! कर जो भी तू करना चाहता है। चारों ओर प्रतिशोध की-सी आग जल रही है।

1. Chorus (कोरस) : नाटक के कथानक पर अपनी आलोचना देने के लिए कोरस का प्रयोग किया जाता है। यह ग्रीक नाटक में आमतौर से प्रचलित था। इसके पश्चात् अंग्रेज़ी नाटक में भी इसका प्रचार बढ़ गया। प्रस्तावना और उपसंहार के रूप में भी इसका प्रयोग होता है।

ल्यूसिएनस : मेरे काले इरादों को पूरा करने का कैसा अच्छा अवसर है। मेरे हाथों में पूरी ताकत भी है और यह ज़हर भी मौजूद है। सभी तरह से स्थिति मेरे अनुकूल है और फिर यहाँ कोई मुझे देखने वाला भी नहीं है। ओ ज़हरीले पदार्थ! जिसे आधी रात के समय जंगल की रूखड़ियों से इकट्ठा किया गया है और जिसे डायनों के शापों से और भी ज़हरीला बनाया गया है, जाओ और तुरन्त मनुष्य के हृदय पर अपना वह ज़हरीला जादू चला दो।

(सोने वाले के कान में ज़हर डाल देता है)

हैमलेट : ओह! उसने राज्य के लालच में राजा को ज़हर देकर मार डाला। राजा का नाम गोंजेलो है। यह प्रचलित कहानी इटली की भाषा में सबसे अच्छी तरह से मिलती है। अब शीघ्र ही तुम देखोगी कि किस तरह वह खूनी स्वर्गीय राजा की पत्नी को अपनी पत्नी बना लेता है।

ओफीलिआ : वह देखो, सम्राट् अपने स्थान से उठ रहे हैं।

हैमलेट : क्या? ओह, इस अभिनय को देखकर वह कुछ डर-सा गया है।

महारानी : क्या हुआ मेरे स्वामी?

पोलोनिअस : बन्द कर दो यह सब। बन्द कर दो!

सम्राट् : प्रकाश! प्रकाश! प्रकाश दिखाओ!!! बन्द कर दो यह!

सभी : प्रकाश! प्रकाश! प्रकाश लाओ।

(हैमलेट और होरेशिओ को छोड़कर सभी चले जाते हैं)

हैमलेट : ओह। जाने दो इस पापी क्लॉडिअस को और एक घायल हिरण की तरह रोने दो। मैं तो एक स्वस्थ हिरण की तरह ही आनन्द से रहूँगा। इस संसार की रीति है कि जब कुछ व्यक्ति सोए हुए रहते हैं, तब दूसरे जागे रहते हैं। क्यों साथी। मेरी यह सफलता, मेरे टोप पर बहुत-से पंख और जूतों पर फीतों के बने 'फ्रेंच' गुलाब के फूलों को देख कर क्या तुम मुझे इसके योग्य नहीं समझते कि जब सौभाग्य मेरा साथ छोड़ जाए और मैं अभाव की चक्की में पिसने लगूँ तब मैं किसी नाटक कम्पनी में एक साझेदार की तरह काम कर सकूँ?

होरेशिओ : थोड़ा साझा ही नहीं, राजकुमार। बल्कि पूरा पचास प्रतिशत।

हैमलेट : मैं फिर पूरे अधिकार की बात करता हूँ, होरेशिओ। क्योंकि तुम तो जानते ही हो मित्र! कि इस साम्राज्य से वह सम्राट् सदा के लिए उठ गया, जो साक्षात् प्रेम का अवतार था और उसके स्थान पर यह पापी मूर्ख पवित्र सिंहासन पर बैठा है।

होरेशिओ : इस बात को तो तुम और भी अच्छी तरह तुक मिलाकर कह सकते थे राजकुमार!

हैमलेट : उस प्रेत की सब बातें सच हैं होरेशिओ। इसके लिए मैं हज़ार पाउण्ड तक दाँव लगा सकता हूँ। क्या तुमने देखा कि नाटक के अन्त की क्या प्रतिक्रिया

उसके ऊपर हुई थी?

होरेशिओ : मैंने अच्छी तरह से देखा था राजकुमार!

हैमलेट : क्या प्रतिक्रिया थी उसकी?

होरेशिओ : उस समय तो मैंने बड़े ध्यान से उसे देखा था।

हैमलेट : अच्छा, तो अब कुछ मौखिक, कुछ वाद्य-संगीत होना चाहिए। सम्राट् को जब नाटक अच्छा नहीं लगा तो यह भी नहीं लगेगा। आओ मित्र! गाना। बस, अब तो गाना होना चाहिए।

(रोजैन्क्रैंट्ज और गिल्डिन्स्टर्न का प्रवेश)

गिल्डिन्स्टर्न : राजकुमार! मैं अकेले में आपसे कुछ कहना चाहता हूँ।

हैमलेट : कुछ क्यों मित्र! तुम जितना चाहो, उतना कहो।

गिल्डिन्स्टर्न : राजकुमार! सम्राट्...

हैमलेट : हाँ, क्या हुआ उन्हें?

गिल्डिन्स्टर्न : राजकुमार, वे अपना पूरा धैर्य खोकर पूरी तरह बेचैन हैं और सबसे दूर एकान्त में अपने ये दुःखद क्षण बिता रहे हैं।

हैमलेट : क्यों, क्या उन्होंने शराब पी रखी है?

गिल्डिन्स्टर्न : नहीं राजकुमार! वे अत्यधिक रुष्ट मालूम होते हैं।

हैमलेट : तो फिर उनकी यह अवस्था तुम किसी डॉक्टर से कहकर अपनी बुद्धिमत्ता का परिचय दे सकते हो, क्योंकि अगर मैं उनकी इस बीमारी का इलाज करने लगूँ तो वे और भी अधिक रुष्ट हो जाएँगे।

गिल्डिन्स्टर्न : राजकुमार! मेरी प्रार्थना है कि विषय से बाहर जाकर इस तरह अनर्गल उत्तर न दो।

हैमलेट : मैं तो अनर्गलता से बहुत दूर हूँ साथी! मैं सदैव विषय पर अपना पूरा-पूरा ध्यान रखता हूँ।

गिल्डिन्स्टर्न : आपकी माँ भी बहुत चिन्तित और दुःखी हैं, उन्होंने ही हमें आपके पास भेजा है।

हैमलेट : आपका स्वागत है साथी!

गिल्डिन्स्टर्न : लेकिन इस तरह से स्वागत की मुझे आपसे कभी आशा नहीं थी, राजकुमार! अगर आप ठीक तरह बातें कर सकते हैं तो मैं आपकी माँ का भेजा हुआ सन्देश आपसे कहूँ और अगर आप इसमें असमर्थ हैं तो फिर मैं आगे कुछ नहीं कहूँगा।

हैमलेट : लेकिन श्रीमान! मैं तो इसके लिए असमर्थ हूँ।

गिल्डिन्स्टर्न : किसके लिए राजकुमार?

हैमलेट : ठीक तरह से बातें करने के लिए। जिसे आप पागल समझते हैं, उसी से आपको ठीक तरह का उत्तर कैसे मिल सकता है? मैं तो जिस योग्य हूँ,

उसी तरह का उत्तर आपको दे सकता हूँ। उसे आप स्वीकार करिए, या जैसा आप कहते थे मेरी माँ भी उसे स्वीकार करेगी, इसलिए हमें अन्य बातें छोड़ कर सीधे विषय पर आ जाना चाहिए। आप तो केवल यही कहते हैं कि मेरी माँ कहती हैं–

रोजैन्क्रैंट्ज : हाँ, आपकी माँ यही कहती है कि आपके इस पागलपन ने उसे अत्यधिक दुःखी और चिन्तित बना दिया है और साथ में उन्हें प्रकृति के इस व्यवहार पर आश्चर्य भी होता है।

हैमलेट : ओ हैमलेट! तू भी इस संसार का कैसा विचित्र प्राणी है जो अपने व्यवहार से अपनी माँ को आश्चर्य-चकित कर रहा है, लेकिन क्या इसके बाद कोई बात महारानी के मस्तिष्क में नहीं आई? उसे भी तो कहो मित्र!

रोजैन्क्रैंट्ज : वे आपसे एकान्त में कुछ बातें करना चाहती हैं राजकुमार! उनका कमरा ही इसके लिए सबसे अच्छा है।

हैमलेट : अगर वह इस जीवन में दस बार भी अपना स्थान बदलकर मेरी माँ बनती रहे, तो भी मैं उसकी आज्ञा का पालन करूँगा। अच्छा, क्या और कोई काम भी है?

रोजैन्क्रैंट्ज : राजकुमार! आप तो मुझे अपना मित्र समझते थे।

हैमलेट : मैं इन पापी हाथों की सौगन्ध खाकर कहता हूँ कि अब भी मैं तुम्हें ऐसा ही समझता हूँ।

रोजैन्क्रैंट्ज : अच्छे राजकुमार! आखिर आपके इस चित्त-विकार का कारण क्या है? अगर आप अपने मित्रों से भी यह छिपाते हैं, तो समझ लीजिए कि आप सच्ची मित्रता का पालन नहीं करते।

हैमलेट : कारण? मेरे जीवन की महत्त्वाकांक्षाएँ हैं मित्र! उन्हें किसी तरह का आधार नहीं मिलता है।

रोजैन्क्रैंट्ज : नहीं, यह विचार तो सत्य हो ही नहीं सकता, क्योंकि सम्राट् ने स्वयं आपको ही डेनमार्क के राज्य-सिंहासन का उत्तराधिकारी घोषित किया है।

हैमलेट : आप तो जानते ही हैं, बात चलती आई है कि घोड़ा जब घास के उगने तक इन्तज़ार करता है, तब तक वह भूखा मर जाता है, लेकिन यह घिसी-घिसाई बात है।

(अभिनेताओं का संगीतकारों के साथ प्रवेश)

ओह! वे वाद्य आ गए। एकाध मैं भी तो देखूँ। आओ, एकान्त में चलें। क्यों मित्र! तुम अपने लाभ के लिए मुझे इस सम्राट् के जाल में फँसाने का प्रयत्न करते हो?

गिल्डिन्स्टर्न : ओ मेरे अच्छे राजकुमार! यदि मेरा कर्तव्य मुझे इस तरह के दुस्साहस के लिए प्रेरित करता है, तो मेरा प्रेम भी आपके प्रति इतना अधिक है, कि

उस कारण मैं आपके विरुद्ध एक सधा हुआ षड्यन्त्र नहीं रच सकता।

हैमलेट : मैं कुछ समझा नहीं। छोड़ो, क्या तुम इस वाद्य को बजाओगे?

गिल्डिन्स्टर्न : मैं इसे नहीं बजा सकता राजकुमार!

हैमलेट : मैं प्रार्थना करता हूँ।

गिल्डिन्स्टर्न : विश्वास करिए राजकुमार! मुझे यह बजाना नहीं आता।

हैमलेट : मेरी प्रार्थना स्वीकार करो मित्र!

गिल्डिन्स्टर्न : आप मानिए, मुझे इस वाद्य पर हाथ रखना तक नहीं आता।

हैमलेट : मित्र! इसे बजाना तो झूठ बोलने के बराबर ही आसान है। देखो, इन छिद्रों के ऊपर अपनी अँगुलियाँ रख लो और फिर मुँह से फूँक दो, क्या अच्छा गाना निकलता है। यह देखो, इन छेदों पर।

गिल्डिन्स्टर्न : लेकिन मैं तो कुछ भी नहीं जानता। राजकुमार! मैं कोई स्वर नहीं निकाल पाऊँगा।

हैमलेट : क्यों? इसे नहीं बजा सकते? तुम इसके स्वरों पर हाथ रखना तक नहीं जानते? लेकिन मित्र! फिर मुझे वाद्य समझ कर क्यों तुम बजाने का प्रयत्न कर रहे हो? उस पर तो तुम्हारा हाथ अच्छी तरह चल रहा है और मेरे हृदय का सारा भेद जानकर तुम उस पर गीत बजाने की बात भी सोच रहे हो। यह सब क्यों? क्या तुम यह समझते हो कि इस वाद्य की अपेक्षा मुझे बजाना अधिक आसान है? लेकिन साथी! तुम इस भ्रम में न रहना। तुम चाहे कैसा भी वाद्य मुझे समझो, लेकिन तुम उसे बजाकर उसका मीठा गाना नहीं सुन पाओगे। हो सकता है, तुम इतना प्रयत्न करो भी, तो एक कर्कश ध्वनि उसमें से सुनाई देगी।

(पोलोनिअस का प्रवेश)

ईश्वर आपको समृद्धशाली बनाए श्रीमन्त।

पोलोनिअस : राजकुमार। महारानी अभी आपसे कुछ बातें करना चाहती हैं।

हैमलेट : श्रीमन्त! वह देखिए, देख रहे हैं उस बादल को? बिल्कुल ऊँट की-सी आकृति बन गई है?

पोलोनिअस : नहीं, मैं धर्म की सौगन्ध खाकर कहता हूँ कि यह तो बिल्कुल नेवले-जैसा है।

हैमलेट : मुझे तो ऊँट-जैसा ही दीखता है।

पोलोनिअस : पीठ की तरफ देखिए राजकुमार! ठीक नेवले-जैसा ही है।

हैमलेट : या 'व्हेल' मछली की तरह का है?

पोलोनिअस : हाँ, बहुत-कुछ उससे मिलता-जुलता है।

हैमलेट : तो ठीक है, मैं धीरे-धीरे अपनी माँ के पास पहुँच जाऊँगा। मुझे मूर्ख बनाना चाहते हैं। यह सब मेरे विरुद्ध कुचक्र है। मैं धीरे-धीरे अपनी माँ के पास आऊँगा श्रीमन्त!

पोलोनिअस : मैं ऐसा ही कह दूँगा राजकुमार!

हैमलेट : 'धीरे-धीरे' कैसा आसान उत्तर मैंने दे दिया है। (पोलोनिअस चला जाता है।) अच्छा मित्रो! अब विदा।

(हैमलेट को छोड़कर सभी चले जाते हैं)

आधी रात! यह काला और डरावना समय है, जब कब्रिस्तान मुँह खोलकर जम्हाइयाँ लेने लगता है और नरक इस संसार पर विषैली श्वास छोड़ने लगता है। इस समय जी चाहता है कि किसी का कलेजा फाड़कर गरम-गरम खून पी जाऊँ और ऐसा भयानक षड्यन्त्र रचूँ, जिसे सुनकर और देखकर, दिल व आत्मा भय से काँप उठे। लेकिन शान्त, हैमलेट! अब मुझे माँ के पास चलना चाहिए। ओ हृदय। अपने स्वभाव को छोड़कर भयभीत न होना। 'नीरो' की-सी चंचलता और क्षुद्रता को अपनी मजबूत दीवारों के भीतर मत घुसने देना। हे ईश्वर! मेरी बुद्धि को ऐसा आवेश न देना कि मैं अपना कर्तव्य भूल जाऊँ। मैं अस्वाभाविक रूप से क्रूर न हो जाऊँ, क्योंकि मुझे अपनी माँ को केवल डराना है, उस पर किसी तरह का वार नहीं करना है। हे ईश्वर! मुझे वरदान दो कि इस कार्य को करने के लिए मेरी वाणी और आत्मा झूठा बाना पहनकर भी अपनी सीमा में रहे। चाहे मैं मुँह से उसे कितना भी बुरा कहूँ, बातों के कितने भी प्रहार उस पर करूँ, लेकिन मेरा हाथ उसके ऊपर न उठने पाए। हे ईश्वर! मुझे ऐसा विवेक और धैर्य दो।

(चला जाता है)

दृश्य 3

(किले में एक कमरा; सम्राट्, रोजैन्क्रैंट्ज और गिल्डिन्स्टर्न का प्रवेश)

सम्राट् : हम हैमलेट के इस पागलपन को नहीं चाहते और न सुरक्षा की दृष्टि से ही यह उचित है कि उसे यहाँ रखा जाए, क्योंकि पागल आदमी न जाने कब क्या कर डाले। इसलिए, तुम लोग तैयार हो जाओ। हम चाहते हैं कि उसे तुम्हारे साथ इंग्लैण्ड भेज दें। इंग्लैण्ड के सम्राट् के नाम हम एक पत्र लिख देंगे, उसे उन्हें दिखा देना। अब हम उसके इस पागलपन को बिल्कुल बरदाश्त नहीं कर सकते, जिससे प्रतिक्षण हमें अपने जीवन की रक्षा करनी पड़े।

गिल्डिन्स्टर्न : जो आज्ञा सम्राट्! हम अभी तैयार हो जाते हैं। आपका भय भी सच्चा है। इसके पीछे अवश्य ही बड़ा पवित्र भाव छिपा है, क्योंकि स्वामी! असंख्य जनता के आप ही तो प्राणाधार हैं। आपकी सुरक्षा पर ही तो उनका जीवन है। इसलिए आपका विचार अत्यन्त श्रेष्ठ और उचित है।

रोजैन्क्रैंट्ज : स्वामी! एक व्यक्ति अपने जीवन की रक्षा किसी भी कीमत पर करता

है! उसकी सारी शक्ति और बुद्धि उसी के पीछे लग जाती है। फिर आप तो अपार जनता के स्वामी हैं और आपका जीवन उनके जीवन की एकमात्र आशा और सुख है, फिर उसकी सुरक्षा का प्रश्न तो सबसे पहले उठता है। मैं सच कहता हूँ स्वामी! सम्राट् की मृत्यु एक व्यक्ति की मृत्यु नहीं है बल्कि जैसे पानी का भँवर आसपास के पानी को अपनी ओर खींच लेता है उसी तरह आसपास के और चारों तरफ दूर-दूर तक भी प्रियजन उस केन्द्र के टूट जाने से इस संसार में मानो जीवित नहीं रहते। सम्राट् उस विशाल चक्र की तरह है स्वामी! जो पहाड़ की चोटी पर लगा हुआ हो और उसमें असंख्य छोटी-छोटी चीज़ें बँधी हुई हों। जब वह चक्र टूटता है तो उसके साथ वे असंख्य छोटी-छोटी चीज़ें भी पूरी तरह नष्ट हो जाती हैं। इसलिए यह सत्य है स्वामी! कि सम्राट् के सुख-दुःख से जनता के जीवन का सुख-दुःख पूरी तरह बँधा हुआ रहता है।

सम्राट् : ठीक है। अब अपनी यात्रा की तैयारी कर लो। देखो, देर न करना। हम सब इस कीड़े को पूरी तरह बाँध कर रखना चाहते हैं जो खुला फिर कर हमारे हृदय में आशंका पैदा कर रहा है।

रोजेन्क्रैंट्ज और गिल्डिन्स्टर्न : हम जल्दी ही सब तैयारी कर लेते हैं सम्राट्!

(रोजेन्क्रैंट्ज और गिल्डिन्स्टर्न जाते हैं)

(पोलोनिअस का प्रवेश)

पोलोनिअस : स्वामी! हैमलेट अपनी माँ के कमरे में जा रहा है। मैं चाहता हूँ कि पर्दे के पीछे छिपकर उनकी सारी बातें सुन लूँ। मुझे तो पूरा विश्वास है कि महारानी इस पागलपन का कारण अवश्य जान लेंगी और इसे इस हरकत के लिए कड़ाई से डाँट भी देंगी। इसीलिए आपका यह प्रस्ताव अत्यन्त श्रेष्ठ है। किसी तीसरे व्यक्ति को छिपकर सारी बातें सुननी चाहिए, क्योंकि प्रकृति ने आखिरकार माँ के हृदय को अपने पुत्र के लिए तो ऐसा स्वच्छ बनाया ही है कि उसमें किसी तरह का छल-फरेब नहीं हो सकता। इसीलिए मैं जाता हूँ। अच्छा, विदा, स्वामी! आपके जाने से पहले ही मैं आपसे मिलूँगा। आकर सारी बात बताऊँगा।

सम्राट् : इसके लिए हम तुम्हारे कृतज्ञ होंगे पोलोनिअस!

(पोलोनिअस जाता है)

ओ ईश्वर! तेरी सत्ता के विरुद्ध मैं कैसा घोर पाप कर रहा हूँ। ओह! मेरे मन की ये विषैली श्वासें आकाश तक उठकर सबको दूषित कर रही हैं। जैसे 'केन' के ऊपर अपने भाई की हत्या का पाप चढ़ा हुआ था, उसी तरह मैं भी एक पापी हूँ। घोर पापी! ओ दैव! मेरा हृदय कहता है कि मैं अपने इस पाप के लिए दया की भीख माँग लूँ, लेकिन मेरा साहस नहीं होता। मेरी आत्मा का पतन हो चुका है। पाप के काले हाथों ने इसका गला घोंट दिया है। ईश्वर! मुझे शान्ति नहीं मिल सकती क्योंकि मेरी स्थिति ठीक वैसी है जैसी उस मनुष्य की जो

पाप तो करता है, लेकिन ईश्वर के दण्ड से डरता है, जो कोई भी कार्य दृढ़ता से नहीं कर सकता। न पूरी तरह पाप के विष को ही पीता है और न उसके लिए पश्चात्ताप कर सकता है। ओह! मेरा हाथ भाई के खून से रंगा हुआ है, इस पर लाल और काले दाग पड़े हुए हैं। हे ईश्वर! क्या मुझे दया की भीख देकर तू किसी तरह इन दागों को मिटा नहीं सकता? क्या उस स्वर्ग में इतना भी पानी नहीं है, जिससे मैं अपने इस पाप को धो सकूँ? किसलिए होती है दया? सिर्फ इसीलिए कि हमारा पाप हमारी आँखों के सामने दिखने लगे और उस समय हम अपने आत्मबल से उस पर विजय प्राप्त कर सकें। ओ ईश्वर! तुझसे की हुई प्रार्थना का तात्पर्य यही होता है कि हम कभी भी पाप के मार्ग पर न जाएँ, और अगर भूल से चले भी जाएँ तो तुझसे क्षमा की प्रार्थना करके उसके विषैले परिणामों से बच जाएँ। दवा में इस तरह की शक्ति होती है। तब ओ ईश्वर! मैं तेरी ओर देखता हूँ। तू ही मेरे जीवन की आशा है। मुझे विश्वास है कि इस प्रार्थना से तू मेरा पाप क्षमा कर देगा। मैं उससे मुक्त हो जाऊँगा।

लेकिन ओह! कौन-सी प्रार्थना करके? यही कि–'मेरी इस घृणित हत्या के लिए मुझे क्षमा करना ईश्वर!' लेकिन नहीं, इससे मुझे क्षमा नहीं मिल सकती, क्योंकि जिन कारणों से मैंने यह घृणित पाप किया था वे कारण अब भी मेरे जीवन के साथ लगे हुए हैं। मेरे सिर पर राजमुकुट है, मेरी रानी है और फिर मेरा लालच...ओह! क्या यह कभी सम्भव है कि मनुष्य पाप से मुक्त भी हो जाए और उसी के द्वारा प्राप्त सुख को भी भोगे? नहीं! नहीं! इस घृणित और पापी संसार में प्रायः ऐसा होता है कि मनुष्य अपने धन के बल पर न्याय को खरीद लेता है, लेकिन क्या ईश्वर के न्यायालय में भी यह हो सकता है? कभी नहीं। वहाँ न्याय की कठोरता से कोई भी पापी नहीं बच सकता। वहाँ कर्म का फल उसी के अनुकूल मिलता है। वहाँ हम किसी तरह झूठ बोलकर या दूसरों के मुँह झूठी बातें कहलवाकर अपने पाप को नहीं छिपा सकते। वहाँ हमारे जीवन का एक-एक घृणित और नीच कार्य सामने आ जाता है और हमें इसे अपने मुँह से स्वीकार करना पड़ता है।

तब क्या होगा? कहाँ है अब शान्ति? कितना भी पश्चात्ताप करूँ लेकिन क्या लाभ? पाप का दण्ड मुझे मिलकर ही रहेगा। फिर भी मनुष्य क्या कर सकता है? अगर उसे दया की भीख भी नहीं मिलती है, तो उसके सामने क्या उपाय है? ओ दुःखी, पापी क्लॉडिअस! मृत्यु के काले हृदय वाले नीच प्राणी! ओ मेरी जड़ आत्मा! ओ पतित! जो जितना ऊपर उठाना चाहती थी, उतनी ही नीचे पाप के गड्ढे में जाकर गिरी। बचाओ मुझे ईश्वर! बचाओ ओ देवताओ! मेरी सहायता करो। ओ मेरे सोए हुए पैरो। झुक जाओ और मुझे उस सर्वशक्तिमान से दया

की भीख माँगने दो। ओ मेरे कठोर हृदय! एक शिशु की तरह नम्र होकर प्रार्थना करो, तभी इस पापी क्लॉडिअस की रक्षा हो सकती है। तभी मुझे कुछ शान्ति मिल सकती है।

(अपने घुटनों पर झुकता है)

(हैमलेट का प्रवेश)

हैमलेट : कितनी आसानी से मैं इस समय इसकी चलती श्वास को सदा के लिए रोक सकता हूँ, क्योंकि अब यह अकेला यहाँ प्रार्थना कर रहा है। मैं इसी समय इसकी हत्या करूँगा। इससे यह पापी भी इस संसार से सदा के लिए उठ जाएगा और मैं अपना प्रतिशोध भी ले चुकूँगा। लेकिन नहीं, मुझे इससे आगे भी कुछ सोचना चाहिए। क्या ऐसा करना उचित होगा कि यह पापी अचानक ही मेरे पिता की हत्या करे और मैं उसके बदले में इसकी आत्मा को सदा सुख और शान्ति से रहने के लिए स्वर्ग में भेज दूँ? ओह, नहीं यह प्रतिशोध नहीं है, यह तो उस जल्लाद का-सा काम होगा जो धन के बदले में किसी की हत्या करता है। इस नीच ने मेरे पिता को उस समय मारा था जब वे सो रहे थे और ईश्वर के सामने अपने जीवन की भूलों के लिए पश्चात्ताप भी नहीं कर पाए थे, न वे कोई ऐसा वरदान ही माँग पाए थे कि हे ईश्वर! मेरे अपराधों को क्षमा करना। अब ईश्वर ने उन्हें क्या दण्ड दिया होगा, कौन जानता है, कैसे दुःखी वे होंगे, हम कुछ नहीं जानते। हम अपनी परिस्थितियों को देखकर अपनी साधारण बुद्धि से यही सोच सकते हैं कि वे परलोक में अनेक यातनाएँ उठा रहे होंगे; तब इस पापी को उस समय मार देना कहाँ तक उचित है, जबकि यह ईश्वर से अपने पापों को क्षमा कर देने की प्रार्थना कर रहा है, क्योंकि इस समय यह पश्चात्ताप करता हुआ इस संसार को छोड़ने के लिए पूरी तरह तत्पर है? अगर इस समय मैंने इसकी हत्या की, तो अवश्य ही यह अपनी इस प्रार्थना के फलस्वरूप स्वर्ग में जाएगा और वहाँ इसे मुक्ति मिल जाएगी। नहीं, यह मैं नहीं कर सकता। ओ मेरी तलवार। वार मत करो। मैं तुझे इसको छोड़कर दूसरा अवसर दूँगा—उस समय जब या तो यह सोया हुआ होगा, या शराब पिए हुए होगा या क्रोध की आग में जल रहा होगा या किसी पराई स्त्री के साथ व्यभिचार कर रहा होगा, या बुरी-बुरी गाली देकर जुआ खेल रहा होगा या ऐसा कोई भी घृणित कार्य कर रहा होगा जिससे इसको कभी भी मुक्ति न मिल सके और यह हमेशा नरक की आग में जलता हुआ अनन्त पीड़ा से चिल्लाया करे। तब ओ मेरी प्यारी तलवार। इसका खून पी जाना और उस समय इसकी आत्मा इतनी पतित और नरक के समान काली होगी कि स्वर्ग की ओर इसके पैर होंगे और नरक की ओर सिर और वहीं जन्म-जन्म तक यह जलेगा। इसी से मेरी प्रतिशोध की आग शान्त हो सकती है।

ओह, मेरी माँ मेरी प्रतीक्षा कर रही होगी। जा ओ नीच! मैं तुझे इस बार इसी तरह छोड़ता हूँ जैसे कोई वैद्य रोगी को कोई औषधि देकर कुछ दिन तक और उसे इस जीवन में तड़पने के लिए छोड़ देता है। तुझे सुख और शान्ति नहीं मिल सकती पापी!

(चला जाता है)

सम्राट् : (उठते हुए) ओ ईश्वर! यह क्या है? मैं अभी दया की भीख माँग रहा हूँ, मेरी आत्मा ऊपर उठना चाहती है, लेकिन मेरे नीच विचार अभी तक पाप के गड्ढे में छिपे हुए पड़े हैं। मैं अभी भी हैमलेट की हत्या का षड्यन्त्र रच रहा हूँ! ओह! सच है! जिस प्रार्थना और पश्चात्ताप में आत्मा की करुण वेदना और उसका सच्चा स्वर नहीं होता, वह कभी भी ईश्वर तक नहीं पहुँच सकता।

(जाता है)

दृश्य 4

(महारानी का कमरा, महारानी और पोलोनिअस का प्रवेश)

पोलोनिअस : महारानी! वह सीधा आपके पास ही आ रहा है। आप बहुत कड़ाई के साथ उससे पूछिए कि यह सब क्या है। उससे कहिए कि उसके ये पागलपन के उपद्रव बहुत बढ़ते जा रहे हैं और सम्राट् अब इनको बरदाश्त नहीं कर सकते। आप कहिए कि उन्हें इतना क्रोध आ रहा है कि वे अवश्य उसे कुछ-न-कुछ दण्ड देते, लेकिन आपने उन्हें रोक दिया था। खुली तरह से सब-कुछ उससे कहिए महारानी! मैं यहाँ परदे के पीछे छिप जाता हूँ।

हैमलेट : (अन्दर से) माँ! माँ! माँ!

महारानी : अच्छा पोलोनिअस! मैं यही करूँगी। तुम चिन्ता न करो, जाओ। मैं हैमलेट की आवाज़ सुन रही हूँ। वह आ रहा है।

(पोलोनिअस पर्दे के पीछे छिप जाता है)

(हैमलेट का प्रवेश)

हैमलेट : क्यों माँ! क्या बात है?

महारानी : हैमलेट! तुमने अपने पिता को अपने व्यवहार से बहुत रुष्ट कर दिया है।

हैमलेट : लेकिन माँ! तूने मेरे पिता को बहुत रुष्ट कर दिया है। उसे चैन नहीं है।

महारानी : हैमलेट! यह लापरवाही छोड़ दो। अपना मस्तिष्क ठीक रखकर उत्तर दो।

हैमलेट : जाओ माँ! तू जाल-फरेब अपने मस्तिष्क में भरे मुझसे प्रश्न पूछती है।

महारानी : क्या? यह क्या कह रहे हो हैमलेट?

हैमलेट : बात क्या है?

महारानी : क्या तू भूल गया है बेटा?

हैमलेट : नहीं, मैं उस पवित्र 'क्रॉस' की सौगन्ध खाकर कहता हूँ कि मैं तुझे अच्छी तरह जानता हूँ। तू महारानी, अपने पति के भाई की पत्नी है और ओ दुर्भाग्य। अगर यह तू नहीं होती तो...फिर तू मेरी माँ है।

महारानी : हैमलेट! अगर तू मेरी बात नहीं मानता, तो मैं तुझे उनके हाथों में छोड़ दूँगी जिनकी बात तुझे माननी होगी।

हैमलेट : किनके हाथों में? कहाँ जा रही है तू माँ! बैठ यहाँ। मैं तुझे तब तक नहीं जाने दूँगा महारानी! जब तक कि तू अपना मुँह शीशे में न देख लेगी। देख, और फिर इससे भी नीचे देख, क्या है तेरी आत्मा!

महारानी : क्या? क्या चाहता है तू? तू मेरी हत्या करना चाहता है? ओह! नहीं! नहीं! बचाओ, बचाओ!

पोलोनिअस : **(पर्दे के पीछे से)** बचाओ, बचाओ!

हैमलेट : **(तलवार खींचकर)** कौन? कौन? चूहा? ले, आज तेरा अन्तिम क्षण है। कौन बचाता है तुझे! जा, जा इस संसार से।

(पोलोनिअस के पेट में तलवार भोंकता है)

पोलोनिअस : **(पीछे)** ओ, मैं मर गया! आ...

महारानी : ओ हैमलेट! क्या कर डाला तूने?

हैमलेट : क्या? मैं क्या जानूँ? मुझे क्या पता? क्या यह चूहा वह सम्राट् ही है?

महारानी : ओह! ईश्वर! तूने इस आवेश में यह हत्या क्यों कर डाली हैमलेट? यह खून...ओह!

हैमलेट : हत्या? खून? ओ मेरी अच्छी माँ! क्या यह अपने पति सम्राट् को मरवाकर उसके पतित भाई से शादी का खेल खेलने से भी बुरी चीज़ हैं?

महारानी : अपने पति सम्राट् को मरवाकर? क्या कह रहा है तू?

हैमलेट : हाँ, श्रीमती! मैंने यही कहा था।

(पर्दा उठता है। देखता है, पोलोनिअस की लाश सामने पड़ी है)

ओ, तू? बीच में दौड़कर दूसरे किसी का जाल बिछाने वाले मूर्ख! तू भी अपनी इस स्वामिभक्ति में इधर-उधर तन-मन बिखेरता फिरता था, जा, अब छोड़ जा, इस अभागे को! जा, विदा! मैंने नहीं समझा था कि तू है। मुझे तो यही निश्चय था कि मेरी तलवार तुझसे उच्च पद पर आसीन उस नीच का खून पी रही है। लेकिन खैर, तेरा ऐसा ही भाग्य था। अब तू समझ गया होगा कि दूसरों के बीच में फँसकर अपनी बुद्धिमत्ता दिखाना खतरनाक होता है।

(महारानी से) चुपचाप बैठी रह। इस तरह रोती हुई अपने हाथों को इधर-उधर न फेंक। तलवार तो नहीं लेकिन तलवार जैसे तीखे शब्द मैं तेरे सीने में भी

भोंकना चाहता हूँ। अगर अब भी तेरा हृदय कुछ गवाही देता है कि सत्य और चरित्र संसार में कुछ होता है तो सुन और समझ। पाप का काला और विषैला धुआँ तेरे अन्दर इतना समा गया है कि उससे तेरा हृदय इतना काला और काठ जैसा निर्जीव हो चुका है कि सच्ची भावनाओं के तार अब झनझनाकर वहाँ अपना राग नहीं छेड़ सकते। मैं उसी पापी हृदय के ऊपर प्रहार करना चाहता हूँ, महारानी! सुन मेरी बात।

महारानी : मैंने तेरा क्या बिगाड़ा है हैमलेट! जो तू अपनी माँ को ही ऐसी बुरी-बुरी कठोर बातें सुना रहा है। मेरा क्या अपराध है बेटा!

हैमलेट : अपराध? तू यह कहती है? तूने वह घृणित और नीच कार्य किया है कि जिसे देखकर चरित्रवान स्त्रियों की लज्जा से आँखें ऊपर नहीं उठ सकतीं। ऐसा पाप महारानी! जो मनुष्य के सद्‍गुणों को धृष्टता के रूप में बदल देता है और सच्चे प्रेम को जाल-फरेब और नीचता के रूप में कुचल डालता है। ओ माँ! वह पाप, जिसके कारण एक स्त्री को वेश्या कहा जा सकता है। ऐसी पतित और नीच वेश्या अपने शादी के बन्धनों को, उस समय की सारी प्रतिज्ञाओं को, इस तरह खुलेआम दाँव पर लगा देती है जैसे एक जुआरी अपनी प्यारी से प्यारी चीज़ को भी दाँव पर लगाने के लिए तैयार रहता है। ओ माँ! ऐसा घृणित कार्य! जो पवित्र बन्धनों को अपनी वासना की आग में जला देता है, जो मनुष्य के सत्य और धर्म को कोरे शब्दों का जाल ही समझता है! और यह समझकर उसे अपने काले दाँतों से काट डालता है! ओ माँ! वह ऐसा पाप है जिसके कारण आकाश और पृथ्वी इस तरह भय से काँप उठते हैं, मानो दूसरे ही दिन प्रलय होने वाली हो।

महारानी : ओ देव! मैंने ऐसा क्या पाप किया है, जिसकी भूमिका इतनी लम्बी और भयावनी है?

हैमलेट : वह देख, दीवार पर दोनों भाइयों के चित्रों को देखकर बताओ अभागिन! कौन अच्छा है? क्या तुझे नहीं दिखाई देता कि तेरे स्वर्गीय पति सम्राट् का चेहरा कैसा गर्व से चमक रहा है। वह देख, उसके बाल ठीक बीर एपोलो की तरह हैं और भृकुटियाँ जोव जैसी हैं। देख, उसकी आँखें ठीक मंगल जैसी कठोर और गौरवान्वित हैं। वह उसी तरह खड़ा हुआ है जैसे मानो बुध देवता स्वयं पर्वत की चोटी पर उतर आया हो। ओ माँ! देख, उसमें सभी दैवी गुण हैं। ईश्वर ने मानव जाति के सामने एक महापुरुष का आदर्श उपस्थित करने के लिए उसका निर्माण किया था, इसीलिए उसके चरित्र में सभी तरह की श्रेष्ठता थीं। अब ओ अभागी स्त्री! इस दूसरे चित्र को देख और अपने पति के भव्य व्यक्तित्व से उसकी तुलना कर। यह तेरा दूसरा पति है। यह ठीक वैसा ही है जैसे कीड़े लगी गेहूँ की बाल होती है जो मिलकर दूसरी अच्छी बाल को भी खराब कर

देती है। वह कीड़ा किसको छोड़ता है! देख ओ पतित स्त्री! क्या इन दोनों का कुछ भी अन्तर तू न पहचान पाई? क्या इस विशाल पर्वत की चोटी पर भी तू सन्तुष्ट होकर नहीं रह सकी जो अपनी भूख मिटाने नीचे इस उजाड़ बंजर भूमि में उतर आई? इतना पतन! ओह! कैसी विचित्र बात है! क्या तेरी आँखों में प्रकाश बाकी नहीं बचा है? तू मेरे सामने यह भी नहीं कह सकती कि तुझे मेरे इस चाचा से अधिक प्रेम था इसलिए तुमने महापुरुष के गुणों की ओर से अपनी आँखें बन्द कर लीं, क्योंकि तेरी इस अधेड़ उम्र पर आकर तो स्त्री की वासना आग की तरह एक तीव्र आवेश के साथ नहीं उठ सकती, क्योंकि इस उम्र में बुद्धि और अधिक बलशाली होकर इस आवेश पर पूरा नियन्त्रण रखती है। फिर एक स्त्री इतना धैर्य और विवेक रखते हुए भी, क्या मेरे पिता के गौरवशाली व्यक्तित्व को ठुकराकर इस मेरे पापी चाचा को अपना पति स्वीकार कर सकती है? कम से कम कुछ तो हृदय में सोचती! क्या तेरे हृदय की शक्ति पूरी तरह से मर चुकी है? क्या तेरी इन्द्रियों में अब कुछ देखने, सुनने और सोचने की शक्ति नहीं रही है? ओ मूर्ख स्त्री! एक पागल भी ऐसी मूर्खता नहीं करेगा, क्योंकि पागलपन उसकी सारी चेतना को इस तरह नष्ट नहीं कर देता कि उसमें ठीक दिशा में सोचने की कुछ शक्ति ही न रहे। वह पागल भी इन दोनों चित्रों का अन्तर पहचानकर बता सकेगा। ओ अभागिन! इस पापी, नीच ने तेरी आँखों को बन्द करके अपनी वासना के जाल में तुझे फँसा लिया है। ओ माँ! यदि तेरा हृदय भी भावनाओं से शून्य हो जाता लेकिन तेरी आँखें अच्छे या बुरे को देख पातीं या आँखों के प्रकाश के स्थान पर तेरे हृदय की भावनाएँ ही शेष रह जातीं, या यदि तेरे हाथ और आँख जड़ हो जाते और केवल अच्छा और बुरा सुनने के लिए कान ही जीवित रह जाते या बदबू और खुशबू को अलग-अलग सूँघने के लिए तेरी नाक ही कार्यशील रहती। मैं कहता हूँ तेरे शरीर की कोई भी इन्द्रिय कार्यशील होती तो ओ अभागिन! तू अपने जीवन में ऐसी बड़ी भूल कभी नहीं करती। ओह! तू और भी घृणित है निर्लज्ज स्त्री! ऐसा घोर पाप करके भी तेरी आँखों में पश्चात्ताप का भाव अंश-मात्र भी दिखाई नहीं देता। ओ नरक के क्रूर देवता! यदि तू ऐसी अधेड़ स्त्रियों के रक्त में भी पाप और वासना को एक आवेग के साथ बहता देख सकता है, तो फिर यौवन की वासना से मतवाले हुए स्त्री और पुरुष यदि पवित्रता और सच्चरित्रता के सारे बन्धन तोड़ कर अपने जीवन को नीचता और पाप के मार्ग पर ले जाते हैं, तो उनका क्या दोष है? ओ ईश्वर! जब वृद्धावस्था की ओर अग्रसर होने वाली स्त्रियाँ भी अपनी वासना की तृप्ति चाहती हैं और किसी भी प्रकार अपने मन की कुत्सित इच्छाओं को अपने वश में नहीं कर सकतीं, तो फिर यदि यौवन का आवेश और भी खुलकर इस वासना की तृप्ति के लिए नीचे मार्ग पर अग्रसर

हो जाता है तो इसमें क्या दोष है? कहाँ है लज्जा इसमें?

महारानी : बस, बस हैमलेट! रहम खाओ मेरे ऊपर। मत कहो यह सब कुछ। तेरी इन बातों ने मेरे पापी हृदय को मेरी आँखों के सामने ला रखा है, जहाँ मैं देखती हूँ कि कितने काले-काले दाग पड़े हुए हैं। ओ दयालु ईश्वर! क्या ये दाग मिट सकते हैं? ओह! नहीं, कभी नहीं मिट सकते। बस हैमलेट!

हैमलेट : सिर्फ ये बातें ही नहीं, मैं पूछता हूँ, तू इस पाप में डूबी हुई, उस पापी के विषैले पसीने को अपने शरीर में लगाती हुई कैसे रहती है? ओह! तू इस पापी सम्राट् के साथ प्रेम करती है, विवाह के पश्चात् उसके साथ रंगरेलियाँ करती है। क्यों?

महारानी : ओ! बस, बस हैमलेट! तेरे ये शब्द मेरे हृदय में कटार की तरह घुसे जा रहे हैं। बस...

हैमलेट : वह खूनी, दुष्ट जो तेरे स्वर्गीय पति के दो सौवें भाग के बराबर भी नहीं है, तेरा पति हो! वह नीच जो सम्राट् के नाम पर एक विदूषक है, वह चोर जिसने चुपके से उस पवित्रात्मा, अपने भाई की हत्या करके, इस साम्राज्य को चुरा लिया है, जिसने इस राजमुकुट को इसके योग्य अधिकारी की आँखें ज़हर से बन्द करके राजमहल से चुरा लिया है और उसे पहनकर यह पापी सम्राट् बन बैठा है!

महारानी : ओ! बस! बस!

हैमलेट : सच्चा सम्राट् नहीं बल्कि एक ढोंगी! सम्राट् के नाम पर एक बहुत बड़ा उपहास! यह घृणित–

(प्रेत का प्रवेश)

ओ स्वर्गभूमि में रहने वाले देवताओ! आओ और मेरी रक्षा करो। क्या? क्या? क्या चाहते हो तुम मुझसे अब?

महारानी : ओ! यह तो फिर पागल हो गया। हवा में यह किससे बातें कर रहा है? कौन है वहाँ?

हैमलेट : क्या तुम अपने इस अकर्मण्य पुत्र को फिर से चेतावनी देने आए हो कि वह अपने इस कोरे भावावेश से तुम्हारी आज्ञा का पालन करने में देरी कर रहा है? क्या तुम मुझसे यह पूछने आए हो कि जिस कार्य को करने में इतनी तत्परता दिखानी चाहिए थी, उसमें मैं ऐसी असावधानी क्यों दिखा रहा हूँ? बोलो, मुझसे साफ-साफ कहो!

प्रेत : हाँ, हैमलेट! मैं इसीलिए आया हूँ कि मेरी उस बात को, जिसे तुम भूलते जा रहे हो, फिर से याद कर लो और उस पर पूरे आवेश के साथ कार्य करो। लेकिन देखो, तुम्हारी माँ तुम्हारी बातों से पूरी तरह भयभीत हो उठी है। अपार दुःख ने उसकी आत्मा को घेर लिया है, उसे किसी तरह का कष्ट न पहुँचाओ। कहीं ऐसा न हो कि इस दुःख और पश्चात्ताप के भार से उसका हृदय फट

जाए, क्योंकि निर्बल शरीर के व्यक्तियों का यही परिणाम होता है।

हैमलेट : ओ! क्यों माँ? कैसी हो तुम?

महारानी : हाय! बेटा! न जाने तुम्हें क्या हो गया है कि तू शून्य की ओर देखता हुआ, न जाने किस हवा से बातें करता है। तेरी आँखें आवेश से जल रही हैं और जिस तरह सोए हुए सैनिक एक साथ खतरे की बात सुनकर उठ खड़े होते हैं और तब उनके शरीर में पूरी तरह से एक भावावेश समा जाता है, उसी तरह तुम्हारे रोंगटे भी किसी भय के कारण खड़े हो गए हैं मानो इनमें जीवन की पूरी गति समा गई हो। मेरे बेटे! अपनी यह अशान्ति किसी तरह दूर कर डालो और हृदय में धैर्य बसाओ। किसकी तरफ देख रहा है तू? कौन है वहाँ?

हैमलेट : मेरे स्वर्गीय पिता! वह देखो, महान पीड़ा से उनका चेहरा किस तरह पीला पड़ गया है। वह मेरी ओर देख रहा है। ओह! उसके इस दुःख से भरे चेहरे को देखकर और उस पीड़ा का कारण जानकर एक बार तो पत्थर भी रो उठेंगे। बस मेरी ओर मत देख, क्योंकि मुझे डर है कि तेरी इस दयनीय अवस्था को देखकर कहीं मैं अपने उस कठोर और दृढ़ निश्चय से न डिग जाऊँ। तेरी इस दीनता भरी आँखों को देखकर अवश्य मेरा आवेश कम हो जाएगा और मैं प्रतिशोध लेने की बजाय तेरी इस अवस्था पर स्वयं रोने लगूँगा।

महारानी : किससे यह सब कुछ कह रहे हो तुम हैमलेट?

हैमलेट : क्या तुम्हें वहाँ कुछ भी नहीं दिखाई देता?

महारानी : कुछ भी नहीं हैमलेट!

हैमलेट : और क्या तुमने किसी की आवाज़ नहीं सुनी?

महारानी : नहीं, हमारी आवाज़ों को छोड़कर और किसी की नहीं।

हैमलेट : वह देख, उधर, देख, वह कैसे चुपचाप चला जा रहा है। मेरे स्वर्गीय पिता जैसी ही शक्ल-सूरत, उसी जैसे कपड़े पहने हुए, देख, वह किस तरह दरवाज़े के बाहर चला जा रहा है। देख, वह जा रहा है...

(प्रेत चला जाता है)

महारानी : कुछ भी नहीं है हैमलेट! यह सब तेरा पागलपन ही है। इसी कारण तुझे हवा में भी विचित्र प्रकार की शक्ल-सूरत दीख रही है।

हैमलेट : पागलपन! नहीं माँ, क्या मेरी नाड़ी उसी स्वस्थ गति से नहीं चल रही है जैसी तेरी? जो कुछ भी मैंने तुझसे कहा है वे किसी पागल की अनर्गल बातें नहीं हैं माँ! अगर तू विश्वास नहीं करती तो कह फिर एक बार मैं उन सभी बातों को उन्हीं शब्दों में दोहरा जाता हूँ। क्या एक पागल कभी भी ऐसा कर सकता है? ओ माँ! घृणित पापों से भरे अपने मस्तिष्क को यह मत सोचने दो कि मेरी बातें एक पागल की-सी सार-हीन बातें हैं; बल्कि यह सोच ओ

पतित स्त्री! कि तेरे पापों के कारण ही तो मेरे पिता की आत्मा को अभी तक शान्ति नहीं मिली है और उनकी प्रेतात्मा इस पृथ्वी पर भटकती हुई आती है। लेकिन मैं फिर कहता हूँ कि मुझे पागल समझ कर अपने हृदय में सन्तोष कर लेना, तेरी आत्मा में जो ज़हर घुला है वह अन्दर ही अन्दर तेरे सारे शरीर को गलाकर नष्ट कर देगा। मत छिपा अपनी इस काली आत्मा को! और ईश्वर के सामने इसको रखकर पश्चात्ताप कर ओ पतिता! जीवन में यह निश्चय कर कि अब तू कभी भी कोई पाप नहीं करेगी। मैंने जो क्रोध तेरे प्रति दिखाया है उसे क्षमा करना, क्योंकि आजकल इस पतित संसार में पुण्य को पाप से क्षमा-याचना करनी पड़ती है। इसलिए मुझे क्षमा करना क्योंकि मैंने इस तरह की तीखी बातें करके तुझे पाप से पुण्य के रास्ते पर ले जाने का अपराध किया है।

महारानी : ओ हैमलेट! तेरी इन बातों ने मेरे हृदय को दो भागों में तोड़ दिया है।

हैमलेट : ओ! फिर उस पाप भरे हुए भाग को अपने से दूर कर दे और जिसमें थोड़ी भी पवित्रता शेष रह गई है, उससे अपने जीवन का निर्वाह कर। अगर तुझमें पवित्रता बिल्कुल भी शेष नहीं बची हो, तो कम से कम दिखावे-मात्र के ही लिए उसको अपना ले। ओ माँ! वैसे तो दिखावे के रीति-रिवाज़ मनुष्य की स्वाभाविक भावना को पूरी तरह कुचल देते हैं और उसकी आदतों के रूप में बदल कर उसे नीच बना देते हैं, लेकिन उनमें अच्छाई भी है, क्योंकि उन्हीं के कारण मनुष्य अच्छी-अच्छी बातों के भी सम्पर्क में आता हुआ, यदि स्वाभाविक रूप से नहीं तो कम से कम बनावटी रूप से ही, दूसरों की आँखों में अच्छा बन सकता है। आदत होने के कारण वह नीच कार्य छोड़कर पवित्रता को भी अपने जीवन में स्थान दे सकता है। आज की रात उस नीच पति की वासना से दूर रहे, तो दूसरी रात यह और भी आसान होता चला जाएगा, उसके बाद तीसरी-चौथी रात को एक आदत-सी पड़ जाने के कारण और भी आसान होता चला जाएगा। इसी आदत के कारण मनुष्य की स्वभावगत नीच प्रवृत्ति तक भी बदल सकती है माँ! बस, अब मैं चला, तू चाहे तो फिर उसी पाप के गड्डे में डूब जा या अपने-आपको उससे निकाल ले। अच्छा, विदा माँ! जब भी तेरी आत्मा पश्चात्ताप करती हुई ईश्वर से अपने पापों के लिए क्षमा-याचना करेगी, मैं भी तेरे पुत्र के नाते, तेरी मुक्ति के लिए ईश्वर से प्रार्थना करूँगा।

इस पोलोनिअस की मौत पर मुझे बहुत दुःख है, लेकिन मैं क्या करता! ईश्वर की इच्छा थी कि मैं इसकी हत्या का अपराधी बनूँ और जीवन भर यह अभिशाप मेरी आत्मा को तपाता रहे; उसी ईश्वर ने मुझे इसकी मौत का निमित्ति-मात्र बनाकर इसे अपने पाप का दण्ड दिया है। मैं अब इसके शरीर को कहीं छिपा देता हूँ और फिर इसके सम्बन्ध में पूछे गए प्रश्नों का ठीक तरह उत्तर दूँगा।

अच्छा, विदा माँ! मैंने तेरे साथ यह निर्दयता का व्यवहार इसलिए किया था, जिससे तुम अपने पापों पर प्रायश्चित कर सको। इस तरह मैंने इस अभागे पोलोनिअस को मारकर बुरा किया है, लेकिन इससे भी बुरा करना तो अभी बाकी है; अभी वह बच रहा है। लेकिन हाँ, मुझे कुछ बात और तुमसे कहनी है माँ!

महारानी : क्या?

हैमलेट : मैं यह कहना नहीं चाहता कि तुम इस काम को किसी तरह पूरा कर दो, लेकिन यह अवश्य चाहता हूँ कि तुम उस क्लॉडिअस से कभी भी यह न कहना कि मेरा यह पागलपन बनावटी है और मैं किसी-किसी अवसर पर ही यह ढोंग रचता हूँ। चाहे उस नीच की वासना को तुम कुछ भी देकर तृप्त कर देना माँ! लेकिन मेरे इस भेद को उसे मत देना। लेकिन मैं इस बात को क्यों भूल जाऊँ कि तू अवश्य ही सारा भेद कह देगी, क्योंकि उस नीच पशु से तो वही रानी छिपा सकती है जो सुन्दर और पूरी तरह समझदार हो। लेकिन कहाँ है ऐसी रानी? मैं जानता हूँ तू कभी इस बात को छिपा नहीं सकती। तेरी बुद्धि तो उस बन्दर जैसी है जिसने चिड़ियों से भरी एक टोकरी को छत पर ले जाकर खोला था और यह देखकर कि चिड़ियाँ उसमें से उड़ गई थीं, वह भी उसमें बैठकर उड़ने का प्रयत्न करने लगा था और उसी प्रयत्न में नीचे गिरकर मर गया था।

महारानी : नहीं बेटा! तू विश्वास कर। जिस समय मेरे मुँह से ये शब्द निकल जाएँगे, मेरी श्वास उसी क्षण सदा के लिए मेरे शरीर से निकल जाएगी। मैं कभी भी तेरे इस भेद को नहीं खोलूँगी बेटा!

हैमलेट : क्या तू जानती है कि वे मुझे इंग्लैण्ड भेजना चाहते हैं?

महारानी : हाय! मैं तो पूरी तरह भूल गई थी। ठीक है, यही सोचा जा रहा है।

हैमलेट : आज्ञा दी जा चुकी है और मेरे साथ जाने के लिए मेरे दो सहपाठी नियुक्त किए गए हैं, जिन्हें मैं ज़हरीले साँपों से कम नहीं समझता माँ! सम्राट् उनके द्वारा अपने नीच षड्यन्त्र को पूरा कराना चाहता है। खैर, चलने दो उन्हें, क्योंकि फिर मेरी भी यह नीति है कि जो 'बम' बनाएगा वही उससे मरेगा। यद्यपि यह काम बड़ा कठिन है लेकिन मैं उस षड्यन्त्र के खिलाफ एक दूसरा उससे भी बड़ा षड्यन्त्र रचूँगा और उसके कुचक्रों को खण्ड-खण्ड कर दूँगा। ओह! जब दो व्यक्ति एक-दूसरे के खिलाफ कुचक्र बनाकर एक-दूसरे को नष्ट करना चाहते हैं, उस समय भी कैसा आनन्द आता है। क्लॉडिअस मुझे उपद्रवी समझकर ही बाहर भेजना चाहता है। ठीक है! मैं इस पोलोनिअस की लाश को बगल के कमरे में पटक देता हूँ। सम्राट् का यह बुद्धिमान सलाहकार, जो जीवन में सदैव मूर्ख बनकर ही रहा, अब एक गम्भीर व्यक्ति की तरह कैसे शान्त पड़ा है! अच्छा माँ! विदा।

(जाता है)

चौथा अंक

दृश्य 1

(किले में एक कमरा; सम्राट्, महारानी, रोजेन्क्रैंट्ज और गिल्डिन्स्टर्न का प्रवेश)

सम्राट् : क्यों प्रिये! तुम इस तरह लम्बी श्वासें क्यों भर रही हो? क्या हुआ? हम जानना चाहते हैं कि ऐसा कौन-सा दुःख तुम्हारे हृदय में है जो तुम्हें शान्ति से नहीं बैठने देता। बताओ महारानी! हैमलेट कहाँ है?

महारानी : श्रीमन्त! मैं आपसे प्रार्थना करती हूँ कि कुछ समय के लिए आप हमें अकेला छोड़ दें।

(रोजेन्क्रैंट्ज और गिल्डिन्स्टर्न का प्रस्थान)

ओह, स्वामी! कैसे भयानक दृश्य मैंने आज रात को देखे हैं।

सम्राट् : क्या प्रिये! बताओ तो। हैमलेट अब कैसा है?

महारानी : समुद्र में जब तूफ़ान आता है और हवा और पानी आपस में जिस भयानक गति से टकराते हैं, उसी तरह उसका पागलपन अभी तक चल रहा है। उसी पागलपन में उसने मेरे कमरे में पड़े पर्दे के पीछे किसी को चलते हुए महसूस किया और उसी समय चूहा-चूहा कहकर वह अपनी तलवार निकालकर उस पर टूट पड़ा और उसी आवेश में स्वामी! उसने वृद्ध पोलोनिअस की हत्या कर दी जो उस पर्दे के पीछे छिपा हुआ था।

सम्राट् : ओह! अगर हम भी वहाँ होते तो शायद हमारे ऊपर भी वह इसी तरह वार करता। अब तुम्हीं बताओ महारानी! क्या उसके इस पागलपन से हमें, तुम्हें और अन्य सभी को कोई खतरा नहीं है? अब तुम्हीं बताओ कि अगर कोई दुर्घटना हो जाती है तो उसके दोषी तो हम ही समझे जाएँगे न? चारों तरफ यही कहा जाएगा कि सम्राट् को चाहिए था कि इस पागल के ऊपर नियन्त्रण रखते या इसे कहीं बाहर भेज देते? सभी यह कहने लगेंगे कि हम अपने प्रेम में इतने अन्धे हो गए हैं कि उचित-अनुचित कुछ सोचते ही नहीं। वे हमें इसी

तरह समझेंगे, जैसे किसी घातक रोग से पीड़ित व्यक्ति उस रोग को छिपाता हुआ अपने को और भी अधिक खतरे में डाल देता है।
हैमलेट कहाँ गया है?

महारानी : वह पोलोनिअस की लाश को खींचकर अलग डालने गया है! मेरे स्वामी! यद्यपि वह पागल है लेकिन जैसे खराब धातुओं के बीच कहीं सोना भी पड़ा रहता है उसी तरह उसके विचलित मस्तिष्क में इतनी सहनशीलता शेष है कि वह अपने हाथ से की हुई हत्या पर पश्चात्ताप करता हुआ रो भी रहा है।

सम्राट् : आओ, चलो ओ गरट्रयूड! कल जैसे ही सूर्य निकलेगा, हम उसे यहाँ से इंग्लैण्ड के लिए भेज देंगे और इस हत्या की बात को किसी तरह अपनी पूरी ताकत और चतुराई से दूसरों को इस रूप में बताने का प्रयत्न करेंगे कि कोई उपद्रव न खड़ा हो। गिल्डिन्स्टर्न!

(रोजैन्क्रैंट्ज और गिल्डिन्स्टर्न का प्रवेश)

मेरे साथियो! जाओ और कुछ अधिक सहायता लेकर अपने कार्य के लिए तैयार हो जाओ। हैमलेट ने अपने इस पागलपन में पोलोनिअस को मार डाला है और उसकी लाश को खींचकर वह अपनी माँ के कमरे से बाहर ले गया है। जाओ और उसकी तलाश करो। नम्रता दिखाकर उसे यहाँ ले आओ और पोलोनिअस की लाश को गिरजाघर पहुँचा दो। कृपया जल्दी करो...

(रोजैन्क्रैंट्ज और गिल्डिन्स्टर्न चले जाते हैं)

आओ प्रिये! हम अपने सभी अच्छे साथियों को इकट्ठा करके इस दुर्घटना के सम्बन्ध में बता दें और यह भी कह दें कि अब हम हैमलेट के प्रति क्या करना चाहते हैं। इससे प्रिये! हम बदनाम तो नहीं होंगे, क्योंकि तुम जानती हो जैसे तोप की भयानक आवाज़ दूर-दूर तक कुछ ही क्षणों में फैल जाती है, उसी तरह बदनामी भी पर लगाकर उड़ती है और सारे संसार में अपना विषैला धुआँ फैला देती है।
आओ प्रिय! मेरी समझ में कुछ नहीं आता कि मैं क्या करूँ। मेरा चित्त बहुत दुःखी है गरट्रयूड!

(सभी जाते हैं)

दृश्य 2

(किले में एक कमरा, हैमलेट का प्रवेश)

हैमलेट : चलो ठीक रहा, यह बुड्ढा भी अपने ठिकाने पहुँच गया।

रोजैन्क्रैंट्ज और गिल्डिन्स्टर्न : (अन्दर) हैमलेट! कहाँ हो तुम राजकुमार?

हैमलेट : क्या? क्या शोर-गुल है यह? कौन पुकार रहा है मेरा नाम! ओ तुम हो?

(रोजैन्क्रैंट्ज और गिल्डिन्स्टर्न का प्रवेश)

रोजैन्क्रैंट्ज : पोलोनिअस का मृत शरीर कहाँ है राजकुमार!

हैमलेट : धूल में, जहाँ से वह आया था।

रोजैन्क्रैंट्ज : बताइए राजकुमार! क्योंकि हम उसे गिरजाघर ले जाना चाहते हैं।

हैमलेट : इस पर विश्वास मत करना।

रोजैन्क्रैंट्ज : किस पर विश्वास मत करना राजकुमार!

हैमलेट : इसी पर कि मैं तुम्हारी बात मान लूँगा और जो मेरा मन कहेगा उस पर विश्वास न करूँगा। फिर तुम जैसे पानी सोखने वाले कीड़े की बात का और मैं क्या उत्तर दे सकता हूँ!

रोजैन्क्रैंट्ज : आप हमें पानी सोखने वाले कीड़े की तरह समझते हैं राजकुमार?

हैमलेट : क्यों नहीं! सम्राट् जो भी धन, पद और सम्मान तुम्हें देते हैं, उसे सोखने की शक्ति तो तुम रखते हो न मित्र? लेकिन ऐसे व्यक्ति अन्त में सम्राट् को पूरी-पूरी स्वामिभक्ति दिखाते हैं। जैसे एक बन्दर पहले तो अपने मुँह में काफी खाना इकट्ठा कर लेता है और फिर अन्त में उसे दाँतों के बीच में दबाकर खा जाता है, इसी तरह सम्राट् भी अपने सेवकों से काम लेता है। जब भी उसे किसी सूचना की आवश्यकता होती है, तब तुम्हें भेजता है, और जब तुम उसे इकट्ठा कर लेते हो तो वह तुम्हें दाँतों के बीच दबाकर इस सारी बात को चूस लेता है और सूखी छाल की तरह फिर तुम्हें बाहर फेंक देता है।

रोजैन्क्रैंट्ज : मेरी समझ में कुछ नहीं आ रहा है। क्या कहना चाहते हैं राजकुमार?

हैमलेट : ओ, मुझे प्रसन्नता है कि तुम मेरी बात नहीं समझ पा रहे हो क्योंकि बात तो बुरी है और फिर मूर्खों के कानों के लिए ही अधिक उपयुक्त है।

रोजैन्क्रैंट्ज : राजकुमार! आप कृपया पोलोनिअस का मृत शरीर हमें बता दें और हमारे साथ सम्राट् के पास चलें।

हैमलेट : मृत शरीर? वह तो सम्राट् के पास चला गया। अभी सम्राट् उसके पास नहीं पहुँचे हैं। सम्राट् एक चीज़ है...।

गिल्डिन्स्टर्न : एक चीज़ राजकुमार?

हैमलेट : किसी काम की नहीं। चलो मुझे उसके पास ले चलो। लोमड़ी छिपी है और सब उसके पीछे हैं।

(सभी चले जाते हैं)

दृश्य 3

(किले में दूसरा कमरा; सम्राट् का अपने सेवक तथा अधिकारियों के साथ प्रवेश)

सम्राट् : हमने पोलोनिअस के मृत शरीर को लाने और हैमलेट को अपने सामने उपस्थित करने के लिए दो व्यक्तियों को भेजा है। वह इस तरह अपने पूरे पागलपन में खुला हुआ फिरता है, यह पूरे खतरे की बात है लेकिन फिर भी हम उसके साथ कठोरता का व्यवहार नहीं कर सकते, क्योंकि वह उस मूर्ख जनता के हृदय पर अपना पूरा प्रभाव रखता है, जो कभी भी अपनी सुस्थिर बुद्धि से किसी बात को नहीं सोचती, बल्कि जैसा भी आँखों के सामने आ गया वही उसके विचार का आधार होता है। अगर हम हैमलेट को किसी तरह का दण्ड देते हैं तो मूर्ख जनता केवल उस दण्ड को ही देखेगी और हमारी निन्दा करेगी। कभी भी यह नहीं सोचेगी कि यह हैमलेट करता क्या है, जिसके कारण उसे यह दण्ड दिया गया है। हम इसको इंग्लैण्ड भेज रहे हैं लेकिन इसके बारे में यही सोचा जाएगा कि हम उसके विरुद्ध कोई षड्यन्त्र रच रहे हैं। लेकिन सोचने दो। ऐसे असाध्य रोग के लिए ऐसी ही तीखी औषधि हो सकती है।

(रोजैन्क्रैंट्ज का प्रवेश)

क्या समाचार है? क्या हुआ रोजैन्क्रैंट्ज?

रोजैन्क्रैंट्ज : सम्राट्, हमें पोलोनिअस के मृत शरीर का कुछ भी पता नहीं लग सका और हैमलेट हमें कुछ भी नहीं बताता।

सम्राट् : लेकिन है कहाँ वह इस समय?

रोजैन्क्रैंट्ज : बाहर सिपाहियों के बीच घिरा हुआ खड़ा है और आपकी आज्ञा की प्रतीक्षा कर रहा है।

सम्राट् : ले आओ उसे।

रोजैन्क्रैंट्ज : गिल्डिन्स्टर्न! राजकुमार को अन्दर ले आओ।

(हैमलेट और गिल्डिन्स्टर्न का प्रवेश)

सम्राट् : हैमलेट! हम पूछना चाहते हैं पोलोनिअस कहाँ है?

हैमलेट : दावत में।

सम्राट् : दावत में? कहाँ?

हैमलेट : वहाँ नहीं जहाँ वह कुछ खाए, बल्कि वहाँ जहाँ उसे खाया जाए। क्या आप नहीं जानते? उस राजनीतिज्ञ को तो कीड़े खा गए। जहाँ तक खाने का सम्बन्ध है, कीड़ा ही तो इस मृत्युलोक का सच्चा स्वामी है, हम अन्य पशुओं को खिला-पिलाकर मोटा-ताज़ा करते हैं और फिर उन्हें खाकर अपने को मोटा-ताज़ा

बनाते हैं, लेकिन किसके लिए? अन्त में इन्हीं कीड़ों को मोटा-ताज़ा बनाने के लिए। इसलिए सम्राट् हो या भिखारी, सभी कीड़ों के एक-से भोजन हैं। बस, यही तो सबका अन्त है न?

सम्राट् : हाय!

हैमलेट : मनुष्य चाहे इस कीड़े से, जो सम्राट् को भी अपना भोजन बना लेता है, मछली का शिकार करके और फिर उस मछली को खाकर स्वयं मोटा हो ले जो उन कीड़ों को खा चुकी है लेकिन...।

सम्राट् : क्या कह रहे हो हैमलेट? क्या मतलब है इसका?

हैमलेट : कुछ नहीं। सिर्फ यही दिखाना कि कैसे सम्राट् भी भिखारियों के रास्ते चलकर इन कीड़ों के पास पहुँचता है।

सम्राट् : पोलोनिअस कहाँ है?

हैमलेट : स्वर्गलोक में। वहाँ किसी को भेज दो। अगर वहाँ भी उसे न मिले तो फिर दूसरी जगह तुम स्वयं उसे खोजने चले जाओ, लेकिन अगर तुम्हें भी वह न मिल सका, तो जब तुम स्वयं वहाँ जाओगे, उसकी दुर्गन्ध तुम्हारे पास तक आएगी।

सम्राट् : **(कुछ सेवकों से)** जाओ और वहाँ उसके मृत शरीर को तलाश करो।

हैमलेट : लेकिन तुम्हारे जाने तक वह तुम्हारी प्रतीक्षा करता रहेगा।

(सेवक जाते हैं)

सम्राट् : हैमलेट! तुमने जो यह अपराध किया है उसके कठोर दण्ड से तुम्हें बचाने के लिए हमने यह तय किया है कि शीघ्र ही तुम्हें यहाँ से बाहर भेज दें। यद्यपि हमें पोलोनिअस की मृत्यु के लिए बहुत दुःख हो रहा है, लेकिन चूँकि तुम्हारे जीवन को हम अधिक कीमती समझते हैं, इसलिए हम चाहते हैं कि यहाँ से जाने के लिए फौरन तैयार हो जाओ। जहाज़ बिल्कुल तैयार खड़ा है। हवा भी अनुकूल दिशा में चल रही है और तुम्हारे साथी रोजेन्क्रैंट्ज और गिल्डिन्स्टर्न तुम्हारी प्रतीक्षा कर रहे हैं। तुम्हारे इंग्लैण्ड जाने की पूरी तैयारी हो चुकी है, हैमलेट! जाओ।

हैमलेट : इंग्लैण्ड जाने की?

सम्राट् : हाँ, हैमलेट!

हैमलेट : ठीक है।

सम्राट् : हम जिस स्नेह के भाव से प्रेरित होकर तुम्हें भेज रहे हैं, जब तुम उस पर विचार करोगे तो समझोगे कि हमारी योजना कितनी ठीक है।

हैमलेट : अवश्य! वह देव जो हर समय मेरी रक्षा करता है, वह आपके पवित्र विचारों को अच्छी तरह समझता है। लेकिन छोड़ो, अब मैं इंग्लैण्ड जाने के लिए तैयार हूँ। अच्छा मेरी प्यारी माँ! अलविदा!

सम्राट् : अपने प्यारे पिता से भी तो अलविदा कहो हैमलेट!

हैमलेट : नहीं, सिर्फ माँ के लिए। क्या आप इतना भी नहीं जानते कि माँ और बाप दो ऐसे स्त्री-पुरुष होते हैं जो दो होते हुए भी सदैव एक ही होकर रहते हैं। इसलिए माँ! अलविदा। अब मैं इंग्लैण्ड जाने की आज्ञा चाहता हूँ।

(जाता है)

सम्राट् : उसके पीछे जाओ और जहाज़ से उसे रवाना कर दो। देरी न करना। जितनी भी शीघ्रता से वह यहाँ से जा सके, उतनी शीघ्रता से उसे यहाँ से ले जाओ। हम आज रात को उससे अलविदा कह देंगे। जाओ क्योंकि यात्रा की सभी तैयारियाँ हो चुकी हैं।

(रोजैन्क्रैंट्ज और गिल्डिन्स्टर्न चले जाते हैं)

इंग्लैण्ड के सम्राट्! तुम्हारे प्रति जो हमारा प्रेम है अगर उसकी तुम कुछ भी इज़्ज़त करते हो, या हमारी शक्ति को भी देखकर तुम हमारी आज्ञा पालन कर सकते हो, क्योंकि अभी तुम्हारे शरीर पर हमारी तलवार के घाव तो होंगे ही, और इसीलिए तो अभी तक तुम हमको डर के कारण उच्च सम्मान देते हो, और हर तरह धनादि देकर हमें सन्तुष्ट रखते हो, तो हमारी इच्छा को अपनी पूरी शक्ति लगाकर पूरी करना और यह इच्छा है कि तुम इस हैमलेट को किसी भी तरह इस संसार में न रहने दो। यही काम हम तुम्हें देते हैं। ओ सम्राट्! यह अवश्य पूरा होना ही चाहिए, क्योंकि यह पागल मेरे खून में एक कीड़े की तरह लग गया है, तुम किसी तरह इस कीड़े को इस संसार से निकालकर बाहर फेंक दो। जब तक मैं यह शुभ समाचार न सुन लूँगा कि वह इस संसार से उठ गया, तब तक मुझे कहीं भी चैन नहीं है। यही बात मैं पत्र में तुम्हें लिख रहा हूँ।

(जाता है)

दृश्य 4

(डेनमार्क का एक मैदान; फोर्टिन्ब्रास, एक कप्तान और कुछ सैनिकों का 'मार्च' करते हुए प्रवेश)

फोर्टिन्ब्रास : कप्तान! जाओ, और मेरी ओर से डेनमार्क के सम्राट् को अभिवादन करो और उनसे प्रार्थना करो कि फोर्टिन्ब्रास उनके राज्य की सीमा में होकर अपनी सेना को ले जाने की अनुमति चाहता है। अगर सम्राट् मुझसे कुछ बात करना चाहें तो तुम जानते ही हो, मैं कहाँ मिलूँगा। फिर उनसे यह भी कह देना कि मैं स्वयं शीघ्र उनकी सेवा में उपस्थित हूँ।

कप्तान : मैं आपका वह सन्देश सम्राट् के पास ले जाता हूँ स्वामी!

फोर्टिन्ब्रास : ठीक है, जाओ।

(फोर्टिन्ब्रास और सैनिक चले जाते हैं)

(हैमलेट, रोजेन्क्रैंट्ज और गिल्डिन्स्टर्न का कुछ अन्य व्यक्तियों के साथ प्रवेश)

हैमलेट : कप्तान! क्या मैं जान सकता हूँ कि यह किसकी सेना है?

कप्तान : ये नार्वे के सम्राट् की सेना है श्रीमान!

हैमलेट : क्या मैं यह भी जान सकता हूँ कि किस कार्य से यहाँ आई है?

कप्तान : पोलैण्ड के एक भाग पर आक्रमण करने जा रही है।

हैमलेट : किसके संरक्षण में?

कप्तान : वृद्ध सम्राट् के भतीजे फोर्टिन्ब्रास के संरक्षण में श्रीमन्त?

हैमलेट : तो पोलैण्ड के एक भाग पर ही आक्रमण करने का इरादा है या पूरे देश पर?

कप्तान : सच बात तो यह है कि श्रीमान! यहाँ हमारी आन और इज़्ज़त का सवाल है, इसीलिए हम पोलैण्ड के इस भाग पर आक्रमण कर रहे हैं। इससे हमें कोई अधिक लाभ नहीं होगा, केवल हमारे मन की बात रह जाएगी। पूरे देश पर आक्रमण करने का उद्देश्य हमारा नहीं है। हम तो उसी भाग पर अपना अधिकार करना चाहते हैं, जिसका मूल्य देखो तो पाँच ड्यूकेट से किसी हालत में अधिक नहीं है, लेकिन आन तो आन है, उसमें लाभ और हानि क्या?

हैमलेट : तो फिर ऐसे व्यर्थ के-से भाग की रक्षा पोलैण्ड का सम्राट् क्यों करेगा?

कप्तान : नहीं, वहाँ तो पहले ही युद्ध की सारी तैयारी हो चुकी है।

हैमलेट : ओह! इस पाँच ड्यूकेट से भी कम कीमत की भूमि के लिए दो हज़ार जानें जाएँगी और दो हज़ार ड्यूकेट मिट्टी में मिल जाएँगे, तब भी दोनों तरफ की आग शान्त नहीं होगी! ओह! यही तो अत्यधिक धन और ऐश्वर्य के गर्भ में छिपा हुआ पाप है जो मनुष्य के अन्दर पलता रहता है और फिर कभी एक विषैले फोड़े की तरह फूट पड़ता है और सारे शरीर में ज़हर फैलाकर मनुष्य को मार डालता है और आश्चर्य यह है कि उस मृत्यु का सामने कारण कुछ भी मालूम नहीं देता। कप्तान! इस सूचना के लिए मैं आपको धन्यवाद देता हूँ।

कप्तान : ईश्वर आपको सदा सुखी रखे श्रीमान्!

रोजैन्क्रैंट्ज : क्या आप हमारे साथ चलेंगे राजकुमार?

हैमलेट : तुम चलो! मैं एक क्षण पश्चात् ही आता हूँ।

(हैमलेट को छोड़कर सब चले जाते हैं)

(स्वगत) ओह! समय बीतता जा रहा है, और इसका एक-एक क्षण, इसकी एक-एक घटना मेरे हृदय को नोचकर खा रही है और मेरी उस दबी हुई प्रतिशोध की

भावना को जगा रही है। धिक्कार है ऐसे मनुष्य को, जिसका जीवन केवल खाने और सोने तक ही सीमित हो। ओह! ऐसा मनुष्य एक पशु होता है। उससे कम कुछ नहीं। उस ईश्वर ने; जिसने इतने कौशल के साथ मनुष्य को बनाया, उसे आगे-पीछे सोचने की बुद्धि दी; कभी भी यह नहीं सोचा होगा कि यह जड़-मनुष्य उस बुद्धि का उपयोग नहीं करेगा। उसने कभी यह कल्पना भी नहीं की होगी कि मनुष्य की यह दैवी शक्ति पशु की-सी जड़ता के रूप में जीवित रहेगी। ओ ईश्वर! जब मुझमें शक्ति है और मेरे पास पूरे साधन हैं, तब मैं यह क्यों नहीं कहता हूँ कि मैं अभी तक अपना कार्य पूरा नहीं कर पाया। क्यों? ओह! या तो इस पशु की-सी जड़ता में मैं अपनी सारी शक्ति और बुद्धि खो बैठा हूँ, या यह सोच कर डरता हूँ, कि इस कार्य का परिणाम क्या होगा। तब मैं कायर हूँ, क्यों अगर विचारपूर्वक देखा जाए तो इस तरह परिणाम के बारे में सोचते रहने में एक-चौथाई तो बुद्धिमानी है और तीन-चौथाई कायरता है। मैं क्या करूँ? मेरी आँखों के सामने आने वाली सभी घटनाएँ मेरे हृदय में एक तरह की आग-सी सुलगा रही हैं, और कह रही हैं—हैमलेट! जा, प्रतिशोध ले—फिर मेरे पास तो कार्य का पूरा-पूरा कारण है। यह देखो, इन नवयुवकों की यह सेना जो मुस्कराती हुई अपने पथ पर बढ़ रही है, अपनी पूरी शक्ति और साहस के साथ शत्रु का सामना करने जा रही है, लेकिन परिणाम के बारे में अत्यधिक सोच कर कोई भी सैनिक अपने पौरुष को नहीं खोना चाहता है। ऐसा लगता है, मानो उनकी अपूर्व वीरता के सामने यह परिणाम का क्षुद्र विचार उपहासास्पद-सा हो। यह फोर्टिन्ब्रास अपनी छोटी-सी बात के लिए अपने धन, जीवन और सेना—सभी को मृत्यु के दाँव पर लगा रहा है। वैसे किसी भी छोटी बात के लिए लड़ना बुद्धिमानी का काम नहीं है; लेकिन जब मनुष्य के सम्मान का प्रश्न हो तो उस बात के लिए लड़ने में अपना सब-कुछ नष्ट कर देना भी उचित है। फिर मैं क्या हूँ? वह कायर जिसके पिता की किसी ने हत्या कर दी, जिसकी माँ का सारा सम्मान उसने लूट लिया और वह अब भी चैन की नींद सो रहा है जबकि इस सबका बदला लेने के लिए बार-बार मेरी आत्मा मुझे प्रेरित करती है। ओह! धिक्कार है, मुझे, जो एक पशु की तरह, उन युवक सैनिकों को देख रहा है, जो अपनी बात की आन पर छोटे-से भूमि के टुकड़े के लिए हँसते-हँसते युद्धभूमि में अपनी जान गँवाने जा रहे हैं! उस टुकड़े के लिए जहाँ अगर वीर-गति को प्राप्त हुए सैनिकों को गाड़ा भी जाए, तो उसके लिए भी वह पर्याप्त न होगा। ऐसा अपूर्व साहस क्या तुझमें है? ओ हैमलेट! धिक्कार है तुझे! धिक्कार है...नहीं, नहीं, ओ ईश्वर! इस क्षण से या तो मेरे विचार और कार्य खून की होली खेलेंगे और प्रतिशोध की आग में शत्रु को क्षार-क्षार कर देंगे, नहीं तो मैं एक कायर पशु

की तरह अपने जीवन को व्यर्थ समझूँगा।

(जाता है)

दृश्य 5

(ऐल्सीनोर; किले में एक कमरा; महारानी, होरेशिओ और एक भद्रपुरुष का प्रवेश)

महारानी : मैं नहीं देखना चाहती ओफीलिआ को।

भद्रपुरुष : वह अपने पिता की मृत्यु पर शोक से पागल हो गई है, महारानी! उसकी स्थिति अत्यन्त दयनीय है।

महारानी : क्या चाहती है वह मुझसे?

भद्रपुरुष : वह अपने पिता के नाम की रट लगाए हुए है। कहती है कि इस संसार में होने वाली कितनी ही विचित्र बातों के बारे में वह सुन रही है। फिर वह पुकारने लगती है और उसी पागलपन में अपनी छाती पीटने लग जाती है, फिर कभी गुस्से में आकर अपने हाथ-पैर फेंकने लगती है। महारानी! इस अवस्था में वह जो कुछ भी कहती है, उसका कुछ भी मतलब नहीं निकाला जा सकता है। कहीं-कहीं कुछ समझ में अवश्य आता है, लेकिन फिर भी लोग उसकी बातों को जोड़कर उसका मतलब लगाने का कुछ प्रयत्न अवश्य कर रहे हैं। कुछ उसकी आँखों को और चेहरे के एक-एक भाव को देखकर उसकी बातों में कुछ-न-कुछ रहस्य समझते हैं और कहते हैं कि इस बेचारी लड़की के जीवन में कोई महान आपत्ति आई है, इसी कारण यह शोक में पागल की तरह पुकार रही है।

होरेशिओ : तब तो महारानी! उससे मिलना आवश्यक है, क्योंकि उसकी इस अवस्था से लोगों के मन में एक सन्देह बढ़ेगा...और आप जानती ही हैं कि इस तरह का सन्देह भय से खाली नहीं है। जनता फौरन ही समझ जाएगी कि इसके पीछे कोई न कोई कुचक्र है।

महारानी : अच्छा, तो ले आओ उसे।

(होरेशिओ जाता है)

(स्वगत) ओह! मेरी इस पतित आत्मा को प्रत्येक छोटी से छोटी घटना भी एक महान विपत्ति की सूचक लगती है। मनुष्य अपराध करके अपने को सन्देह के जाल से बचाना चाहता है लेकिन वह कोई भी माया रचकर अपने को नहीं बचा सकता, क्योंकि उसका यह प्रयत्न ही उसके लिए घातक होता है और लोगों के हृदय में उसके प्रति और भी सन्देह पैदा कर देता है।

(होरेशिओ का ओफीलिआ के साथ पुनः प्रवेश)

ओफीलिआ : कहाँ हैं डेनमार्क के वे सम्राट्? कहाँ हैं?

महारानी : क्यों ओफीलिआ! कैसी हो तुम?

ओफीलिआ : (गाती है)

किसी और से कैसे जानूँ हाल तुम्हारा
कैसे पहचानूँ मैं प्रेम अबोल तुम्हारा
औरों की छलना में व्याकुल हृदय हमारा!

महारानी : हाय! यह क्या! क्या मतलब है तुम्हारे इस गाने का प्रिय ओफीलिआ!

ओफीलिआ : क्या कह रही हैं? नहीं-नहीं, सुनिए!

(गाती है)

मृत्यु उसको ले गई है और उसके चरण-तल पाषाण अब हैं!
शीत भी है और माटी और दूर्वा, और कुछ भी तो न प्रिय हैं!

महारानी : क्या है यह ओफीलिआ? ओफीलिआ!

ओफीलिआ : नहीं-नहीं, सुनिए।

(गाती है)

शैल-हिम जैसा बना देखो कमल! हाय उसका,

(सम्राट् का प्रवेश)

महारानी : हाय! स्वामी! देखिए, इसे क्या हुआ?

ओफीलिआ : (गाती है)

मधुर कुसुमों रो ढँका था, किन्तु कोई भी न रोया,
कब्र की तृष्णा मिटाने चल पड़े थे,
किन्तु मन का दुःख पिघला भी न खोया।

सम्राट् : हमारी अच्छी ओफीलिआ! कैसी हो तुम?

ओफीलिआ : बहुत अच्छा, ईश्वर आपको सुखी रखे। कहते हैं कि उल्लू एक भटियारे की लड़की थी। ओ ईश्वर! जो कुछ भी हम हैं, वह अच्छी तरह जानते हैं। लेकिन आगे क्या होंगे, यह कुछ भी नहीं जानते। काश! ईश्वर तुम्हारे खाने की मेज़ पर तुम्हारे साथ रहे।

सम्राट् : यह अपने पिता की मृत्यु पर ही इतनी दुःखी दिखाई पड़ती है।

ओफीलिआ : ओह, जाने दो, हम इसके सम्बन्ध में कुछ भी बातें नहीं करेंगे, लेकिन जब वे तुमसे पूछें कि इसका क्या मतलब है, तो यह कहना—

(गाती है)

प्राण कल दिन प्रेमियों का,
मैं तुम्हारे हेतु वातायन तले यों ही खड़ी रही

रे, प्रतीक्षा अब करूँगी युग-युगों, हा,
मैं तुम्हारे प्रेम की पागल पुजारिन
ले खड़ी हूँ प्यार अपने आँसुओं का।

सम्राट् : कितनी देर से यह इसी अवस्था में है?

ओफीलिआ : क्यों, सब-कुछ ठीक हो जाएगा न? मुझे तो पूर्ण विश्वास है। हमें धैर्य से काम लेना चाहिए; लेकिन ओह! मैं तो रोऊँगी। और क्या करूँ? वे उसे एक गड्ढा खोदकर लिटा देंगे। मेरे भाई को पता लगेगा, इसीलिए मैं आपकी अच्छी सलाह के लिए आपको धन्यवाद देती हूँ। लाओ, मेरी गाड़ी कहाँ है? अच्छा विदा, भद्र महिलाओ! अलविदा, मेरी अच्छी और प्यारी सहेलियो! अलविदा! अलविदा!

सम्राट् : होरेशिओ! हम तुमसे प्रार्थना करते हैं कि तुम ओफीलिआ का पूरा ध्यान रखो। जहाँ वह जा रही है, उसके साथ जाओ।

(होरेशिओ जाता है)

ओह! यह सब कुछ हृदय को काट-काटकर खा जाने वाले उस दुःख का ही परिणाम है। निस्सन्देह वह लड़की अपने पिता की मृत्यु के कारण ही इतनी दुःखी है। ओह, प्रिय गरट्रयूड! जब महान दुःख और आपत्तियाँ आती हैं, तो कभी एक-दो नहीं आतीं, बल्कि पूरी सेना की तरह एक विशाल संख्या में आती हैं। पहले हमारे पोलोनिअस की दुःखद मृत्यु हुई, फिर तुम्हारे प्रिय पुत्र को यहाँ से जाना पड़ा। क्या करें, उसके कार्य ऐसे थे, जिससे उसे अलग करना ही पड़ा। फिर पोलोनिअस की मृत्यु के बारे में न जाने क्या-क्या सन्देह लोगों के दिमाग में पैदा हो रहे हैं। इससे चारों तरफ एक बेचैनी-सी मची हुई है। फिर प्रिये! हमने इतनी जल्दी उसको गड़वाकर बहुत बड़ी मूर्खता की है। बेचारी ओफीलिआ पागल की तरह फिर रही है। उसकी वह चेतना और स्वाभाविक बुद्धि उसके वश में नहीं है जिसके कारण हम मनुष्य हैं और जिसके बिना ही मनुष्य पशु के समान है। अन्तिम बात, जो हमारी चिन्ता को और भी बढ़ा रही है, फ्रांस से लेआर्टस को लौटना है। वह एक-साथ बड़े आश्चर्य में डूब गया है और अपने पिता की रहस्यपूर्ण मृत्यु पर सोचता हुआ न जाने क्या योजना मन ही मन बना रहा है, कुछ भी पता नहीं। फिर कितने ही लोग अनेक तरह की सन्देह-भरी विषैली बातें उसके कानों में डालेंगे...प्रिये! हमें यह सबसे बड़ा डर है कि जब तक सही-सही बात का सबको पता नहीं लग जाएगा, तब तक इस हत्या का दोषी मुझे ही समझा जाएगा। लोगों की सन्देह-भरी निगाहें मुझ पर अटकी रहेंगी। ओह, प्रिय गरट्रयूड! यह चिन्ता मेरे सारे शरीर को छेदे डालती है। गोली तो मनुष्य के शरीर में एक स्थान पर ही लगती है, लेकिन इससे तो मैं चारों

तरफ घायल होकर कराह रहा हूँ।

(अन्दर शोर होता है)

महारानी : हाय! यह क्या शोर है?

सम्राट् : हमारे पहरेदार कहाँ हैं। कोई है? द्वार बन्द कर दो!

(एक दूसरे भद्रपुरुष का प्रवेश)

भद्रपुरुष : मेरे महान सम्राट्! जिस द्रुतगति से समुद्र की लहरें पृथ्वी से टकराती हैं और किनारे को तोड़ती हुई आगे बढ़ जाती हैं, उससे भी अधिक भयानक गति से लेआर्टस अपने साथ कुछ सैनिक लिए इधर बढ़ा चला आ रहा है और जो भी राज्याधिकारी उसको रोकने का प्रयत्न करते हैं, वे उसके पैरों के नीचे कुचले जाते हैं। लोगों की भीड़ ने उसे आपके विरुद्ध अपना नेता मान लिया है। ऐसा लगता है स्वामी! मानो यह दुनिया अपने सारे विकास-क्रम को, अपनी सारी परम्परा को भूलकर फिर से प्रारम्भ होने जा रही है, तभी तो वे लोग दुनिया का नया विधान-सा बनाते हुए चिल्ला रहे हैं—हम लेआर्टस को अपना सम्राट् चुनते हैं—कभी वे तालियाँ बजाते हैं और कभी अपने सिरों की टोपी उछालकर दृढ़ता के साथ एक आवाज़ मिलाकर पुकारते हैं—लेआर्टस हमारा सम्राट् होगा!

महारानी : ओह! ये कुत्ते! ये डेनमार्क के कुत्ते! ये इस समय बनावटी खुशबू के पीछे चिल्ला रहे हैं। मेरी समझ में नहीं आता कि एक दिन इन्हीं कुत्तों ने तो क्लॉडिअस को अपना सम्राट् माना था, फिर आज ये दूसरी बात क्यों भौंक रहे हैं?

सम्राट् : वह देखो, उन्होंने द्वार तोड़ दिए।

(अन्दर उठता हुआ शोर)

(लेआर्टस सशस्त्र होकर आता है और उसके साथ डेनमार्क के लोगों की एक भीड़ है)

लेआर्टस : कहाँ है वह सम्राट्! साथियो! आप लोग अभी बाहर ही रहें।

अन्य लोग : नहीं, हम अन्दर आना चाहते हैं।

लेआर्टस : साथियो। पहले मुझे अकेला जाने दो।

अन्य लोग : जो आज्ञा! हम बाहर ही ठहरते हैं।

(सभी लोग बाहर रह जाते हैं)

लेआर्टस : इसके लिए धन्यवाद। अच्छा साथियो! देखो, द्वार पर जमे रहना। निकल ओ पापी सम्राट्! कहाँ हैं मेरे पिता? मैं उन्हें लेने आया हूँ। निकल!

महारानी : लेआर्टस! होश में रहो।

लेआर्टस : होश में? ऐसे अवसर पर भी अगर मेरा खून सोया रहे, तो मैं अपने बाप की सच्ची सन्तान नहीं हूँ। महारानी! अगर अब भी मैं एक कायर की

तरह चुप बैठा रहा तो यह समझना कि मेरी माँ, जिसने मुझे जन्म दिया है, एक वेश्या थी, और मेरा बाप उसका नीच पति था।

सम्राट् : लेआर्टस! हमारे खिलाफ तुम जो यह बगावत कर रहे हो, इसका कारण क्या है? क्यों तुमने यह तूफ़ान मचा रखा है? छोड़ दो गरट्रयूड! डरो नहीं हमारी ज़िन्दगी के लिए। सम्राट् की हर समय ईश्वर रक्षा करता है। इसीलिए हम डरते नहीं; क्योंकि कितनी भी बगावत की आग उठे, हमारा कुछ भी नहीं बिगाड़ सकती। बागियों के इरादे कभी भी पूरी तरह सफल नहीं हो सकते। क्या कारण है लेआर्टस, जो तुम इस तरह गुस्से में जल रहे हो! बोलो, क्यों है यह बगावत? छोड़ दो गरट्रयूड! हाँ, बोलो।

लेआर्टस : कहाँ हैं मेरे पिता?

सम्राट् : उनका स्वर्गवास हो गया।

महारानी : लेकिन सम्राट् इसके दोषी नहीं हैं लेआर्टस।

सम्राट् : रहने दो प्रिये! पहले इसे सब तरह के प्रश्न पूछकर सन्तोष कर लेने दो।

लेआर्टस : कैसे स्वर्गवास हो गया? मुझसे चाल न खेलो। मैं अपनी इस स्वामिभक्ति को नरक की आग में फेंक देता हूँ, और मेरी आशा, मेरा विश्वास, मेरी श्रद्धा, सभी उसी आग में जलेंगी अब। मुझे भी डर नहीं है, चाहे मृत्यु के पश्चात् सदा के लिए मेरी आत्मा उसी नरक की आग में तड़पा करे, लेकिन इस जीवन में मैं अपने पिता की मृत्यु का बदला लेकर ही रहूँगा। मुझे और कुछ इस संसार में नहीं करना, लेकिन इस काम के लिए चाहे मेरे लोक और परलोक दोनों नष्ट हो जाएँ, तो भी मैं उस हत्यारे का खून अवश्य पीऊँगा।

सम्राट् : लेकिन तुम्हारे इस इरादे से तुम्हें रोकता कौन है लेआर्टस?

लेआर्टस : क्या इस पूरी दुनिया की भी ताकत है जो मुझे अपने इरादे से रोक दे? कोई नहीं रोक सकता मुझे। जहाँ तक साधन का प्रश्न है, मेरे पास पूरे साधन हैं जिनसे मैं अपना पूरा-पूरा प्रतिशोध लूँगा।

सम्राट् : हमारे अच्छे लेआर्टस! हम देख रहे हैं कि तुम अपनी इस प्रतिशोध की आग में दोस्त और दुश्मन, दोनों को ही जलाना चाहते हो। अगर तुम्हें पोलोनिअस की मृत्यु के बारे में ठीक-ठीक बात पता लग जाए, तब भी क्या ऐसा करना आवश्यक होगा?

लेआर्टस : दोस्तों पर नहीं, केवल दुश्मनों पर ही यह आग टूटेगी।

सम्राट् : तो फिर क्या तुम यह जानना चाहोगे कि वे दुश्मन कौन हैं?

लेआर्टस : अपने पिता के साथियों को तो मैं अपने जी-जान से प्यार करता हूँ। मैं सदैव उनका हृदय से स्वागत करूँगा सम्राट्!

सम्राट् : योग्य पुत्र और श्रेष्ठ व्यक्ति की यही पहचान होती है लेआर्टस! तुम शीघ्र

ही यह जान जाओगे कि तुम्हारे पिता की मृत्यु के सम्बन्ध में हम कितने निर्दोष हैं। हम सच कहते हैं लेआर्टस। पोलोनिअस की मृत्यु पर बार-बार हमारा हृदय अन्दर ही अन्दर रो उठता है।

अन्य लोग : (अन्दर) आने दो उसे।

लेआर्टस : क्या है? यह अन्दर शोर?

(ओफीलिआ का पुनः प्रवेश)

ओह! मेरे अन्दर जलती हुई यह आग मुझे जलाकर क्षार-क्षार कर दे, मेरी आँखों के ये आँसू मेरी सारी बुद्धि को नष्ट कर दें! ओह! मेरी आँखें यह सब कुछ न देखें! क्या देख रहा हूँ मैं यह? धैर्य रख मेरी प्यारी बहिन! मैं तेरे इस पागलपन का पूरा-पूरा बदला लूँगा। भगवान की शपथ खाकर कहता हूँ ओफीलिआ! तेरी यह दयनीय अवस्था मैं देख नहीं सकता। मैं इसका बदला लेकर रहूँगा। मेरी प्यारी बहिन! प्रिय ओफीलिआ! क्या है यह सब भगवान? क्या यह सम्भव है कि वृद्ध मनुष्य गहन चिन्ता और शोक में घुटकर जैसा हो जाता है, वैसी ही अवस्था एक सुकुमारी की भी हो सकती है? मानव-प्रकृति की भी बड़ी विचित्र गति है। जब मनुष्य किसी को अत्यधिक प्रेम करता है, तो उस प्रेमी के बिछुड़ने पर उसकी आधी चेतना तो उसके साथ ही चली जाती है। कैसा सुन्दर है यह प्रेम का व्यवहार!

ओफीलिआ : **(गाती है)**

खोल मुख उसका उसे वे ले आए रे
कब्र की हरने पिपासा,
और जाते अश्रु कितने चू पड़े रे
प्राण की भरने निराशा।

अलविदा! मेरे प्यारे पक्षी, अलविदा!

लेआर्टस : ओ मेरी बहिन! अगर तू इस तरह पागल न होकर अपनी सुस्थिर अवस्था में रहकर ही मुझे प्रतिशोध के लिए उत्तेजित करती तो मेरे अन्दर वह आग नहीं जलती जो अब तेरी इस दयनीय अवस्था को देखकर जल रही है।

ओफीलिआ : **(गाती है)**

भ्रम, भ्रम, भ्रम,
उसे मिला है भ्रम! भ्रम! भ्रम!

ओ! चरखे के गीत के साथ वह गीत कैसा अच्छा चलता है! यह सेवक जो अपने स्वामी की पुत्री को ही चुराकर ले गया, अवश्य झूठा और धोखेबाज़ है।

लेआर्टस : कोई भी मतलब नहीं निकलता इसके शब्दों से।

ओफीलिआ : यह लो मेंहदी के सुगन्धित पत्ते। ये मेरी याद के लिए हैं प्रियतम!

भूल न जाना मुझे। याद रखना प्रियतम! और ये पत्ते स्मृतियों को अमर रखने के लिए हैं। लो।

लेआर्टस : यह सब पागलपन के लक्षण हैं, क्योंकि इसी में प्रेम और उसकी स्मृतियों की बातें मस्तिष्क में अधिक आती हैं।

ओफीलिआ : यह फेनिल का फूल जो छल-कपट और झूठी प्रशंसा का द्योतक है, मैं तुम्हें देती हूँ ओ सम्राट्! और ये 'कोलम्बाइन' के फूल भी, जो विवाह के पवित्र बन्धनों के बीच विश्वासघात के चिह्न हैं, मैं तुम्हें देती हूँ; और ओ रानी! तुम्हारे दुःख और पश्चात्ताप के लिए यह रयू देती हूँ; कुछ मैं अपने लिए रख लेती हूँ। इसे रविवार के दिनों में सुन्दरता का पौधा कहा जाता है। ओह रानी! लेकिन तुम्हारे और मेरे रयू में अन्तर इतना है कि तुम तो इससे पश्चात्ताप करोगी और मैं इसे देख-देखकर रोती रहूँगी। पर हाँ, यह 'डेज़ी' तो तुम्हारे झूठ और कपट की निशानी है। आओ होरेशिओ! मैं तुम्हारी सच्चाई के लिए तुम्हें कुछ 'वायलट' देना चाहती हूँ, लेकिन वे कहीं मिलते ही नहीं। वे तो उसी समय सूख गए जब मेरे पिता की चलती हुई श्वासें रुक गईं। ओह! लेकिन कहते हैं कि वे शान्ति के साथ इस संसार से चले गए।

(गाती है)

प्रिय रोबिन मेरा सुख सारा, मधु जीवन है।

लेआर्टस : ओह! नरक की-सी इस महान पीड़ा को भी यह ओफीलिआ अपने इस पागलपन से, हृदय के सुख और सौन्दर्य के रूप में, किस तरह बदल रही है।

ओफीलिआ : **(गाती है)**

क्या नहीं फिर आएगा वह?
क्या नहीं फिर आएगा वह?
अब नहीं, वह तो गया रे!
मृत्यु-शय्या पर गया रे!
अब नहीं फिर आएगा वह।
केश उसके श्वेत हिम-से हो गए रे,
श्मश्रु भी ऐसे तुषार-सदृश हुए रे,
वह गया है, अब गया रे,
व्यर्थ हम अब यों कराहें,
करे अब भगवान ही उसका भला रे,
पर नहीं अब आएगा वह।

लेआर्टस : ओ ईश्वर! क्या तू यह सब-कुछ देख रहा है?

सम्राट : लेआर्टस! पोलोनिअस की मृत्यु पर जितना दुःख तुम्हें है, उतना ही मुझे

है। अगर तुम्हें मेरी बात पर विश्वास न आए तो जाओ और अपने अच्छे-से-अच्छे मित्रों से पूछो कि क्या पोलोनिअस की हत्या में मेरा किसी भी तरह का हाथ है। अगर वे कह दें कि मैंने स्वयं तुम्हारे पिता की हत्या की है या किसी को कुछ देकर करवाई है, तो मेरे अच्छे लेआर्टस! मैं तुम्हें वचन देता हूँ, उसी क्षण तुम मेरे इस राज्य को और उसके साथ मेरी सभी प्यारी वस्तुओं को मुझसे छीन लेना। लेकिन अगर उन्होंने कहा कि इस विषय में मैं बिल्कुल निर्दोष हूँ तो फिर धैर्य रखकर मेरी बातें सुनना और मैं तुम्हारे पिता की मृत्यु का पूरा कारण बताकर तुम्हारे इस सन्देह-भरे मस्तिष्क को सन्तुष्ट कर सकूँगा।

लेआर्टस : ठीक है! लेकिन मेरे पिता की इस तरह अचानक हत्या, फिर चुपचाप इस तरह उन्हें कब्र में गाड़ देना, और न तो उनके लिए किसी तरह की समाधि बनवाना और न अन्तिम क्रिया में धार्मिक रीति-रिवाज़ों का पूरी तरह से पालन करना, ये सब बातें मेरे मस्तिष्क में शंका पैदा करती हैं सम्राट्! और इन सबके पीछे क्या छिपा हुआ रहस्य है, उसका पता मुझे अवश्य लगना चाहिए। मैं पूछता हूँ कि इन सबका क्या कारण है? कौन है, जिसने मेरे पिता की हत्या की है?

सम्राट् : अवश्य, यह तुम पूछ सकते हो और मैं सब कुछ तुम्हें बताऊँगा, फिर जो भी इस हत्या के लिए अपराधी होगा, उसी की गर्दन जल्लाद की तलवार के नीचे होगी। आओ, मेरे साथ आओ।

(जाते हैं)

दृश्य 6

(किले में एक दूसरा कमरा; होरेशिओ और एक सेवक का प्रवेश)

होरेशिओ : कौन व्यक्ति हैं जो मुझसे मिलना चाहते हैं?

सेवक : कुछ नाविक हैं श्रीमन्त! वे आपके लिए कोई पत्र लाए हैं।

होरेशिओ : अच्छा, तो ले आओ उन्हें अन्दर।

(सेवक जाता है)

हैमलेट के सिवाय और कहाँ से यह पत्र हो सकता है।

(नाविकों का प्रवेश)

पहला नाविक : ईश्वर आपकी रक्षा करे श्रीमान!

होरेशिओ : आपको भी वह सदा सुखी रखे साथियो!

पहला नाविक : यह तो ईश्वर की इच्छा के ऊपर है; खैर, यह आपके नाम पत्र है श्रीमन्त! और जो राजदूत इंग्लैण्ड जा रहे थे, उन्होंने ही हमें यह दिया है। क्या आप ही होरेशिओ हैं?

होरेशिओ : **(पत्र पढ़ता है)** 'प्रिय होरेशिओ! जब तुम अपना पत्र पढ़ चुको तो इन नाविकों को सम्राट् के पास भी पहुँचा देना, क्योंकि उनके लिए भी इनके पास पत्र है। जिस दिन हम यहाँ से रवाना हुए थे, उसके दो दिन बाद ही कुछ समुद्री डाकुओं ने हमारे ऊपर हमला कर दिया। वे सभी डाकू अस्त्र-शस्त्र से पूरी तरह सुसज्जित थे। जब बचने का कोई उपाय हमें दिखाई नहीं दिया तो हमने उनका सामना करना प्रारम्भ कर दिया। जब दोनों जहाज़ पास-पास आ गए तो मैं उन डाकुओं के जहाज़ पर चढ़ गया और इस तरह उन लोगों का बन्दी बन गया। उन्होंने बड़ी सहानुभूति से मेरे साथ व्यवहार किया। लेकिन तुम तो समझते हो कि डाकुओं का काम क्या है? वे इस व्यवहार के बदले में मुझसे कुछ चाहते हैं, इसलिए जो पत्र सम्राट् को दिया जाना है उसे तो फौरन उनके पास पहुँचवा देना और तुम स्वयं मेरे पास इतनी शीघ्रता से आ जाना, मानो कि तुम अपनी मृत्यु से बचने के लिए भाग रहे हो। मेरे इन शब्दों से तुम्हें बहुत आश्चर्य हो रहा होगा, लेकिन फिर भी असली बात को ये शब्द भी पूरी तरह व्यक्त नहीं कर सकते। ये नाविक तुम्हें मेरे पास पहुँचा देंगे। तुम फौरन आ जाओ। रोजेन्क्रैंट्ज और गिल्डिन्स्टर्न अभी इंग्लैण्ड के रास्ते में ही हैं। साथ ही मैं उनके बारे में और भी बातें तुमसे करूँगा; लेकिन आने में देरी न करना। अच्छा, नमस्ते!

तुम्हारा मित्र
हैमलेट

साथियो, आओ, मैं तुम्हें वहाँ पहुँचा दूँ, जहाँ यह दूसरा पत्र भी तुम्हें देना है और जब तुम्हारा यह काम खत्म हो चुके, तो फिर तुरन्त मुझे उस व्यक्ति के पास ले चलना जिसने तुम्हें यह पत्र दिए हैं।

(सभी जाते हैं)

दृश्य 7

(किले में एक दूसरा कमरा; सम्राट् और लेआर्टस का प्रवेश)

सम्राट् : अब भी क्या तुम हमें ही अपने पिता की हत्या का दोषी ठहराओगे? हमने सारी बातें तुम्हें खोलकर बता दी हैं लेआर्टस! अब हम चाहते हैं कि तुम हमें अपना सच्चा साथी समझो। हमारे अच्छे लेआर्टस! जिस व्यक्ति ने तुम्हारे पिता को मारा है, वह मेरी जान के पीछे भी पड़ा हुआ है।

लेआर्टस : ठीक है। लेकिन सम्राट्! आपने इतने बड़े अपराध का उसे कोई दण्ड क्यों नहीं दिया? फिर इसमें तो आपकी सुरक्षा का भी प्रश्न था।

सम्राट् : इसके दो कारण थे लेआर्टस! हो सकता है, तुम्हें ये कारण बहुत छोटे मालूम हों, लेकिन हमारे लिए उनका बहुत बड़ा महत्त्व है। पहली बात तो यह है कि उसकी माँ उसे बहुत प्यार करती है और फिर जहाँ तक हमारा प्रश्न है, हम महारानी को इतना प्यार करते हैं कि वह हमारे जीवन की धुरी के समान है। चाहे तुम इसे अच्छा कहो या बुरा, लेआर्टस! दूसरा कारण उसकी लोकप्रियता थी। जनता उसे इतना प्यार करती है कि हम खुलेआम उसको कोई भी दण्ड नहीं दे सकते। जनता के इसी प्रेम के कारण उसके पैरों में पड़ी बेड़ियाँ आभूषणों के रूप में बदल जातीं और फिर तुम जानते हो कि जनशक्ति का सामना करना हमारे लिए कहाँ तक उचित है। हो सकता था कि हम हैमलेट के लिए किसी दण्ड की व्यवस्था भी करते तो जनता के उस उठते तूफ़ान में हम ही उस दण्ड के शिकार बन जाते। ऐसी परिस्थिति में हम क्या कर सकते थे, लेआर्टस?

लेआर्टस : तो क्या इसीलिए मुझे अपने प्यारे पिता को खोना पड़ा, मेरी यह छोटी बहन पागल हो गई, वह बहिन जो सौन्दर्य की सम्पूर्णता का जीता-जागता आदर्श थी। मैं इनके लिए क्या करूँ सम्राट्? लेकिन फिर भी मेरे हृदय में वह प्रतिशोध की आग धधकेगी और मेरे पिता का हत्यारा उससे बच नहीं पाएगा।

सम्राट् : तुम्हें अधिक चिन्ता करने की आवश्यकता नहीं है, लेआर्टस! हम ऐसे मिट्टी के बने हुए नहीं हैं जो इस अपमान को यों ही चुपचाप बैठे हुए सह लें। हम अपनी योजनाओं के बारे में तुम्हें अच्छी तरह बताएँगे। तुम जानते हो लेआर्टस! हम तुम्हारे पिता को बहुत चाहते थे और फिर हमारे आत्मसम्मान का भी तो प्रश्न है। इससे तुम समझ सकते हो कि इस विषय में हम चुपचाप बैठे रहने वाले नहीं हैं।

(एक दूत का प्रवेश)

क्यों, क्या समाचार है?

दूत : हैमलेट ने आपके लिए पत्र भेजा है सम्राट्। लीजिए, यह तो आपके लिए है और यह महारानी के लिए है।

सम्राट् : हैमलेट ने भेजे हैं? कौन लाया है इन्हें?

दूत : नाविक लाए हैं स्वामी! मैंने तो उन्हें नहीं देखा। ये पत्र तो क्लॉडिओ ने मुझे दिए हैं। उसको उन नाविकों ने दिए थे।

सम्राट् : लेआर्टस! सुनो इनको।

अच्छा दूत! तुम जा सकते हो।

(दूत चला जाता है)

(पढ़ता है) 'महान् सम्राट्! मैं वापस आ गया हूँ और पूरी तरह अकेला ही आपके साम्राज्य में आया हूँ। मैं कल आपसे मिलना चाहता हूँ और तब पहले आपसे

क्षमा-याचना करूँगा और फिर अपने इस अचानक आगमन का कारण बताऊँगा।

—आपका

हैमलेट

क्या मतलब है इस सबका? क्या उसके साथ गए सभी लोग वापस आ गए हैं या यह पत्र कोई फरेब है जिस पर हमें विश्वास नहीं करना चाहिए?

लेआर्टस : क्या आप उसका हस्तलेख पहचानते हैं?

सम्राट् : हाँ, हाँ लिखा हुआ तो यह हैमलेट का ही लगता है। इस तरह लिखने वाला उसके सिवाय और कोई भी नहीं हो सकता। क्योंकि हम अकेले हैं, हमें कुछ सलाह दो लेआर्टस! कि इस परिस्थिति में हम क्या करें?

लेआर्टस : मेरी समझ में तो कुछ नहीं आता स्वामी! लेकिन यह सुनकर कि वह आ रहा है, मेरा हृदय ऊपर उठ रहा है। वह आएगा, तब मैं उसके सामने खड़े होकर उससे इस सबका कारण पूछूँगा और फिर अपने पिता की हत्या का पूरा-पूरा बदला लूँगा।

सम्राट् : लेकिन यह तो उस समय करोगे जब वह वास्तव में यहाँ लौटकर आ जाएगा, लेकिन यह हो कैसे सकता है। फिर इस पत्र से तो यही मालूम होता है कि वह आ रहा है। लेआर्टस! क्या तुम वही करोगे जो हम कहेंगे?

लेआर्टस : अगर आप मुझे मेरा बदला लेने से नहीं रोकेंगे और यह न कहेंगे कि मैं हैमलेट से किसी तरह समझौता कर लूँ, तो मैं प्रतिक्षण आपकी आज्ञा का पालन करूँगा।

सम्राट् : हम वही करेंगे जिससे तुम्हारे मस्तिष्क को पूरी शान्ति मिल सके। अगर वह यहाँ आ गया और फिर वापस जाने को तैयार न हुआ, तो फिर हम उसको एक द्वन्द्व-युद्ध के लिए प्रेरित करेंगे जिससे वह कभी भी जीवित नहीं बच सकता और उस मृत्यु के लिए कोई भी हमें दोषी नहीं ठहरा सकता। यहाँ तक कि उसकी माँ भी इसे एक दुःखद घटना ही समझकर सन्तोष कर लेगी।

लेआर्टस : मैं आपकी आज्ञा मानने के लिए तैयार हूँ। मुझे खुशी तो तब होगी स्वामी! जब आप ही मुझे वह अवसर दें, कि मैं अपने हाथों से उसका खून करूँ और अपना बदला ले सकूँ।

सम्राट् : हम तुम्हारी इच्छा अवश्य पूर्ण करेंगे। जब से तुम यहाँ से बाहर गए हो तभी से लोग तुम्हारे एक गुण की बहुत प्रशंसा करते हैं, यहाँ तक कि हैमलेट के मुँह पर भी उन्होंने कहा है। तुम्हारे और गुणों के लिए हैमलेट के हृदय में कभी भी ईर्ष्या उत्पन्न नहीं हुई, लेकिन इस एक गुण की ठेस उसके हृदय में पूरी तरह बैठ गई है। यद्यपि हम उसे इतना बड़ा गुण नहीं समझते हैं, लेकिन वह उसे बहुत बड़ी चुनौती के रूप में लेता है।

लेआर्टस : कौन-सा गुण स्वामी?

सम्राट् : वह गुण जो नवयुवकों के लिए इतना ही आवश्यक होता है जैसे उनके स्वस्थ शरीर पर सुन्दर भड़कीले वस्त्र और वृद्धों के शरीर पर सादा वस्त्र। करीब दो महीने हुए, नॉरमण्डी से एक व्यक्ति आया था। हमने 'फ्रेंच' लोगों को देखा है, घोड़े पर चढ़ने और उसे दौड़ाने में वे बड़े होशियार होते हैं, लेकिन वह व्यक्ति तो आश्चर्य का जीता-जागता रूप था। वह घोड़े को इतनी तेज़ी से दौड़ाता था कि मालूम होता था वह पूरी तरह उसकी पीठ से चिपका हुआ है, फिर इतनी तरह के आश्चर्यजनक खेल करता था कि हमारी तो वहाँ कल्पना भी न पहुँच सकती। लगता था कि घोड़े की आत्मा से वह पूरी तरह एकरस हो गया था!

लेआर्टस : क्या वह नार्मन था?

सम्राट् : हाँ।

लेआर्टस : तब तो उसका नाम 'लेमॉर्ड' होगा।

सम्राट् : वही, वही व्यक्ति।

लेआर्टस : हाँ, मैं उसे अच्छी तरह जानता हूँ। वह तो पूरे राष्ट्र का चमकता हुआ रत्न है।

सम्राट् : वही तुम्हारे उस गुण की प्रशंसा कर रहा था। कह रहा था कि तलवारों के द्वन्द्व-युद्ध में लेआर्टस से बढ़कर कोई नहीं है। हम बता नहीं सकते, वह तुम्हारी वीरता और कौशल की कितनी प्रशंसा कर रहा था। वह यह भी कह रहा था कि उसके राष्ट्र के सभी वीर योद्धा तुम्हारे सामने ऐसे हैं मानो उन्हें तलवार पकड़ना भी नहीं आता; फिर अपनी रक्षा करना और तुमसे युद्ध करना बहुत बड़ी बात है। हैमलेट इन बातों को सुन रहा था। उसी समय से उसके हृदय में ईर्ष्या की आग जलने लगी थी और वह प्रतिक्षण तुम्हारे आने की प्रतीक्षा कर रहा था कि तुमसे द्वन्द्व-युद्ध करके वह किसी तरह तुम्हें नीचे गिरा दे। अब इसी से—।

लेआर्टस : क्या अर्थ निकलता है इससे स्वामी?

सम्राट् : हम तुमसे पूछना चाहते हैं लेआर्टस! कि क्या तुम अपने पिता को हृदय से चाहते थे, या इस तरह आँसू बहाकर और दुःखी होकर तुम उस प्रेम का ढकोसला-सा कर रहे हो!

लेआर्टस : यह आप क्यों पूछते हैं मुझसे सम्राट्?

सम्राट् : इसलिए नहीं कि तुम अपने पिता से प्यार नहीं करते थे, बल्कि इसलिए, कि हम इस प्यार को परिस्थितिजन्य मानते हैं। हम जानते हैं लेआर्टस, कि हमारे जीवन में प्यार की इस शाश्वत सत्ता को निःस्वार्थ मति से नहीं अपना सकते, बल्कि समय और बाह्य परिस्थितियाँ ही हमारे जीवन पर अपना पूरा नियन्त्रण रखती हैं और उन्हीं के अनुसार हमारे जीवन में यह प्यार भी घटता-बढ़ता

रहता है। जहाँ देखते हैं, वहीं हमें ऐसा दिखाई देता है। अवश्य इस प्यार के मूल में कोई ऐसी बात है जो इसे आदि से अन्त तक, एक जलती हुई लौ की तरह जीवित नहीं रहने देती। तुमने देखा होगा लेआर्टस, कि संसार की कोई भी वस्तु सदैव अच्छी नहीं रहती, यहाँ तक कि मनुष्य की अच्छाई भी कुछ समय बाद अपने ही आधिक्य के कारण समाप्त हो जाती है। इसलिए हम कहते हैं कि इस बदलते समय में हमें अधिक प्रतीक्षा किसी बात की नहीं करनी चाहिए, बल्कि जैसे ही मन में विचार आए, उसे उसी समय कर डालना चाहिए जैसे-जैसे समय निकलता जाता है, हमारा निश्चय शिथिल होता जाता है, और फिर, न जाने कितने ऐसे कारण सामने आ जाते हैं जो हमें कुछ भी नहीं करने देते। इस तरह अपना काम पूरा न होने के कारण हम अपने बीते हुए समय पर इस तरह पश्चात्ताप करने लगते हैं मानो कोई धन लुटाने वाला व्यक्ति अपने हाथों से की हुई मूर्खता पर रोने लगे और कहने लगे—'ओह! समय निकल गया। मेरा धन भी चला गया। मैं तो लुट गया!' हमारे यह सब कहने का मतलब सिर्फ इतना ही है कि हैमलेट अब तुम्हारी आँखों के सामने आ रहा है। अब यह बताओ कि तुम उसके प्रति क्या ऐसा व्यवहार करने वाले हो जिससे मैं यह समझ लूँ कि वास्तव में तुम अपने पिता से प्यार करते थे और उसका पूरा-पूरा बदला तुमने चुका दिया है?

लेआर्टस : मैं उसका सिर काटकर आपके सामने रख दूँगा सम्राट्! चाहे वह गिरजाघर में ही क्यों न जा छिपे, लेकिन मेरे हाथों से वहाँ भी वह नहीं बच सकेगा।

सम्राट् : ठीक कहते हो तुम लेआर्टस! क्योंकि जब तुम्हें अपने पिता की हत्या का बदला लेना है और उस हैमलेट की हत्या करनी है, तब साधारण स्थान और गिरजाघर में क्या अन्तर! हत्या के लिए किसी भी पवित्र स्थान का बन्धन नहीं है। लेकिन एक बात हम तुमसे कह देना चाहते हैं लेआर्टस! कि जब तक यह काम पूरा न हो जाए तब तक तुम अपने घर के अन्दर ही रहो। हैमलेट को यह पता चल ही जाएगा कि तुम फ्रांस से वापस आ गए हो। हम अपने लोगों से कहेंगे कि वे हैमलेट के सामने तुम्हारे गुणों की प्रशंसा करें, और यह काम वहाँ तक करें जहाँ तक वह 'नॉर्मन' कर गया था। इससे यह स्थिति आ जाएगी कि वह तुम्हें द्वन्द्व-युद्ध के लिए चुनौती देगा। इस समय चूँकि वह तो आदत से लापरवाह है और सीधा है, इसलिए अगर तुम अपने लिए रखी हुई दो तलवारों में से तेज़ धार की अपने हाथ में ले लो और भौंडी उसके लिए छोड़ दो, तो इस चाल को वह नहीं समझ पाएगा। जब तुम्हारे हाथ में पैनी तलवार हो तो तुम उसका सिर उससे उड़ा सकते हो और वह अपनी भौंडी तलवार से तुम्हारा कुछ भी नहीं बिगाड़ सकेगा।

लेआर्टस : मैं यही करूँगा। इसके साथ मैं अपनी तलवार की नोक को ज़हर के पानी में बुझा लूँगा। मैं एक डॉक्टर के पास से ऐसा ज़हर लाया हूँ कि अगर वह ज़हर किसी तरह आदमी के खून में पहुँच जाए तो संसार की कोई भी औषधि उस आदमी को मौत से नहीं बचा सकती। उसी को मैं अपनी तलवार की नोक में लगा लूँगा और जहाँ भी वह नोक हैमलेट के शरीर में लग जाएगी, वहीं उसकी निश्चित मृत्यु है। मैं इसी तरह उसे मारकर अपना बदला लूँगा सम्राट्!

सम्राट् : ठीक है, अच्छा तो, अब विस्तार के साथ हम अपनी योजना बना लें, जिससे हम किसी भी तरह अपने काम में असफल न रहें, क्योंकि अगर हम अपनी किसी भूल के कारण इसमें असफल रहते हैं, तो इससे अच्छा है कि हम इस काम में अपना कदम ही आगे न बढ़ाएँ। इसलिए हमारी यह राय है कि इस अवसर के साथ हमें एक दूसरा अवसर अपने पास रखना चाहिए जिससे एक बार असफल होकर दूसरी बार तो वह हमारे हाथों से किसी तरह बचकर न जाए। यह हमें अब सोचना है। देखो, हम सोचते हैं। शान्त!...हाँ, बहुत अच्छी बात मेरे दिमाग में आई है। जब तुम दोनों द्वन्द्व-युद्ध में पूरी तरह व्यस्त होगे और काफी देर तक युद्ध करते रहोगे, तो थककर पीने को शराब माँगोगे। उस समय हम तुम दोनों के लिए दो प्यालों में शराब रखेंगे। हैमलेट के प्याले में ज़हर होगा, इसलिए अगर किसी तरह वह तुम्हारे वार से बच गया तो उस प्याले की एक घूँट शराब ही उसे इस संसार से विदा कर देगी और इस तरह हमारा काम पूरा हो जाएगा। इस तरह तुम उससे अपना बदला ले सकोगे...

ओह यह शोर क्या है?

(महारानी का प्रवेश)

प्रिय गरट्रयूड! क्या शोर है यह?

महारानी : स्वामी! क्या बताऊँ, एक दुःख हो तो कहूँ। एक के बाद एक आपत्ति आ रही है पता नहीं, क्या होगा? तुम्हारी बहिन पानी में गिर कर डूब गई लेआर्टस!

लेआर्टस : डूब गई? ओफीलिआ? कहाँ?

महारानी : उस झरने के ऊपर एक पेड़ इस तरह झुका हुआ है कि उसकी पत्तियों की परछाईं साफतौर से पानी में दिखाई पड़ती है। वहाँ वह कुछ विचित्र तरह के फूलों की माला अपने हाथ में लिए आई थी। यह सोचकर कि वह अपनी माला को उस पेड़ की एक डाल से लटकाएगी, वह उस पेड़ पर चढ़ गई। जैसे ही वह अपनी माला लटकाने लगी, वैसे ही वह पतली डाली उसके बोझ से टूट गई और वह उस झरने में गिर पड़ी। कुछ समय बाद उसके कपड़े पानी की सतह पर उठ आए और तैरने लगे। इस तरह वह भी उनके साथ ऊपर

ही उठी रही और उस समय वह इस तरह से ठण्डी श्वासें भर रही थी मानो उसे जीवन का कोई भी भय नहीं था और वह सदा से पानी में रहती आई है। लेकिन अधिक देर तक वह इस तरह अपनी आँखें खोले श्वासें नहीं ले सकी, क्योंकि जब उसके सारे कपड़े भीग गए, तो वे भारी हो गए और वह भोली ओफीलिआ उनके साथ ही झरने की तह में चली गई स्वामी! और हमसे सदा के लिए बिछुड़ गई।

लेआर्टस : हाय! तो वह डूब गई। क्या वह मुझे छोड़कर इस संसार से चल बसी?

महारानी : क्या बताऊँ लेआर्टस। क्रूर भाग्य को यही स्वीकार था।

लेआर्टस : ओ ओफीलिआ! मेरी बहिन! तूने पहले ही बहुत पानी पी लिया है, इसलिए मैं अब आँसू बहाकर यह पानी और तुझे नहीं पिलाऊँगा। लेकिन क्या करूँ, ओफीलिआ! मैं तेरे लिए रोऊँगा, यह स्वाभाविक है। मैं कैसे अपने आँसुओं को रोकूँ! मनुष्य पुरुषार्थ का दावा करके अपने हृदय की स्वाभाविक भावना को झुठलाने की कोशिश करता है, लेकिन मेरे साथ यह सम्भव नहीं है बहिन! हो सकता है यह मनुष्य में स्त्री-जनोचित स्वभाव हो, लेकिन यह उससे दूर नहीं हो सकता। अच्छा अलविदा। मेरे सम्राट। मेरे हृदय पर जो घाव लगे हैं, उनके कारण मेरा हृदय अभी आग बरसाने लगता, लेकिन क्या करूँ, ये आँसू आकर उस आग को बार-बार बुझा देते हैं।

(जाता है)

सम्राट् : चलो गरट्रयूड! हम भी पीछे से चलें। ओह! इस लेआर्टस को समझाना और मेरी ओर बढ़ती हुई इसके हृदय की आग को शान्त करना कितना कठिन काम था! हो सकता है, ओफीलिआ की यह दुःखद मृत्यु फिर उस आग को भड़का दे, इसलिए आओ, हमें इस लेआर्टस के पीछे चलना चाहिए जिससे कोई नई आपत्ति न खड़ी हो जाए।

(जाते हैं)

पाँचवाँ अंक

दृश्य 1

(कब्रिस्तान; कब्र खोदने वाले दो विदूषक अपने हाथों में फावड़ा और कुदाल लिए आते हैं)

पहला विदूषक : क्यों साथी! जब उसने आत्महत्या की है तब भी क्या उसे पूरे धार्मिक रीति-रिवाज़ के साथ दफनाया जाएगा?

दूसरा विदूषक : हाँ, मैं तुमसे निश्चयपूर्वक कहता हूँ साथी! पादरी ही आकर उसे दफनाएगा, इसलिए हमको फौरन कब्र खोदकर तैयार कर लेनी चाहिए। उसके मृत शरीर की पूरी परीक्षा की जा चुकी है और उसे धार्मिक रीति से दफनाए जाने के लिए ठीक बताया गया है।

पहला विदूषक : यह कैसे हो सकता है साथी! यह तो तभी सम्भव है जब यह सिद्ध हो जाए कि उसने अपने आत्मसम्मान की रक्षा करते हुए झरने में डूबकर आत्महत्या की है?

दूसरा विदूषक : हाँ-हाँ, यही बात है।

पहला विदूषक : तो फिर उसने अपने आत्मसम्मान की रक्षा करते हुए अपनी जान दी है। इसके अलावा और कुछ नहीं हो सकता, क्योंकि प्रश्न यह है कि अगर मैं जान-बूझकर अपनी हत्या अपने ही हाथों से कर लूँ, तो यह एक कार्य हुआ और कार्य की तीन[1] शाखाएँ हैं, पहली तो करना, दूसरी भी करना और तीसरी भी करना! लेकिन वह तो अपनी इच्छा से ही पानी में डूबी थी न?

दूसरा विदूषक : नहीं, लेकिन मेरी बात सुनो साथी!

पहला विदूषक : नहीं, पहले मेरी बात पूरी हो जाने दो साथी! देखो मानो यहाँ तो पानी है। बहुत अच्छा, और यहाँ आदमी खड़ा है, बहुत अच्छा। अब अगर आदमी

---

1. यहाँ एक ही अर्थ वाले तीन शब्दों द्वारा विदूषक अपनी वाक्पटुता दिखा रहा है। हिन्दी में इस तरह के शब्दों का अभाव होने के कारण हम इस संवाद का उसी तरह अनुवाद करने में असमर्थ हैं (To act, to do, To perform)।

पानी के पास जाए और अपने-आपको उसमें डुबो दे, तो इसका मतलब हुआ कि उसने यह काम अपनी इच्छा से किया है। समझे, इस बात को अपने ध्यान में रखना, लेकिन अगर उसके जाने के बजाय पानी ही स्वयं उसके पास आ जाए और उसे डूबो दे, तो यह उसकी आत्महत्या नहीं होगी। इसका तात्पर्य यह हुआ कि अगर मनुष्य अपनी इच्छा से अपनी हत्या नहीं करता है तो उस पर यह दोष नहीं लगाया जा सकता कि उसने किसी तरह आत्महत्या की है। समझे?

दूसरा विदूषक : लेकिन तुम्हारी राय में क्या यह सब कानून है?

पहला विदूषक : हाँ, हाँ, मैं मेरी की शपथ खा कर कहता हूँ कि यह कानून है।

दूसरा विदूषक : अच्छा, कह लिया तुमने सब-कुछ? अब सच्ची बात क्या है, वह मुझसे सुनो साथी! अगर यह स्त्री उच्च कुल की नहीं होती, तो इसे वैसे ही बिना कुछ किए गाड़ दिया जाता।

पहला विदूषक : बस, बस, तुमने बात पकड़ ली। यही तो और दुःख की बात है कि इन उच्च कुल वालों को पानी में डूबकर मरने या वैसे फाँसी लगाकर मरने की साधारण ईसाइयों से अधिक स्वतन्त्रता है। क्यों, है न? खैर, छोड़ो, अब हमें अपना काम करना चाहिए। सच पूछो तो इस पूरी दुनिया में बागवान और कब्र खोदने वालों से अधिक पुराने कुल वाले लोग ही नहीं हैं। क्योंकि साथी! हम तो अपने बाबा 'आदम' का ही धन्धा आज तक करते चले आ रहे हैं।

दूसरा विदूषक : क्या 'आदम' कोई उच्च कुलीन आदमी था साथी?

पहला विदूषक : आदम पहला आदमी था जिसने अपने शरीर पर हथियार बाँधे थे।

दूसरा विदूषक : क्या कहा, वह कोई शस्त्र नहीं बाँधता था?

पहला विदूषक : क्या! क्या तुम ईसाई मत को नहीं मानते साथी? क्या तुम इंजील में विश्वास नहीं करते? इंजील में लिखा है कि हमारे बाबा आदम ज़मीन खोदा करते थे। अब तुम्हीं सोचो साथी! बिना किसी औज़ार या हथियार के वे ज़मीन कैसे खोद सकते थे? समझ गए, अच्छा, अब दूसरा प्रश्न लो। अगर इसका भी उत्तर तुम नहीं दे सके, तो फिर अपने को निरा मूर्ख समझकर अपने गले में फाँसी का फन्दा अटकाकर मर जाना। बुद्धिमानों के बीच रहने का तुम्हें फिर कोई अधिकार न होगा?

दूसरा विदूषक : क्या बेकार की बातें करते हो!

पहला विदूषक : अच्छा, मेरा प्रश्न है कि इस दुनिया में राज, जहाज़ बनाने वाले और बढ़ई से बढ़कर कौन अधिक मज़बूत चीज़ बनाता है?

दूसरा विदूषक : जेल बनाने वाला सबसे अधिक मज़बूत चीज़ बनाता है, क्योंकि उसके बनाए फाँसी के तख्ते पर हज़ारों लोग झूल जाते हैं और फिर भी उसका कुछ नहीं बिगड़ता। इन तीनों की बनाई चीज़ों से वह तख्ता बहुत अधिक दिनों तक चलता है।

पहला विदूषक : वाह साथी! अबकी बार तो मैं तुम्हारी अक्लमन्दी की तारीफ़ करता हूँ। वह काफी दिनों तक चलता है लेकिन क्या तुमने कभी यह सोचा कि चलता कैसे है? चलता है यह उन लोगों के लिए, जो इस दुनिया में बुरे काम करते हैं और उनके कारण उस पर लटकने जाते हैं। इसलिए मैं कहता हूँ साथी! तुम्हारी बात ठीक नहीं है। फाँसी का तख्ता गिरजाघर जैसे पवित्र स्थान से मज़बूत कभी नहीं हो सकता है। हाँ, तुम्हारे लिए वह अच्छा और मज़बूत हो सकता है। खैर छोड़ो इस सबको, अपना काम करो।

दूसरा विदूषक : अच्छा तो बताओ एक राज, एक जहाज़ बनाने वाले और बढ़ई से अधिक मज़बूत चीज़ कौन बनाता है?

पहला विदूषक : बस यही तो मैं तुमसे पूछना चाहता हूँ। मेरे इस प्रश्न का उत्तर दे दो और समझो कि तुम्हारा काम खत्म हो गया।

दूसरा विदूषक : अच्छा, तो अब मैं मेरी की शपथ खाकर कहता हूँ, तुम्हें बताकर ही रहूँगा।

पहला विदूषक : नहीं-नहीं, मैं तो नहीं बता सकता।

(दूर कब्रिस्तान में हैमलेट और होरेशिओ का प्रवेश)

पहला विदूषक : बस, बस अब अपने इस गधे के दिमाग पर ज़्यादा ज़ोर मत दो, क्योंकि तुम कितना भी इसे पीटो, यह आगे नहीं बढ़ सकता साथी! सुनो, अगर अबकी बार तुमसे यह प्रश्न पूछा जाए तो इसके उत्तर में कहना कि इन तीनों में सबसे अधिक मज़बूत चीज़ बनाता है एक कब्र खोदने वाला; क्योंकि उसकी बनाई गई ये कब्रें कयामत के दिन तक चलती हैं। समझ गए? अच्छा, जाओ, अब मेरे लिए एक प्याला शराब और ले आओ।

(दूसरा विदूषक जाता है)

(पहला विदूषक खोदता जाता है और साथ में गाता है)

मधुर यौवन में किया जब प्रेम मैंने
था लगा मुझको अधिक कितना सुहावन,
सुघर परिणय की मुझे तब चाहना थी,
किन्तु बेला आ न पाई, हाय साजन?

हैमलेट : यह आदमी तो गा रहा है। क्या इसके हृदय की सारी करुणा पूरी तरह मिट चुकी है जो यह कब्रिस्तान-जैसी अजीब जगह में इस तरह लापरवाही के साथ गाता चला जा रहा है?

होरेशिओ : ठीक है राजकुमार! क्योंकि आए-दिन इनकी आँखों के सामने यही दृश्य रहता है। इसीलिए ये लोग इसके इतने आदी हो गए हैं कि इन्हें यहाँ कुछ भी अजीब नहीं लगता।

हैमलेट : तुम ठीक कहते हो होरेशिओ! क्योंकि जिस आदमी को इस संसार में

कभी-कभी ही कोई काम करना पड़ता है, उसका हृदय कभी इतना कठोर नहीं हो सकता। क्यों?

पहला विदूषक : (गाता है)

आ गई है अब जरा मुझ पर, व्यथा ने
घेर जो मुझको लिया निज क्रूर कर में;
अब नहीं लगता, कभी था मैं तरुण भी,
डूबता असमर्थता के हूँ तिमिर में।
(एक खोपड़ी को उठाकर फेंकता है)

हैमलेट : ओह! होरेशिओ! देखते हो, एक समय इसी मनुष्य के मुँह से संगीत के मधुर स्वर बहते होंगे और आज उसकी खोपड़ी यहाँ पड़ी है। फिर यह आदमी उसे इस तरह ज़मीन पर पटक रहा है मानो यह उस अत्याचारी केन के हाथ का शस्त्र हो, जिसे उसने अपने भाई की गर्दन पर इसी तरह मारा था। हो सकता है, यह किसी राजनीतिज्ञ का सिर हो। लेकिन मित्र! अगर ऐसा है तो अब यह अपनी जीवित अवस्था की अपेक्षा अच्छा है। यही बदमाश, आदमियों की तो क्या बात, एक बार तो ईश्वर को भी भ्रम में डाल सकता था। उसको भी अपनी चालों में फँसाकर धोखा दे सकता था। क्यों, ठीक है न?

होरेशिओ : बिल्कुल ठीक है राजकुमार?

हैमलेट : हो सकता है, यह किसी राजदरबारी का सिर हो, जो नित्यप्रति सम्राट् के सामने झुका करता था और उनकी कुशल पूछा करता था, या किसी ऐसे सरदार का सिर हो सकता है जो दूसरे सरदार के घोड़े की उस समय तारीफ करता था जब उसे वह घोड़ा उससे माँगना होता था।

होरेशिओ : ठीक है राजकुमार!

हैमलेट : हाँ, बिल्कुल ऐसा ही लगता है। अच्छा, अब वह देखो, हमारी आदरणीय श्रीमती जी कहाँ हैं? ओह, उन्हें भी कीड़े खा गए। कहाँ गई वह माँसल सुन्दरता? केवल हड्डियों का ढाँचा? उसी सुन्दर चेहरे की यह खोपड़ी! उस आदमी ने वह फेंक दी। कैसा अजीब परिवर्तन है साथी! क्या इन हड्डियों को जीवन में सींचने का यही उद्देश्य था कि एक दिन कब्रिस्तान में ये इधर-उधर फिकेंगी और इन लोगों के खेल की चीज़ बन जाएँगी! ओह! होरेशिओ! यह सोच-सोचकर मेरा हृदय बैठा जा रहा है कि मनुष्य-जीवन का अन्त कैसा अजीब है!

पहला विदूषक : (गाता है)

यह कुदाली, यह कफ़न, यह कब्र सुन्दर,
खोदना धरती अतिथि का गेह मनहर!
(दूसरी खोपड़ी उखाड़कर फेंकता है)

हैमलेट : वह देखो, दूसरी खोपड़ी। यह किसी वकील की खोपड़ी है साथी! देखो

कैसी शान्त पड़ी है। पता नहीं, अब इसकी सभी चालें, इसके सभी मुकदमे और वे रोज़ बोले हुए झूठ कहाँ चले गए। क्या हुआ परिणाम उस सबका साथी! वह देखो, वह आदमी अपनी कुदाल उठाकर इस पर मार रहा है। अब वह क्यों चुपचाप इस सबको सह रहा है? अब क्यों यह इस अपमान के लिए इस पर अभियोग नहीं चलाता? यह आदमी अपने जीवन-काल में बहुत अधिक ज़मीन-ज़ायदाद खरीदने वाला रहा होगा और वह भी किसी तरह जालसाज़ी से पैसा इकट्ठा करके! अब कहाँ है वह पैसा...और वह ज़मीन साथी? क्या देखते नहीं, इसके सिर पर मुट्ठी-भर धूल पड़ी है? क्या अब यह अपने जाली कागज़ों के बल पर और ज़मीन खरीद सकेगा? इसके तो वे कागज़ ही इतने होंगे कि वे सब अन्त समय में इसकी कब्र के अन्दर नहीं आ सकते। क्या इस आदमी की, जिसने अपनी ज़िन्दगी में इतना सब-कुछ किया, यही गति हुई? क्या इस मुट्ठी-भर धूल के सिवाय उसके साथ कुछ नहीं चला होरेशिओ?

होरेशिओ : हाँ, राजकुमार! इससे अधिक कुछ नहीं।

हैमलेट : क्यों साथी! कागज़ तो भेड़ की खाल से ही बनता है न?

होरेशिओ : हाँ राजकुमार! बछड़े की खाल से भी बनता है।

हैमलेट : इसीलिए मैं कहता हूँ कि इस संसार के प्राणी इन पशुओं-जैसे मूर्ख हैं जो उस कागज़ में भी अपनी सत्ता को जीवित रहते हुए देखना चाहते हैं। चलो, इस आदमी से पूछें कि यह किसकी कब्र है।

पहला विदूषक : किसकी? मेरी श्रीमान्!

(गाता है)

इस अतिथि के योग्य कैसा गेह सुन्दर!

हैमलेट : हाँ, चूँकि तुम इस कब्र के अन्दर हो, इसलिए इसे अपनी कह रहे हो न?

पहला विदूषक : आप इस कब्र के बाहर हैं, इसलिए यह आपकी नहीं है, और मैं भी इसके अन्दर नहीं पड़ा हूँ लेकिन फिर भी यह मेरी है।

हैमलेट : तुम झूठ बोलते हो दोस्त! यह कैसे हो सकता है? कब्र तो मरे आदमी के लिए खोदी जाती है, जीवित आदमी के लिए नहीं। इसलिए जब तुम यह कहते हो कि यह कब्र तुम्हारी है, तब तुम झूठ बोलते हो।

पहला विदूषक : यह ज़िन्दा झूठ है श्रीमान्? यह शीघ्र ही मेरे पास से तुम्हारे पास चली जाएगी।

हैमलेट : बताओ दोस्त! किस आदमी के लिए तुम यह कब्र खोद रहे हो?

पहला विदूषक : किसी आदमी के लिए नहीं।

हैमलेट : तो किस स्त्री के लिए?

पहला विदूषक : किसी के लिए नहीं।

हैमलेट : किसको इसमें दफनाया जाएगा साथी?

पहला विदूषक : उसे, जो एक समय स्त्री थी लेकिन अब केवल उसकी आत्मा को छोड़कर वह एक मृत शरीर है।

हैमलेट : कैसी बँधी हुई बात करता जा रहा है यह आदमी! हमें इसी तरह नपे-तुले शब्दों से इससे बातें करनी चाहिए, नहीं तो अगर इसने अपना शब्द-चातुर्य शुरू कर दिया तो हमारा सारा मतलब कहीं-से-कहीं उड़ जाएगा। सच कहता हूँ होरेशिओ! पिछले तीन वर्षों से मेरे मन में इस जीवन के बारे में इस तरह की अजीब-अजीब कल्पनाएँ उठने लगी हैं। समय इतना अजीब आ गया है, साथी! जब साधारण व्यक्ति भी उच्च कुलीन व्यक्ति के स्तर तक पहुँच जाते हैं। यहाँ तक कि उनकी एड़ी-से-एड़ी मिलाकर चलते हैं। क्यों दोस्त! कितने दिनों से तुम कब्र खोदने का यह काम करते हो?

पहला विदूषक : उस दिन से, जब से हमारे सम्राट् हैमलेट ने फोर्टिन्ब्रास पर विजय प्राप्त की थी।

हैमलेट : कितने दिन पहले की बात है?

पहला विदूषक : यह बताना मुश्किल काम है। क्या तुम नहीं जानते? गधे की-सी अक्ल रखने वाला भी यह जानता है। यह उस दिन की बात है, जब हमारे राजकुमार हैमलेट का जन्म हुआ था। वह राजकुमार जो पागल हो गया था और जिसे अब इंग्लैण्ड भेज दिया गया है।

हैमलेट : लेकिन साथी! उसे इंग्लैण्ड भेजने की क्या आवश्यकता थी?

पहला विदूषक : यही कि वह पागल था। वहाँ वह अच्छा हो जाएगा और अगर नहीं भी होगा तो अंग्रेज़ लोग इसके विषय में अधिक चिन्ता नहीं करेंगे। वे इसे कोई विशेष दोष नहीं मानते हैं।

हैमलेट : यह क्यों?

पहला विदूषक : इसलिए कि वहाँ अधिकतर उस-जैसे पागल आदमी रहते हैं।

हैमलेट : लेकिन दोस्त! यह बताओ कि हैमलेट पागल कैसे हो गया?

पहला विदूषक : लोग कहते हैं कि बड़े विचित्र ढंग से वह पागल हो गया था।

हैमलेट : कैसे विचित्र ढंग से?

पहला विदूषक : कैसे? क्योंकि उसकी स्वाभाविक बुद्धि मारी गई थी।

हैमलेट : लेकिन यह कैसे हुआ साथी! किस आधार पर हुआ यह सब?

पहला विदूषक : किस आधार पर? इसी डेनमार्क की धरती के आधार पर। मैं तीस साल से इस धरती पर कब्रें खोदता आ रहा हूँ।

हैमलेट : क्यों दोस्त! एक मृत शरीर को पूरी तरह मिट्टी में मिल जाने में कितना समय लगता है? कब तक यह पूरी तरह गल जाता है!

पहला विदूषक : अगर वह शरीर मृत्यु से पहले ही गला-सड़ा न हो तो आठ या नौ साल लग जाते हैं क्योंकि कुछ मृत शरीर ऐसे भी आते हैं जो पहले ही चेचक,

खसरा आदि से गले-सड़े रहते हैं। ऐसे शरीर तो दफनाने से पहले ही गल जाते हैं। चमड़ा कमाने वाले का शरीर अवश्य नौ साल बाद ही पूरी तरह मिट्टी में मिलता है।

हैमलेट : क्यों? वह सबसे अधिक समय क्यों लेता है?

पहला विदूषक : क्योंकि उसके काम के कारण उसका शरीर इतना सख्त हो जाता है कि बहुत दिन तक तो पानी उस पर कोई असर कर ही नहीं सकता...और तुम जानते ही हो, पानी से ही तो शरीर शीघ्र गलता है। यह देखो, यह खोपड़ी यहाँ तेईस वर्षों से पड़ी हुई है।

हैमलेट : किसकी थी यह अपनी जीवित अवस्था में?

पहला विदूषक : एक पागल की। तुम किसकी सोचते हो?

हैमलेट : मैं तो नहीं पहचान सकता साथी!

पहला विदूषक : यह उसी पागल बदमाश की है जिसने एक बार शराब का भरा हुआ पूरा प्याला मेरे सिर पर पटक दिया था। जानते हो, कौन था यह? यह वही सम्राट् का विदूषक योरिक है...उसी की खोपड़ी है।

हैमलेट : यह खोपड़ी?

पहला विदूषक : हाँ!

हैमलेट : मुझे देखने दो दोस्त! **(खोपड़ी हाथ में लेता है)** मुझे दुःख है तेरी दयनीय अवस्था पर योरिक! मैं जानता था इसे होरेशिओ! बड़ी तेज़ सूझ-बूझ का आदमी था, कितने ही मज़ाक हर समय करता रहता था। कई बार तो इसने मुझे अपनी पीठ पर चढ़ाया था और यहाँ कैसी भयानक आकृति लिए यह पड़ा हुआ है। ओह! इसे देखकर मेरा हृदय फट रहा है साथी। यहीं थे वे होंठ, जिन्हें कितनी बार मैंने चूमा है। **(खोपड़ी से)** अब तेरी वे प्रतिक्षण हँसाने वाली बातें कहाँ गईं योरिक? तेरे वे गीत, तेरी वे चालें कहाँ चली गईं ओ विदूषक? तेरी एक-एक बात पर दरबार में बैठे सब लोग एक साथ हँस पड़ते थे, अब उनमें से एक भी बात तेरी इस दयनीय अवस्था की भी हँसी करने के लिए नहीं बची है। ओ योरिक! तेरे जीवन की पूरी सत्ता मानो इस संसार से मिट चुकी है। मेरे प्यारे योरिक! जा, फैशन की चमक-दमक में पड़ी भद्र महिला के पास जा और उससे कह कि वह अपने-आपको सुन्दर बनाने के लिए कितना भी रंग अपने चेहरे पर पोते, और कितना भी उस पर अपने मन में अभिमान करे, लेकिन अन्त में तो उसकी भी यही गति होनी है। उससे कहना कि हो सके तो इस बाहरी चमक-दमक को उसे उपहासास्पद ही समझना चाहिए।

प्रिय होरेशिओ! मुझे यह बताओ।

होरेशिओ : क्या राजकुमार?

हैमलेट : क्या सिकन्दर भी मरने के बाद कब्रिस्तान में ऐसा ही हो गया था?

होरेशिओ : निस्सन्देह ऐसा ही हो गया था राजकुमार!

हैमलेट : और क्या उसकी खोपड़ी में से भी इसी तरह की दुर्गन्ध आती होगी? ओह!

(खोपड़ी को ज़मीन पर रख देता है)

होरेशिओ : बिल्कुल ऐसी ही राजकुमार!

हैमलेट : ओह! मृत्यु के पश्चात् हमारी कैसी अधोगति होती है। क्या मैं यह न सोच लूँ मित्र! कि उस महान सिकन्दर का शरीर भी कब्रिस्तान की धूल में मिल गया होगा? कैसा हुआ अन्त, संसार के उस महान विजेता का? अपने जीवन में उसने कितनी ही बड़ी-से-बड़ी सेनाओं को रोका था, अब उसकी मुट्ठी-भर धूल कहीं किसी पानी की सन्धि में आकर रुकावट डाल रही होगी।

होरेशिओ : इस तरह इस प्राणी संसार के विषय में सोचना प्रत्येक क्षण नए कौतूहल से खाली नहीं है राजकुमार!

हैमलेट : कौतूहल? क्यों? यह तो सच है होरेशिओ! कि मृत्यु के पश्चात् मनुष्य का शरीर धूल में मिल जाता है। उसका स्पष्ट उदाहरण हमारे सामने है। मित्र! सुनो, सिकन्दर की मृत्यु हुई, उसके बाद उसे कब्र में सुला दिया गया। वहाँ उसका शरीर थोड़े समय बाद धूल में मिल गया। उसी धूल से तो लोग पानी की नालियों को बन्द करते हैं। क्या यही है गति उस सिकन्दर की? ओह!

इसी तरह सम्राट् सीज़र भी तो एक बार रोम में अपने पूरे वैभव के साथ रहता था, फिर मृत्यु के पश्चात् क्या हुआ? वही मुट्ठी-भर धूल! अब वह धूल किस काम आएगी किसी ने शीत की ठण्डी हवा को रोकने के लिए उसे अपनी टूटी दीवार में लगा लिया होगा। कैसा ऐश्वर्य और उसका कैसा अन्त! ओह! यह क्या है साथी?

अरे, यह तो सम्राट् इधर चला आ रहा है। चलो यहाँ से हट कर कहीं और चलें।

(ओफीलिआ की अर्थी, सम्राट्, लेआर्टस तथा अन्य व्यक्ति उसके पीछे-पीछे एक लम्बी कतार में। सभी शोक में डूबे हुए चल रहे हैं। महारानी और उनके साथ पादरी और अन्य दरबारी हैं)

सभी दरबारी और महारानी भी! किसकी अर्थी चली आ रही है यह? इसके साथ तो किसी प्रकार की धार्मिक रीति का पालन नहीं किया जा रहा है! मालूम होता है, इस स्वर्गीय व्यक्ति ने किसी तरह आत्महत्या की है। लेकिन मालूम होता है, किसी उच्च कुल और पद वाला व्यक्ति है। चलो होरेशिओ! कुछ देर के लिए कहीं छिप जाएँ और देखें क्या होता है।

(हैमलेट होरेशिओ के साथ पास ही कहीं छिप जाता है)

लेआर्टस : अब क्या क्रिया-कर्म और करना है?

हैमलेट : अरे, वह देखो, यह तो वही वीर नवयुवक लेआर्टस है।

लेआर्टस : मैं पूछता हूँ, अब क्या करना और बाकी है?

पादरी : जहाँ तक धार्मिक अधिकार हमें प्राप्त हैं, वहाँ तक तो हम आवश्यक क्रिया-कर्म करा चुके। इसकी मृत्यु किस तरह हुई है, यह अभी तक सन्देह का विषय है और अगर हम पर सम्राट् का इतना दबाव नहीं होता, तो मैं कहता हूँ, हमारे धर्म के विधान के अनुसार इसको कयामत के दिन तक यों ही पड़े रहने के लिए बिना किसी क्रिया-कर्म के ही गाड़ देना चाहिए था। इसकी आत्मा तब तक भटकती रहेगी। इसकी आत्मा को शान्ति प्रदान करने के लिए ईश्वर से कोई प्रार्थना नहीं की जानी चाहिए, बल्कि इसके मृत शरीर पर पत्थर और कंकड़ फेंकने चाहिए। फिर भी मैं देख रहा हूँ कि एक कुँवारी कन्या की तरह इसकी अर्थी पर फूल और अनेकों मालाएँ रखी गई हैं और बड़े सम्मान के साथ इसे यहाँ कब्रिस्तान में लाया गया है।

लेआर्टस : तो क्या अब कोई क्रिया-कर्म शेष नहीं रहा श्रीमान्?

पादरी : अब कुछ नहीं। हम इसकी आत्मा को शान्ति देने के लिए कोई भी ऐसा गीत नहीं गाएँगे जो प्रायः सभी की मृत्यु के समय गाया जाता है, क्योंकि हमारा यह कार्य धर्म के अनुकूल नहीं होगा।

लेआर्टस : अच्छा, तो अब हम इसके मृत शरीर को कब्र के बीच रख दें? हे ईश्वर! मेरी बहिन के पवित्र और सुन्दर शरीर से सुन्दर वायलट का फूल उगे! सुन ओ मूर्ख पादरी! मेरी बहिन को स्वर्ग में ईश्वर के सिंहासन के पास स्थान मिलेगा, जबकि तू मृत्यु पश्चात् सदा नरक की पीड़ा सहते हुए पुकारा करेगा।

हैमलेट : क्या...क्या ये लोग ओफीलिआ को दफ़ना रहे हैं?

महारानी : सुन्दर सुकुमारी के लिए मैं यह फूल भेंट करती हूँ। **(फूल बिखेरती हुई)** ओ मेरी अच्छी ओफीलिआ! मैंने सोचा था कि तू एक दिन मेरे हैमलेट की पत्नी बनकर मेरे घर आएगी। ओ मेरी बच्ची! क्या मैंने कभी यह कल्पना भी की थी कि जिन फूलों से मैं तुम्हारी सुहाग की सेज सजाती, उन्हीं फूलों को यहाँ कब्र पर डालूँगी?

लेआर्टस : ओ ईश्वर! जो पापी मेरी इस छोटी बहिन की मृत्यु का कारण बना है और जिसके कारण इस तरह पागल होकर आज इस संसार से पराई होकर चली जा रही है, वह कभी भी इस संसार में सुखी न रहे। गल-गलकर उसका जीवन समाप्त हो! ठहरो, अभी मेरी बहिन पर मिट्टी मत फेंको...एक बार मैं फिर अपनी ओफीलिआ को अपने गले लगा लूँ।

(कब्र में कूदता है)

अब जीवित और मृत सभी इस पर यह धूल फेंक दो, उस समय तक जब तक यह पैलिअन या ओलिम्पस पर्वत से ऊँची न चली जाए, डालो।

हैमलेट : **(आगे बढ़ते हुए)** कैसा व्यक्ति है वह जिसके हृदय का दुःख इस तरह फूटा पड़ रहा है! जिसके टूटे हुए शब्दों को सुनकर आकाश में चलते हुए तारे भी

रुक गए हैं, मानो उन्हें उसकी दयनीय अवस्था पर स्वयं अत्यधिक आश्चर्य और दुःख हो रहा हो। मैं हूँ डेनमार्क का निवासी हैमलेट!

(कब्र के अन्दर कूद जाता है)

लेआर्टस : तू? ओ, नरक के काले दैत्य तुझे खींचकर ले जाएँ।

(हैम्लेट से गुँथ जाता है)

हैमलेट : मेरी गर्दन छोड़ दो। यह अच्छी बात नहीं है लेआर्टस! यद्यपि मैं स्वभाव से क्रोधी नहीं हूँ लेकिन जब कभी मेरा खून खौल उठता है तब मुझसे अधिक खतरनाक भी कोई नहीं हो सकता। इससे तुम्हें डरना चाहिए। छोड़ दो मेरी गर्दन! हटा लो अपने हाथों को, मैं कहता हूँ।

सम्राट् : हटा लो लेआर्टस!

महारानी : हैमलेट! हैमलेट!

हैमलेट : सभी महानुभावो!...

होरेशिओ : शान्त रहो मेरे अच्छे राजकुमार!

(कुछ सेवक मिलकर उन्हें एक-दूसरे से अलग कर देते हैं। वे कब्र से बाहर आ जाते हैं)

हैमलेट : क्यों शान्त रहूँ? इसने जिस तरह का व्यवहार मेरे साथ किया है, उसके लिए मैं अपनी आखिरी श्वास तक इससे लड़ूँगा। इसको बच कर नहीं जाने दूँगा होरेशिओ!

महारानी : मेरे बेटे हैमलेट! यह क्या कर रहे हो! कैसा व्यवहार है यह?

हैमलेट : मैं ओफीलिआ से प्रेम करता था और अगर चालीस हज़ार भाई भी आकर इसके प्रति अपने प्रेम को तोलें, तो भी मेरा प्रेम उनसे कहीं अधिक बैठेगा। ओफीलिआ के लिए तुम क्या करोगे?

सम्राट् : लेआर्टस? यह तो पागल है, छोड़ो इसकी बातों को।

महारानी : ईश्वर के लिए धैर्य से काम लो।

हैमलेट : बताओ मुझे, तुम क्या करोगे ओफीलिआ के लिए? क्या तुम आँसू बहाओगे? क्या उसके लिए युद्ध करोगे? या उसके लिए उपवास करोगे? या दुःख से अपने हृदय के टुकड़े-टुकड़े कर डालोगे? या बताओ, क्या तुम उसके लिए शराब पीओगे, या मगर का शिकार करके उसका माँस खाओगे? क्या करोगे, बताओ? मैं उसके लिए ये सभी बुरे-से-बुरे काम कर सकता हूँ। क्या तुम यहाँ स्त्रियों की तरह रोने ही आए हो? क्या इस तरह कब्र में घुसकर तुम यह बताना चाहते हो कि तुम ओफीलिआ को सबसे अधिक प्रेम करते हो? अगर तुम कर सकते हो, तो उसी के साथ जीवित इस कब्र में बैठ जाओ और चले जाओ इस संसार को छोड़कर उसी के साथ। मैं इसके लिए भी तैयार हूँ। अगर इसके लिए तुम पहाड़ों के आसपास पुकारो तो उसके लिए भी मैं तैयार हूँ। आओ लेआर्टस! करोड़ों एकड़

धरती की धूल हमारी कब्र पर आ गिरे, जिससे इसकी चोटी सूर्य के पास पहुँचकर उसकी आग से जल उठे और वहाँ से ओसा पर्वत एक छछून्दर की तरह छोटा दिख पड़े। आओ, ओफीलिआ के लिए हम यह करें।

महारानी : यह तो पूरी तरह पागलपन है। इसी तरह कुछ देर तक यह इसको परेशान करता है। इसके उतर जाने के बाद यह शान्त होकर बैठ जाएगा। इसके बाद यह इसी तरह थककर गिर जाता है और कुछ समय तक उसी तरह चुपचाप पड़ा रहता है, जैसे कबूतरी अण्डा देकर चुपचाप लेट जाती है।

हैमलेट : यह बताओ लेआर्टस! क्या कारण था जिससे तुम एक-साथ मेरे ऊपर ऐसे झपटे मानो मुझे जान से मार डालोगे? मैंने तो हमेशा तुम्हें अपना मित्र समझा है। लेकिन वह कोई बात नहीं है। आदमी का स्वभाव कभी नहीं बदल सकता। मैं तो क्या हूँ, हरक्यूलीज़-जैसा वीर भी कुत्तों को भौंकने की आदत से नहीं रोक सकता था।

(हैमलेट चला जाता है)

सम्राट् : हमारे अच्छे होरेशिओ! क्या तुम उसकी देखभाल करते हुए उसके साथ रहोगे?

(होरेशिओ भी चला जाता है)

(लेआर्टस से) लेआर्टस ! कल रात को हुई हमारी बातों को मत भूलो। अपने-आप पर काबू रखो। हम शीघ्र ही वह द्वन्द्व-युद्ध कराने वाले हैं। प्रिय गरट्रयूड! किसी आदमी को भेज दो जो तुम्हारे पुत्र की इस हालत में देखभाल कर सके। **(लेआर्टस से)** तुम्हारी बहिन की कब्र पर एक पत्थर लगाने की अपेक्षा इस पर एक जीवित व्यक्ति का बलिदान दिया जाएगा, तभी तुम्हें अधिक सन्तोष मिलेगा लेआर्टस? हमें पूरा विश्वास है कि शीघ्र ही शान्तिपूर्ण वातावरण हमारे साम्राज्य में स्थापित हो सकेगा। तब तक जो भी योजना हमने बनाई है, उसके अनुसार काम करें। चलो।

(सभी जाते हैं)

दृश्य 2

(किले में एक बड़ा कमरा; हैमलेट तथा होरेशिओ का प्रवेश)

हैमलेट : इतना सब-कुछ इसके बारे में हुआ, अब मैं तुम्हें उन पत्रों को दिखाता हूँ जो इस क्लॉडिअस ने इंग्लैण्ड के सम्राट् के पास भेजे थे। तुम रोजेन्क्रैंट्ज और गिल्डिन्स्टर्न के बारे में तो सब जानते ही हो कि उन्हें किसी विशेष कार्य से मेरे साथ इंग्लैण्ड भेजा जा रहा था?

होरेशिओ : वह मैं सब जानता हूँ राजकुमार!

हैमलेट : क्या बताऊँ मित्र? मेरे मस्तिष्क में एक तरह का संघर्ष मचा हुआ था जिसके

कारण मैं रात को भी एक क्षण नहीं सो पाता था और अपनी इस स्थिति के बारे में मैं यही सोचा करता था कि मैं उस बागी से भी बुरा हूँ जिसको ज़ंजीरों में जकड़कर रखा गया हो। अत्यन्त असावधानी और उतावलेपन से—यह उतावलापन भी मनुष्य का प्रशंसनीय गुण है, क्योंकि साथी? कभी-कभी इसी के कारण हमें अपने कार्यों में सफलता मिल जाती है, जबकि अत्यन्त गम्भीरता से सोचे हुए कार्य पूरे नहीं हो पाते। इसी से साथी? मुझे तो ऐसा लगता है कि मनुष्य अपने जीवन का नियन्ता स्वयं नहीं होता, बल्कि कोई ऐसी शक्ति अवश्य है जो हमारे सभी कार्यों का नियन्त्रण करती है। हम कितना भी चाहें कि यह कार्य हमारी इच्छा के अनुकूल ऐसा हो जाए, लेकिन होता वही है जो इस भाग्यरूपी शक्ति को स्वीकार होता है।

होरेशिओ : मनुष्य-जीवन का यह मूल सत्य है साथी!

हैमलेट : होरेशिओ? रात को जब सब सो रहे थे, तब मैं अपना 'सी गाउन' पहनकर चुपके से गया और अँधेरे में ही टटोलकर इन सभी पत्रों को चुरा लाया। मेरी उत्सुकता इतनी बढ़ गई थी कि मैंने शिष्टाचार की ओर तनिक भी ध्यान न देकर इन सभी पत्रों को अपने कमरे में लाकर खोल डाला। खोलने के बाद जो मैंने इन्हें पढ़ा, ओ होरेशिओ! इस क्लॉडिअस की सारी धृष्टता मुझे उसमें दिखाई दे गई। प्रिय मित्र! इस दुष्ट ने रोजैन्क्रैंट्ज और गिल्डिन्स्टर्न के हाथों इंग्लैण्ड के सम्राट् को यह सन्देश भिजवाया था कि चूँकि मेरे जीवित रहने से डेनमार्क और इंग्लैण्ड का कभी भी किसी रूप से महान अनिष्ट हो सकता है, अतः मेरा जीवित रहना बड़े-बड़े खतरों से खाली नहीं है। इंग्लैण्ड के सम्राट् को चाहिए कि वे पत्र पढ़ते ही अपनी तलवार लेकर मेरा सिर धड़ से अलग कर दें। एक मिनट की भी प्रतीक्षा करने की आवश्यकता नहीं है।

होरेशिओ : क्या ऐसा पत्र लिखा था? ओह! विश्वास नहीं हो सकता था कि सम्राट् ऐसा करेंगे। ओह! कितना अजीब है यह सब!

हैमलेट : अगर मेरी बात पर विश्वास न हो तो यह पत्र स्वयं पढ़ लो होरेशिओ! अब क्या तुम यह जानना चाहते हो कि मैंने उसके इस कुचक्र को कैसे असफल किया?

होरेशिओ : हाँ, बताओ तो राजकुमार!

हैमलेट : जब मैंने अपने-आपको इस कुचक्र में फँसा हुआ पाया तो मैं सोचने लगा कि अब क्या करना चाहिए। तब इससे पहले कि मैं कुछ और करता मेरे दिमाग में तुरन्त एक बात आई और मैंने इस पत्र के स्थान पर एक दूसरा पत्र रोजैन्क्रैंट्ज और गिल्डिन्स्टर्न के द्वारा इंग्लैण्ड ले जाने के लिए लिखा। हमारे राजनीतिज्ञों की तरह पहले मैं भी यह सोचता था कि सुन्दर हस्तलेख नीचे कुल में पैदा होने की निशानी है, लेकिन उस समय मैंने यह विचार छोड़ दिया और अत्यन्त सुन्दर अक्षर

बनाकर वह पत्र लिख डाला। क्या तुम यह जानना चाहते हो होरेशिओ! कि उसमें मैंने क्या लिखा था?

होरेशिओ : हाँ, अवश्य।

हैमलेट : पहले तो उसमें डेनमार्क के सम्राट् की ओर से इंग्लैण्ड के सम्राट् को मित्रता का एक अत्यन्त सुन्दर सन्देश लिखा था। लिखा था कि ईश्वर दोनों देशों की मैत्री युगों-युगों तक बनाए रखे और दोनों राष्ट्रों में पूर्ण शान्ति रहे। इस तरह बहुत अच्छी-अच्छी बातें लिखी थीं। इसके बाद अन्त में यह लिखा था कि सम्राट् जैसे ही यह पत्र पढ़ें, उसी क्षण पत्र लाने वाले व्यक्तियों का सिर धड़ से उतरवा लें और उन्हें इससे पहले कुछ भी अवसर न दें।

होरेशिओ : लेकिन राजकुमार? आपने उसी तरह पत्र का मुँह कैसे बन्द किया होगा?

हैमलेट : क्यों, उसमें भी तो ईश्वर ने मेरी सहायता की। मेरे पास मेरे स्वर्गीय पिता की अँगूठी थी जिससे डेनमार्क की मुहर का पूरी तरह से काम चल सकता था। मैंने अपने लिखे पत्र को पहले पत्र की तरह ही मोड़ा, उस पर वही हस्ताक्षर किए और फिर अपनी अँगूठी से उस पर मुहर लगा दी। यह सब अच्छी तरह करने के बाद मैंने उसे उसी स्थान पर रख दिया जहाँ से मैंने असली पत्र निकाला था। दूसरे दिन तो उन समुद्र डाकुओं से मुठभेड़ हो गई थी, और इसके बाद क्या हुआ, तुम जानते ही हो।

होरेशिओ : तो क्या रोजैन्क्रैंट्ज और गिल्डिन्स्टर्न दोनों मारे गए होंगे राजकुमार?

हैमलेट : ठीक है होरेशिओ! उनकी मृत्यु का मुझे तनिक भी दुःख नहीं है। क्यों हो साथी! वे अपनी इच्छा से ही इस क्लॉडिअस के षड्यन्त्र में भागी बने थे। सब कुछ जानकर अपनी इच्छा से ही वे इस पत्र को इंग्लैण्ड ले जा रहे थे। फिर तुम्हीं बताओ कि अगर दो विरोधियों की तलवारों के बीच जो भी कूदेगा उसका क्या परिणाम होगा। साथी! उनकी मृत्यु का कारण वे स्वयं ही हैं, मैं नहीं, इसलिए मुझे तनिक भी उनके लिए दुःख नहीं है।

होरेशिओ : ओह! कैसा दुराचारी सम्राट् है यह!

हैमलेट : क्या अब भी तुम मुझे ही दोषी कहोगे मित्र? इस पापी ने मेरे पूज्य पिता का खून किया, मेरी माँ को अपने जाल में फँसा लिया और पिता के पश्चात् राजसिंहासन पर बैठने के मेरे अधिकार को मुझसे छीन लिया। यही नहीं होरेशिओ! यह नीच मुझे भी इस संसार में जीवित नहीं रहने देना चाहता। इसकी अभी तक प्यास नहीं बुझी है। होरेशिओ! अब इसकी इतनी नीचता देखकर भी मैं इसके सिर को काटकर नीचे ज़मीन पर न गिरा दूँ साथी! मनुष्य-जाति के लिए पैदा हुए इस विषैले कीड़े को मैं अब जीवित नहीं रहने दूँगा, नहीं तो मुझे पाप लगेगा। मैं नहीं चाहता कि यह दुष्ट दूसरों के जीवन को भी अपने कुचक्रों का शिकार बना ले।

होरेशिओ : अब तो उसे इंग्लैण्ड में सब मालूम हो जाएगा राजकुमार! कि उसके इस सारे षड्यन्त्र का क्या परिणाम निकला।

हैमलेट : हाँ, इसके लिए मैं भी पूरी तरह यह सोचता हूँ होरेशिओ! लेकिन जब तक कुछ हो, उसके बीच का समय तो मेरा है। क्या बताऊँ मित्र! मनुष्य का जीवन एक क्षण में नष्ट किया जा सकता है। लेकिन एक बात का मुझे बड़ा दुःख है होरेशिओ! कि मैंने लेआर्टस के साथ अच्छा व्यवहार नहीं किया। मैं अपने जीवन के दुःख से यह पूरी तरह समझ सकता हूँ कि उसको अपनी बहिन और पिता की मृत्यु पर कितना गहन दुःख होगा। अब मैं चाहता हूँ कि मैं किसी तरह उसकी सहानुभूति प्राप्त करूँ। लेकिन कुछ भी हो, मैं उसके दिखावे को बरदाश्त नहीं कर सका था इसलिए मैं इतने आवेश में आ गया था साथी।

होरेशिओ : शान्त। देखो कौन है वहाँ?

(ओसरिक का प्रवेश)

ओसरिक : डेनमार्क में मैं आपका स्वागत करता हूँ राजकुमार!

हैमलेट : इसके लिए मैं आपको धन्यवाद देता हूँ।
(होरेशिओ से चुपके से) होरेशिओ! क्या तुम इसे जानते हो?

होरेशिओ : **(हैमलेट से)** नहीं।

हैमलेट : **(होरेशिओ से)** तब तो तुम बड़े भाग्यशाली हो, क्योंकि इसको जानना ही पाप है। यह बहुत बड़ा ज़मींदार है। अगर किसी पशु के पास भी बहुत ज़मीन-जायदाद हो, तो वह भी इसी सम्राट् के सम्मान का पात्र बन सकता है। यह इधर-उधर काँव-काँव करता-फिरता कौवा है, लेकिन जैसा कि मैंने तुमसे कहा था, इसका मुँह भरा हुआ है।

ओसरिक : राजकुमार! अगर आपके पास थोड़ा समय हो तो मैं सम्राट् का एक सन्देश आपसे कहना चाहता हूँ।

हैमलेट : हाँ, हाँ, कहिए। मैं पूरे ध्यान से सुनूँगा। लेकिन अपनी टोपी को ठीक जगह पर रखो। परमात्मा ने सिर इसी के लिए बनाया है।

ओसरिक : ओ! इसके लिए आपको धन्यवाद राजकुमार! गरमी बहुत पड़ रही है, इसलिए मैंने टोपी सिर से उतार ली थी।

हैमलेट : गरमी? नहीं तो! उत्तर से शीत वायु चल रही है। बड़ी ठण्ड पड़ रही है श्रीमान्!

ओसरिक : हाँ, थोड़ी-थोड़ी ठण्ड तो है।

हैमलेट : लेकिन फिर भी मेरा ख्याल है, काफी गरमी है। कम से कम मेरे लिए तो ऐसा ही है।

ओसरिक : बहुत गरम, इतना गरम कि मैं यह बतला नहीं सकता कि मात्रा में कितनी है—लेकिन राजकुमार! सम्राट् ने आपके लिए सन्देश भेजा है कि उन्होंने आपके बल पर एक बड़ी बात अपने सिर पर ले ली है। वह बात यह है—

हैमलेट : लेकिन पहले अपनी टोपी अपने सिर पर रख लो।

(हैमलेट ओसरिक को टोपी पहनने के लिए बाध्य करता है)

ओसरिक : मैं सच कहता हूँ राजकुमार! गरमी के कारण ही मैंने अपनी टोपी सिर से उतार ली है। श्रीमन्त! लेआर्टस फ्रांस से वापस आ गया है। अपने व्यवहार में वह अत्यन्त श्रेष्ठ है। एक भद्रपुरुष के सभी गुण उसमें विद्यमान हैं। मैं क्या बताऊँ श्रीमन्त! वह श्रेष्ठ पुरुष का एक जीता-जागता आदर्श है, क्योंकि कोई भी गुण नहीं जो उसमें न हो।

हैमलेट : आप बिल्कुल ठीक कहते हैं। इतना ही क्या, उसमें तो इतने गुण हैं कि अगर कोई गणक भी उसके गुणों को गिनने लगे तो एक बार चक्कर खा जाए और अगर उन्हें पूरा गिनने का प्रयत्न भी करे, तो उसका प्रयत्न इसी तरह असफल रहे, जैसे ऊबड़-खाबड़ धारा में बहती हुई नाव, सदा उस नाव से पीछे ही रहती है, जो तेज़ी के साथ पतवार से चलाई जाती है। लेकिन फिर भी उसके गुणों की प्रशंसा करते हुए यह तो मैं अवश्य कहूँगा कि उसके गुणों की बराबरी कोई नहीं कर सकता। इस संसार में उस-जैसा आदर्श व्यक्ति कहीं नहीं मिल सकता। जो भी अपने को उस जैसा आदर्श समझता है वह केवल उसकी छाया-मात्र हो सकता है, उससे अधिक नहीं।

ओसरिक : आप बिल्कुल ठीक कह रहे हैं राजकुमार!

हैमलेट : लेकिन लेआर्टस की चर्चा छेड़ने का आपका क्या उद्देश्य था श्रीमान! छोड़ो, हमारे पतित विचारों के बीच उस आदर्श व्यक्ति को न लाओ।

ओसरिक : यह क्या कह रहे हैं आप श्रीमन्त?

होरेशिओ : क्या दूसरे की ज़बान से अपनी ही बातों को सुनकर भी आप नहीं समझ सकते? अवश्य, अगर आप कोशिश करें तो अवश्य समझ सकते हैं।

हैमलेट : उसका इतना गुणानुवाद करने का आपका तात्पर्य क्या है श्रीमान?

ओसरिक : लेआर्टस का?

होरेशिओ : **(हैमलेट से)** बस राजकुमार! इसके पास शब्दों की जो पूँजी थी वह तो सब खर्च हो गई। अब क्या बोलेगा यह!

हैमलेट : हाँ, लेआर्टस का श्रीमान!

ओसरिक : मेरा ख्याल है, आप इसका तात्पर्य जानते हैं।

हैमलेट : खैर, यह तो ठीक है कि आप मुझे ऐसा समझते हैं, लेकिन यदि मैं सब बातों को जानता भी हूँ, तो आपका यह कहना मेरे लिए कोई प्रशंसा की बात तो नहीं है। हाँ, यह बताइए कि आप क्या कहना चाहते थे?

ओसरिक : आप तो लेआर्टस के गुणों को जानते ही हैं।

हैमलेट : मैं इसका तब तक झूठा दावा नहीं कर सकता, जब तक मैं अपने गुणों से उसके गुणों की तुलना न करूँ, क्योंकि दूसरे की परख अपने गुणों के ऊपर ही अच्छी तरह से होती है।

ओसरिक : मेरे कहने का मतलब है कि शस्त्र-विद्या में जो लेआर्टस की कुशलता है उसे तो आप जानते ही हैं। इसमें उसने इतनी प्रसिद्धि पाई है कि उसके बराबर इस संसार में कोई नहीं दिखता।

हैमलेट : कौन-सा शस्त्र चलाना जानता है वह?

ओसरिक : तलवार और कटार।

हैमलेट : इसका मतलब, दो शस्त्र चलाता है वह! ठीक, अब आगे की बात कहो।

ओसरिक : सम्राट् ने छः बार घोड़ों को दाँव पर लगाया है, उसके उत्तर में लेआर्टस ने छह फ्रेंच तलवारों और कटारों को मय म्यान और लटकाने वाले फीते[1] को दाँव पर लगा दिया है। उनमें से तीन फीते तो बहुत ही सुन्दर हैं और अच्छा जड़ाई का काम उन पर हो रहा है कि तलवारों की मूठों से वे पूरी तरह एक-रंग हो जाते हैं और बड़े ही अच्छे लगते हैं।

हैमलेट : फीतों से तुम्हारा क्या मतलब है?

होरेशिओ : **(हैमलेट से)** मैं जानता हूँ कि इसकी बातों पर तुम्हें एक अलग व्याख्या की आवश्यकता पड़ेगी।

ओसरिक : फीते वे ही होते हैं जिनसे तलवारें लटकी हुई होती हैं।

हैमलेट : ओ! लेकिन यह बात तो तब अच्छी बैठती जब तुम तलवारों की जगह तोपों की चर्चा करते, क्योंकि इन फीतों से तो हम तोपों को भी ले जा सकते हैं। इसलिए जब तक हम तोपों को न ले जाएँ, तब तक तुम फीते की जगह 'लटकन' शब्द का प्रयोग करो तो अच्छा हो। हाँ, छह 'बारबरी' घोड़ों के मुकाबले में छह फ्रेंच तलवारें और कटारें और उसके साथ उनकी म्यानें और लटकन। मतलब यह है कि डेनमार्क और फ्रांस वालों के बीच शर्त हो गई है। लेकिन क्या तुम इसका कारण बता सकते हो?

ओसरिक : सम्राट् ने यह शर्त लगाई है कि अगर आप और लेआर्टस के बीच द्वन्द्व युद्ध हो, तो लेआर्टस बारह वारों में से अधिक-से-अधिक तीन वार आपको मार सकता है। इसीलिए उन्होंने रखा है कि जब तक लेआर्टस बारह वार समाप्त करे उससे पहले आप अपने नौ वार समाप्त कर चुकें तो द्वन्द्व-युद्ध में आप विजयी समझे जाएँगे। सम्राट् यह द्वन्द्व-युद्ध शीघ्र ही कराना चाहते हैं, बस वे आपके उत्तर की प्रतीक्षा कर रहे हैं।

हैमलेट : लेकिन अगर मैं 'न' कह दूँ तो क्या होगा?

ओसरिक : 'उत्तर' से मेरा मतलब है कि आप यह बताएँ कि कब आप इस द्वन्द्व-युद्ध के लिए तैयार हैं?

---

1. मूल में Carriage शब्द का प्रयोग ओसरिक ने फीते के लिए किया है। उसी का मज़ाक हैमलेट बना रहा है। यह शेक्सपियर का शब्द-चातुर्य है, इसको हम हिन्दी में इस तरह नहीं दिखा सकते। नाटककार की रचना में इस तरह का विदूषकों-जैसा हास बहुत मिलता है।

हैमलेट : अच्छा श्रीमान! यह मेरा अवकाश का समय है, इसीलिए मैं इस कमरे में इधर-उधर घूम लेना चाहता हूँ। सम्राट् से कह देना कि अगर उनकी ऐसी ही इच्छा है, तो तलवारें ठीक करा लें और रखवा दें मैदान में और लेआर्टस से भी आने को कह दें। अगर सम्राट् इस तरह अपनी शर्त पर जमे हुए हैं, तो उनको विश्वास दिला देना कि मैं अपनी पूरी शक्ति दिखाकर प्रतिद्वन्द्वी को परास्त करूँगा। लेकिन अगर किसी तरह से मैं हार गया तो मुझे अपयश मिलेगा और इसके साथ शरीर पर कुछ वार मिलेंगे।

ओसरिक : क्या यही बात मैं सम्राट् से जाकर कह दूँ, ठीक इन्हीं शब्दों में?

हैमलेट : कोई बात नहीं, तुम दूसरे शब्दों में भी कह सकते हो। लेकिन मेरा तात्पर्य इससे बदलकर और कुछ सम्राट् के पास नहीं पहुँचना चाहिए।

ओसरिक : नहीं, इसके लिए मैं आपको विश्वास दिलाता हूँ राजकुमार! मैं आपका सेवक हूँ और अत्यन्त विश्वासपात्र, इसका मुझे गर्व है।

हैमलेट : मैं भी आपका सेवक हूँ, सदा आपकी सेवा में उपस्थित हूँ। **(ओसरिक चला जाता है)** अपनी प्रशंसा खूब करता है यह! ठीक भी है, क्योंकि और है कौन जो इसके लिए इतना भी कहे।

होरेशिओ : देखो, वह अपने मन में फूलता, किस तरह सम्राट् को अपनी विजय का सन्देश सुनाने जा रहा है!

हैमलेट : वह तो जन्मजात राजदरबारी है और वैसा ही बनावटी व्यवहार उसे अच्छा लगता है। मालूम होता है, पैदा होते ही माँ का दूध पीने से पहले ही उसने बेकार की-सी ममता न पैदा करने के लिए छोड़ दिया था, क्योंकि वह अपने को इन सब बन्धनों से अलग, एक राजदरबारी के-से व्यवहार में ढालना चाहता था। इसी तरह बहुत-से ऐसे आदमी होते हैं जिन पर हमारी तरह बेकार की जवानी लदी रहती है और जो पूरी तरह वक्त को इस तरह पहचानकर चलने वाले होते हैं कि हर समय उन्हें एक बनावटी चोगा पहनना पड़ता है। इधर-उधर की बेकार की-सी बातों से वे अपने दिमाग भर लेते हैं जिससे प्रायः वे मूर्ख सिद्ध होते हैं, क्योंकि उनकी बेतुकी बातें पूरी तरह सार-हीन और उपहासास्पद होती हैं। थोड़ी कड़ाई के साथ उनकी परीक्षा लेना शुरू कर दो, उसकी सारी कलई खुल जाती है।

(एक सरदार का प्रवेश)

सरदार : राजकुमार! सम्राट् ने ओसरिक के हाथों एक सन्देश आपके पास भेजा था, जिसके उत्तर में उसने सम्राट् से कहा कि आप उनसे अपने इस कमरे में मिलेंगे। उन्होंने मुझे इसी कारण से भेजा कि आप मुझे बता दें कि आप लेआर्टस से

भी युद्ध करने के लिए तैयार हैं, या उसके लिए कुछ समय की आवश्यकता समझते हैं?

हैमलेट : जब सम्राट् की इच्छा है तो मैं भी अपने इरादे पर दृढ़ हूँ। अगर लेआर्टस को स्वीकार हो तो मैं अभी तैयार हूँ। किसी वक्त भी जब वह चाहे; लेकिन बाद के लिए शर्त यह है कि अगर मैं अब की तरह स्वस्थ न रहा, तो द्वन्द्व-युद्ध में उस समय भाग न ले सकूँगा।

सरदार : सम्राट्, महारानी और सभी राजदरबारी इस द्वन्द्व युद्ध को देखने आ रहे हैं।

हैमलेट : वे तो ठीक समय पर आते हैं।

सरदार : महारानी ने यह इच्छा प्रकट की है कि द्वन्द्व युद्ध शुरू होने से पहले आप लेआर्टस के साथ किसी प्रकार का दुर्व्यवहार नहीं करेंगे।

(सरदार चला जाता है)

होरेशिओ : मुझे डर है राजकुमार! कहीं लेआर्टस तुम पर विजयी न हो जाए।

हैमलेट : मुझे इसका कोई डर नहीं होरेशिओ! क्योंकि जब वह फ्रांस में रहा है तब मैं भी नित्यप्रति तलवार का बराबर अभ्यास करता ही रहा हूँ। जो भी शर्तें रखी गई हैं, उनके अनुसार मैं लेआर्टस को अवश्य परास्त करूँगा। लेकिन तुम नहीं जानते मित्र! मेरा हृदय कितना दुःखी है। खैर, जाने दो।

होरेशिओ : नहीं राजकुमार! दुःखी हृदय से युद्ध में उतरना...

हैमलेट : नहीं, नहीं, यह तो केवल एक मूर्खतापूर्ण विचार है और स्त्रियों के लिए ही अधिक उपयुक्त है। मैं वैसे ही हृदय में दुःखी हो गया था।

होरेशिओ : नहीं राजकुमार! अगर तुम्हारा हृदय दुःखी है और अगर किसी तरह का अपशकुन तुम्हें हुआ है तो मैं उनको यहीं आने से रोक दूँगा कि तुम अभी इस युद्ध के लिए तैयार नहीं हो।

हैमलेट : नहीं, मैं अपशकुनों पर विश्वास नहीं करता मित्र! मुझे उनका कोई डर नहीं है क्योंकि ईश्वर ने इस संसार में रहने वाले सभी प्राणियों की जीवन की अवधि पहले से ही निश्चित कर दी है, उसके विरुद्ध कुछ भी नहीं हो सकता होरेशिओ! अगर मेरे जीवन का अन्त अभी आ गया है, तो फिर यह सोचना कि मैं और अधिक जीवित रहूँगा, निर्मूल है। इसलिए अगर मेरी मृत्यु भविष्य की प्रतीक्षा न करके अभी आनी है, तो उसे कौन रोक सकता है! वह आकर ही रहेगी। फिर अगर अब कोई ऐसी दुःखद घटना नहीं होती है, तो भविष्य का ही क्या पता है साथी! इसलिए मैं इसी में विश्वास करता हूँ कि मनुष्य को इस तरह के भय छोड़कर सदा जो कुछ भी सामने आए, उसका मुकाबला करने के लिए तैयार रहना चाहिए। जब कोई भी अपनी किसी चीज़ को मृत्यु के पश्चात्

अपने साथ नहीं ले जा सकता, तो उसको छोड़ने में हमें क्यों दुःखी होना चाहिए? आने दो, जो भी आता है, किसके लिए डरना और किसके लिए दुःखी होना होरेशिओ!

(सम्राट्, महारानी, लेआर्टस, सरदार, ओसरिक और सेवकों का तलवार लिए हुए प्रवेश; एक मेज़ और उस पर शराब भरा हुआ खूबसूरत बर्तन रखा है)

सम्राट् : आओ हैमलेट, और हमारी ओर से लेआर्टस से हाथ मिलाओ।

(सम्राट् हैमलेट के हाथ में लेआर्टस के हाथ को रख देता है)

हैमलेट : श्रीमन्त! मैंने जो भी दुर्व्यवहार आपके साथ किया था, उसके लिए मैं सभी के सामने आपसे क्षमा माँगता हूँ। जो महानुभाव यहाँ उपस्थित हैं, वे और सम्भवतया आप भी, यह अच्छी तरह जानते होंगे, कि यह सब कुछ मैंने अपने पागलपन के आवेश में ही किया था। मैं इसको सभी के सामने स्वीकार करता हूँ कि आपके सम्मान को क्षति पहुँचाने का मेरा उद्देश्य कभी नहीं था। लेकिन मेरा पागलपन मुझे अपनी सीमा से बाहर ले गया। क्या हैमलेट ने लेआर्टस को कभी भी कोई क्षति पहुँचाई? नहीं, हैमलेट ने नहीं, क्योंकि भाई! अगर हैमलेट की स्वाभाविक बुद्धि नष्ट हो जाए और वह लेआर्टस को उस समय कोई क्षति पहुँचाए, जब वह स्वयं अपने-आपको ही नहीं पहचान सकता है, तो इसके लिए हैमलेट उत्तरदायी नहीं है। हैमलेट इस अपराध को स्वीकार नहीं करता है, तो फिर कौन था वह जिसने तुम्हारे साथ ऐसा दुर्व्यवहार किया? उसका पागलपन? अगर तुम इस बात पर विश्वास करते हो, तो मैं यह कहूँगा कि हैमलेट उन दयनीय प्राणियों में से एक है, जिसका मार्ग भ्रष्ट किया गया है और इसमें उसका पागलपन ही उसका घोर शत्रु है। इसलिए मैं उपस्थित सभी महानुभावों के सामने तुमसे यह प्रार्थना करूँगा कि तुम अपने उदार हृदय में मेरी ओर से इस तरह का कोई विचार न रखो कि मैंने जान-बूझकर तुम्हें क्षति पहुँचाने का प्रयत्न किया था अगर मेरे व्यवहार के कारण तुम्हें कुछ क्षति पहुँची भी, तो उसे यही समझना कि तुम्हारे भाई ने ही अपने पागलपन में यह सब कुछ कर डाला।

लेआर्टस : ठीक है हैमलेट! जहाँ तक मेरी भावनाओं का प्रश्न है और जिनसे प्रेरित होकर मैं तुमसे बदला लेने पर तुला हुआ हूँ, मुझे तुम्हारी बात सुनकर सन्तोष हो गया। लेकिन जहाँ मेरे सम्मान का प्रश्न है, मैं तुमसे किसी तरह का समझौता नहीं कर सकता। मैं तुमसे उस समय तक समान भाव के साथ मैत्री नहीं कर सकता जब तक कि मैं अपने से उच्च पद पर बैठे महानुभावों से यह वचन न ले लूँ कि इस बीच जो भी मेरा सम्मान लुटा है, वह मुझे वापस मिल जाएगा और उसी परिस्थिति में तुम्हारे साथ शान्तिपूर्ण समझौता करना उचित होगा। लेकिन

तब तक मैं तुम्हारे इसी प्रेम का सम्मान करता हूँ और इसे स्वीकार करता हूँ।

हैमलेट : मुझे विश्वास है, इसलिए मैं अब मित्रों के बीच होने वाले द्वन्द्व-युद्ध में बिना किसी आपत्ति के भाग लेता हूँ। अच्छा, तो अब तलवार उठा लो। आओ।

लेआर्टस : मुझे भी एक उठा लेने दो।

हैमलेट : मैं तो तुम्हारे मुकाबले में बहुत ही कमज़ोर हूँ लेआर्टस। तुम इतने कुशल हो और मैं अनाड़ी। तुम्हारे सामने बिल्कुल ऐसा लगता हूँ मानो तुम तो चमकते हुए तारे हो और मैं तुम्हारे सामने काला आसमान हूँ। तुम्हारा और मेरा क्या मुकाबला साथी!

लेआर्टस : मेरा मज़ाक बनाना चाहते हो राजकुमार!

हैमलेट : मज़ाक? कभी नहीं लेआर्टस! मैं अपनी शपथ खाकर कहता हूँ, मेरा कभी ऐसा विचार नहीं है।

सम्राट् : अच्छा, ओसरिक। इन्हें तलवारें दे दो। बेटा हैमलेट! तुम हमारी शर्त जानते हो न?

हैमलेट : मैं जानता हूँ श्रीमन्त! लेकिन आपने कमज़ोर पक्ष पर अपना दाँव रखा है।

सम्राट् : नहीं, इसमें कोई आपत्ति नहीं दिखती और फिर हम तुम दोनों को जानते हैं। हाँ, लेआर्टस ने इसका अधिक अभ्यास किया है, इसलिए अवश्य हमारी स्थिति एक विचित्र असमंजस में है।

लेआर्टस : यह तलवार तो बहुत भारी है। मैं दूसरी लूँगा।

हैमलेट : मुझे तो यह तलवार ठीक मालूम होती है। दोनों तलवार एक ही लम्बाई की हैं?

ओसरिक : हाँ राजकुमार!

(वे द्वन्द्व-युद्ध के लिए आमने-सामने आ जाते हैं)

सम्राट् : शराब के प्याले मेज़ पर रखवा दो। अगर हमारा हैमलेट लेआर्टस के मारे हुए पहले वार, अपने पहले या दूसरे, यहाँ तक कि तीसरे वार में भी चुका देगा, तो तोपखाने में आज्ञा भिजवा दो कि इस खुशी में वहाँ रखी हुई सारी तोपें दागी जाएँ। उस समय हम उसकी विजय की कामना करते शराब पीएँगे और उसके शराब के प्याले में भेंट के रूप में एक ऐसा बेशकीमती मोती डालेंगे जैसा डेनमार्क के सम्राटों ने कम से कम पुश्तों से अभी तक नहीं पहना होगा। शराब के प्याले हमें दो। जैसे ही हम नक्कारा बजाने को कहें, वैसे ही द्वन्द्व-युद्ध शुरू हो जाना चाहिए और तुरही के साथ बाहर रखी तोपें एक के बाद एक छूटनी चाहिए। इन तोपों की गूँजती हुई आवाज़ आकाश को द्वन्द्व-युद्ध की सूचना देगी और

वहाँ से वापस आकर फिर इसी पृथ्वी पर चारों ओर फैल जाएगी। चारों ओर यही स्वर गूँज उठेगा कि सम्राट् अपने पुत्र हैमलेट की सफलता की कामना करते हुए शराब पी रहे हैं। अच्छा, अब अपने वार शुरू करो। निर्णयकर्ताओ! एक-एक वार को ध्यान से देखकर अपना निर्णय देना!

हैमलेट : आओ लेआर्टस!

लेआर्टस : आओ राजकुमार!

(दोनों युद्ध करते हैं)

हैमलेट : यह देखो, मैंने एक वार जीत लिया।

लेआर्टस : बिल्कुल नहीं।

हैमलेट : निर्णयकर्ताओ! आप क्या कहते हैं?

ओसरिक : बिल्कुल ठीक, एक वार।

लेआर्टस : अच्छा, तो फिर शुरू करें।

सम्राट् : ठहरो! शराब के प्याले हमारे सामने लाओ। बेटा हैमलेट, यह मोती हम तुम्हारे लिए इस प्याले में डालते हैं। लो, तुम्हारे स्वास्थ्य और सुख के लिए यह शराब का प्याला हम पीते हैं। **(तुरही बजती है। बाहर तोपें एक के बाद एक छोड़ी जाती हैं)** यह प्याला हमारी ओर से हैमलेट को दो।

हैमलेट : पहले मैं इस द्वन्द्व-युद्ध को खत्म कर लूँ, तब तक प्याला मेरा इन्तज़ार करेगा। आओ लेआर्टस! फिर आओ।

(वे फिर अपने वार शुरू करते हैं) लो, यह दूसरा वार। अब तुम क्या कहते हो?

लेआर्टस : इसे मैं मानता हूँ।

सम्राट् : हमारा बेटा हैमलेट अवश्य जीतेगा।

महारानी : वह पूरी तरह थक गया है इसलिए उसकी श्वास इतनी द्रुतगति से चल रही है। बेटा हैमलेट! लो, मेरा यह रूमाल ले लो और अपना पसीना पोंछ लो। तुम्हारी माँ महारानी तुम्हारे स्वास्थ्य के लिए शराब पीती है।

हैमलेट : मेरी अच्छी माँ!

सम्राट् : नहीं, नहीं, गरट्रयूड! मत पीओ इसे।

महारानी : क्षमा कीजिए स्वामी! मैं इसे अवश्य पीऊँगी।

सम्राट् : **(स्वगत)** ओह! ज़हर का प्याला यह पी गई। अब क्या हो?

हैमलेट : मैं अभी शराब नहीं पीना चाहता माँ! क्योंकि इससे लेआर्टस मन में और भी उत्तेजित होगा। अभी थोड़ी देर में ही मैं आ कर खुशी से वह प्याला पीऊँगा।

महारानी : आ बेटा! मैं तेरे चेहरे पर आए पसीने को पोंछ दूँ।

लेआर्टस : सम्राट्! मैं अब उसके शरीर पर वार करूँगा।

सम्राट् : हमें इसकी क्या आवश्यकता है लेआर्टस!

लेआर्टस : **(स्वगत)** ओह! अपनी इस ज़हर से बुझी हुई तलवार को हैमलेट के शरीर पर मारने में मेरा हृदय काँपता है। कैसे करूँ।

हैमलेट : आओ लेआर्टस! तीसरी बार फिर हम अपना युद्ध शुरू करें। लेकिन तुम तो मेरे साथ खेल-सा खेल रहे हो मित्र! क्या कारण है इसका? क्या तुम मुझे इस योग्य भी नहीं समझते कि तुम गम्भीरता के साथ मुझसे युद्ध कर सको। मैं कहता हूँ तुम जितनी ताकत से हो सके, उतनी ताकत से मेरे शरीर में अपनी तलवार भोंक दो। मुझे अभी तक यह सन्देह है कि तुम मेरे साथ कुछ मज़ाक-सा कर रहे हो।

लेआर्टस : क्या तुम यह सोचते हो राजकुमार? अच्छा तो आओ।

(वे फिर एक-दूसरे पर झपटते हैं)

ओसरिक : अभी एक भी वार नहीं।

लेआर्टस : अब सम्भालो मेरे हमले को।

(लेआर्टस हैमलेट के शरीर पर तलवार का एक घाव बना देता है। तब वे इसी तरह लड़ते हुए अपनी तलवार बदल लेते हैं। थोड़ी देर में ही हैमलेट लेआर्टस के शरीर पर तलवार का घाव कर देता है)

सम्राट् : अलग कर दो इन्हें। दोनों के शरीर से खून निकल रहा है।

हैमलेट : फिर आओ।

(महारानी बेहोश होकर अपनी जगह से नीचे गिर पड़ती है)

ओसरिक : वह देखो, महारानी गिर पड़ीं। ओह! यह क्या?

होरेशिओ : दोनों के शरीर खून से भीगे हुए हैं। क्यों राजकुमार! आप कैसे हैं?

ओसरिक : लेआर्टस! कैसे हो भाई?

लेआर्टस : ओसरिक! मैं अपने ही बनाए जाल में फँस गया हूँ, जैसे जंगली मुर्गा असावधानी के कारण फँस ज़ाता है। **(स्वगत)** ओह! अपनी इस ज़हरीली तलवार से मैं ही मारा गया।

हैमलेट : क्या हुआ महारानी को?

सम्राट् : तुम दोनों के शरीर से खून बहता देखकर महारानी बेहोश हो गई हैं हैमलेट!

महारानी : नहीं-नहीं, शराब का प्याला। मेरे अच्छे बेटे हैमलेट! शराब ने मुझे मार डाला। उसमें ज़हर मिला हुआ था।

(महारानी मर जाती है)

हैमलेट : ओ, किसने की है ऐसी धृष्टता? कौन है वह? दरवाज़े बन्द कर दो और किसी को बाहर मत जाने दो। मैं उस नीच का पता लगाऊँगा, जिसने यह दुस्साहस किया है।

(लेआर्टस भी बेहोशी-सी में गिरता है)

लेआर्टस : ओ हैमलेट! इस पाप की जड़ मैं हूँ। मेरी नीचता के कारण ही साथी! तुम भी अधिक देर तक इस संसार में जीवित नहीं रह सकोगे। कोई भी ओषधि तुम्हें नहीं बचा सकती। आधे घण्टे के भीतर ही तुम इस संसार से पराए होकर चले जाओगे हैमलेट! यह तलवार जो इस समय तुम्हारे हाथ में है, ज़हर से बुझी हुई है। ओह साथी! मैंने सोचा कुछ था, लेकिन मेरी दुष्टता मुझे ही खा गई। यह देखो, मैं सदा के लिए इस संसार को छोड़कर जा रहा हूँ। तुम्हारी माँ को ज़हर दिया गया है हैमलेट! अपने इस अन्त समय में मुझे कोई डर नहीं है; इसीलिए मैं तुमसे सच बात कहता हूँ साथी! इस पूरे षड्यन्त्र की जड़ यह सम्राट् है।

हैमलेट : इस तलवार की नोक ज़हर से बुझी हुई है, तो फिर ओ प्यारी तलवार! अभी तेरा काम बाकी है; आ?

(सम्राट् के शरीर में तलवार भोंकता है)

सभी : बगावत! बगावत!

सम्राट् : बचाओ मेरे साथियो! बचाओ मुझे! अभी मेरे शरीर पर थोड़ी चोट आई है। बचाओ!

हैमलेट : ओ पापी, नीच, हत्यारे! और डेनमार्क के घृणित प्राणी! इसी ज़हर मिली हुई शराब को तू मुझे पिलाना चाहता था और कहता था कि मेरी खुशी के लिए तू यह कर रहा है। अब इसी शराब को पी। मैं तुझे यह इनाम देता हूँ। जा, जहाँ मेरी माँ चली गई है, वहीं तू भी चला जा पापी!

लेआर्टस : ठीक किया तुमने हैमलेट! इसी ने इस ज़हर को बनवाया था आओ मेरे साथी! चलते समय हम एक-दूसरे की भूलों के लिए आपस में क्षमा माँग लें। ओ हैमलेट! मेरे पिता की और मेरी मृत्यु के उत्तरदायी तुम नहीं हो, यह मैंने जान लिया और इसी तरह तुम्हारी मृत्यु के लिए मैं भी अपराधी नहीं हूँ। मेरे मित्र हैमलेट!

(लेआर्टस मर जाता है)

हैमलेट : ईश्वर तुम्हारी आत्मा को इस सारे अपराध से मुक्त कर दे साथी! मैं भी आ रहा हूँ, चलो। होरेशिओ! मेरा आखिरी समय आ गया है। ओ दयनीय महारानी! विदा! ओ मेरे दुःखी जीवन की कहानी सुनने वालो! मैं देख रहा हूँ तुम्हारे चेहरे पीले पड़ गए हैं, तुम यह सब-कुछ देखकर भय से काँप रहे हो। तुमने कभी भी जीवन की इस कठिन राह पर यात्रा नहीं की साथियो! बस, दूसरों को चलता देखते रहे। मैं कितना चाहता हूँ कि तुमको मैं अपनी पूरी कहानी सुनाऊँ जिससे तुम मेरी मृत्यु के पश्चात् मुझे बुरा न कहो, लेकिन ओह! मेरी तरफ चारों ओर से मौत के काले-काले हाथ बढ़ रहे हैं, वे मुझे इसके लिए जीवित नहीं रहने देंगे। होरेशिओ! मैं जा रहा हूँ मित्र! तुम मेरे बाद मेरी सारी कहानी संसार को सुनाना

और कहना कि तुम्हारा मित्र हैमलेट सदैव अपनी आत्मा के सत्य पर अडिग होकर रहा। जो मुझे बुरा कहें, उन्हें हर तरह से समझाना कि मैं बुरा नहीं हूँ।

होरेशिओ : नहीं मित्र! यह मत सोचो कि तुम्हारे बाद मैं इस संसार में जीवित रहूँगा, मैं एक प्राचीन 'रोमन' की तरह आत्महत्या कर लूँगा, चाहे डेनमार्क के व्यक्ति इसे बुरा समझें। इसके लिए प्याले में अभी कुछ ज़हर मिली हुई शराब और बची है। मैं उसे पीकर तुम्हारे ही साथ चलता हूँ हैमलेट!

हैमलेट : नहीं, नहीं, होरेशिओ! तुम्हें एक वीर पुरुष मानकर मैं तुमसे प्रार्थना करता हूँ कि यह प्याला मुझे दे दो। दे दो, मैं फिर प्रार्थना करता हूँ, इसे मुझे दे दो। ओ मेरे अच्छे मित्र! अगर तुम भी इस संसार से चले जाओगे, तो फिर संसार के लोगों को सही स्थिति बताकर कौन मेरे चरित्र पर पड़े धब्बों को मिटाएगा! अगर उन्हें ठीक-ठीक कुछ पता न लगा तो वे हमारे नाम से घृणा करेंगे होरेशिओ! अगर तुमने जीवन में मुझसे प्रेम किया है, तो मृत्यु की कल्पना अपने मस्तिष्क में से निकाल दो साथी! और इस संसार में मेरे जीवन की सच्ची कहानी सुनाने के लिए जीवित रहो।

(सैनिकों का मार्च और उसके साथ तोपों के छूटने की आवाज़)

यह क्या सेना का-सा शोर-गुल हुआ होरेशिओ!

ओसरिक : युवक फोर्टिन्ब्रास पौलैण्ड से विजयी होकर लौटा है और इसी खुशी में वह इंग्लैण्ड के राजदूतों को तोपों की सलामी दिला रहा है।

हैमलेट : ओ होरेशिओ! मैं चला। मेरे खून में फैलता हुआ ज़हर मेरी चेतना को नष्ट कर रहा है। अब मैं इंग्लैण्ड से कोई सूचना आने तक जीवित नहीं रह सकूँगा, लेकिन मैं अभी भविष्य की बात बताए देता हूँ। डेनमार्क का नया सम्राट् फोर्टिन्ब्रास होगा। अपने आखिरी समय में कहता हूँ कि मेरे भी विचार से वही इसके योग्य है। होरेशिओ! उससे मेरा सन्देश कह देना और साथ ही मेरे जीवन की इन घटनाओं के बारे में कारण-सहित सब-कुछ बता देना।

ओ साथी! होरेशिओ! अलविदा! मैं जा रहा हूँ!

(हैमलेट मर जाता है)

होरेशिओ : अलविदा, मित्र! अलविदा! ओ अच्छे राजकुमार स्वर्ग के देवता, तेरी आत्मा की शान्ति के लिए गाएँगे। ओह! एक पवित्र हृदय सदा के लिए इस संसार से मिट गया है। यह नक्कारों की आवाज़ इस ओर बढ़ती किसलिए आ रही है?

(फोर्टिन्ब्रास, अंग्रेज़ राजदूत तथा अन्य व्यक्तियों का प्रवेश)

फोर्टिन्ब्रास : कहाँ है वह दुखदायी दृश्य, जिसके बारे में मैंने अभी सुना है?

होरेशिओ : क्या देखना चाहते हो तुम? अगर दुःख, भय, आश्चर्य, आतंक आदि वस्तुएँ देखना चाहते हो, तो और कहीं मत जाओ साथी? सभी यहाँ उपस्थित है।

फोर्टिन्ब्रास : ओह! इतनी लाशों का ढेर! मालूम होता है बड़ी निर्दयता के साथ मृत्यु ने अपना नंगा नाच किया है यहाँ। ओ मृत्यु की देवी! यह कैसा अनर्थ है कि तूने अपने एक ही वार में इन सभी श्रेष्ठ व्यक्तियों को अपनी बाँह में समेट लिया?

पहला राजदूत : ओह? कैसा भयानक दृश्य है यह! जिन कानों को सुनाने के लिए हम इंग्लैण्ड से समाचार लाए हैं, वे सदा के लिए पहले ही सो गए हैं। अब हम किससे कहें कि 'सम्राट्! आपकी आज्ञा के अनुसार रोजैन्क्रैंट्ज और गिल्डिन्स्टर्न को मौत के घाट उतार दिया गया है।' कौन है यहाँ, जो इस सूचना के लिए हमें धन्यवाद तक दे?

होरेशिओ : अगर सम्राट् जीवित होते तो भी श्रीमन्त! आपको इस कार्य के लिए कभी धन्यवाद न देते क्योंकि उन्होंने रोजैन्क्रैंटज और गिल्डिन्स्टर्न की मौत के सम्बन्ध में कभी भी कोई आज्ञा नहीं भेजी थी। लेकिन चूंकि ठीक समय पर आप लोग पौलैण्ड और इंग्लैण्ड से यहाँ आ गए हैं, इसलिए ऐसी व्यवस्था कराइए कि ये सभी मृत शरीर एक ऊँचे मंच पर रखे जाएँ, जहाँ से प्रत्येक व्यक्ति उन्हें देख सके। इसके साथ-साथ मैं संसार के अनजान लोगों को अपने मित्र राजकुमार हैमलेट के जीवन की सच्ची कहानी प्रारम्भ से अन्त तक सुनाऊँगा। इस तरह श्रीमन्त! आप एक पापी, नीच, निर्दयी और हत्यारे सम्राट् और उसके साथ एक पतित महारानी की कहानी सुनेंगे। पोलोनिअस की अकस्मात् मृत्यु के बारे में भी आपको पता चल जाएगा और रोजैन्क्रैंट्ज तथा गिल्डिन्स्टर्न की मृत्यु के बारे में भी, कि किस तरह अपनी आत्मरक्षा में हैमलेट को यह सब कुछ चाल खेलनी पड़ी थी। अन्त में आपको यह मालूम होगा कि किस तरह हैमलेट की हत्या के लिए षड्यन्त्र रचे गए थे और किस तरह वे षड्यन्त्र उलटे रचने वालों पर ही पड़े और उन्हें खा गए। यह पूरी कहानी मैं आपको सच-सच बताऊँगा।

फोर्टिन्ब्रास : अच्छा, तो शीघ्र हमें लोगों को बुला लेना चाहिए, जिससे होरेशिओ के मुँह से हम इस सारी दुखद घटना का हाल सुन सकें। जहाँ तक मेरा प्रश्न है, जो कुछ भी भाग्य ने मुझे दिया है उसे स्वीकार करने में मेरे हृदय को अत्यन्त दुःख हो रहा है। मुझे याद है कि इस राजसिंहासन पर, जिस पर मुझे बिठाया जा रहा है, पहले से मेरा कुछ-कुछ अधिकार है पर...

होरेशिओ : उस सम्बन्ध में भी मैं आपको बताऊँगा। मैं उस राजकुमार की ओर से, जिसका शासन जनता के हृदय पर था, आपके सामने सभी बातें रखूँगा, लेकिन हमें इसके लिए शीघ्रता करनी चाहिए और इसकी प्रतीक्षा नहीं करनी चाहिए कि पहले लोगों के चित्त को शान्त हो जाने दें, क्योंकि कहीं ऐसा न

हो कि इस बीच उनकी उत्तेजना और भी बढ़ जाए और फिर न जाने कितनी नई आपत्तियाँ और खड़ी हो जाएँ।

फोर्टिन्ब्रास : मेरे चार कप्तानो! हैमलेट के शव को उठाकर मंच पर रख दो। जिस सम्मान के साथ एक वीरगति पाए हुए सैनिक को उठाया जाता है, उसी सम्मान के साथ राजकुमार के शव को उठाओ, क्योंकि अगर उसकी सही परीक्षा होती, तो उसमें एक सम्राट् के-से गुण थे। इसीलिए उसकी मृत्यु के अवसर पर उसी तरह सैनिकों का मार्च होना चाहिए। अब इन अन्य शवों को भी उठा लो। ओह! यह तो युद्धभूमि का-सा दृश्य है लेकिन उससे कितनी दूर हम यह दुःखदायी दृश्य देख रहे हैं। जाओ, सैनिकों को आज्ञा पहुँचा दो कि वे इन शवों के सम्मान में तोपों की सलामी दें।

(शव-क्रिया के समय सैनिक को दिया जाने वाला 'मार्च-पास्ट'। शवों को कुछ सैनिक हाथों में उठाए हुए चलते हैं। तोपों की सलामी दी जाती है)

❑❑❑